———————— 阅读之前 没有真相

午夜文库

苔丝·格里森
Tess Gerritsen (1953—)

美籍华裔女作家,母亲是中国移民,父亲是华裔海鲜厨师。苔丝·格里森在加利福尼亚州圣地亚哥长大,自幼梦想创作出自己的《神探南茜》故事。一九七五年,她毕业于斯坦福大学人类学专业,一九七九年,取得加州大学旧金山分校医学博士学位,并开始在夏威夷檀香山担任内科医生。

产假期间,她向《檀香山》杂志的小说比赛投稿了一篇短篇小说,获得一等奖及五百美元奖金。之后,因酷爱写作,并且为了照顾两个幼儿,她辞去医生职务专注于创作,于一九八六年出版了第一本浪漫惊悚小说《半夜铃声》(*Call After Midnight*)。

一九九五年,苔丝·格里森出版了第一本医疗惊悚小说《宰割》,刚上市就迅速跃居《纽约时报》畅销书排行榜前列。之后,她又接连出版了三部医疗惊悚小说《急诊医生》《生命线》《太空异客》,成为畅销榜的常客。

二〇〇一年,她的第一本犯罪惊悚小说《外科医生》甫一面世便获得瑞塔文学奖。自此,波士顿警察局凶案组女警简·里佐利作为配角首度登场,在随后的十二本小说里,她作为核心人物,与女法医莫拉·艾尔斯搭档冒险,共同探案。本系列的第五部小说《消失》入围爱伦·坡奖,并获得尼洛·沃尔夫奖年度最佳侦探小说。从此,苔丝·格里森被《出版人周刊》誉为"医学悬疑女王","里佐利与艾尔斯系列"为她的代表作,后被改编为美剧《妙女神探》,已制作七季,时间跨度长达七年,受到许多观众的喜爱。

苔丝对女性心理刻画入微,擅长营造紧张氛围,故事情节曲折离奇,对人性的把握精准深邃。她的作品已在四十个国家和地区出版,全球销量突破三千万册。

苔丝·格里森主要作品年表

"妙女神探"系列（Rizzoli & Isles series）

2001 The Surgeon《外科医生》

2002 The Apprentice《学徒》

2003 The Sinner《罪人》

2004 Body Double《替身》

2005 Vanish《消失》

2006 The Mephisto Club《梅菲斯特俱乐部》

2008 The Keepsake《祭念品》

2010 Ice Cold《寒冰之地》

2011 The Silent Girl《沉默的女孩》

2012 Last To Die《最后的幸存者》

2014 Die Again《再死一次》

2017 I Know A Secret《我知道一个秘密》

2022 Listen To Me《听我说话》

医疗惊悚系列

1996 Harvest《宰割》

1997 Life Support《急诊医生》

1998 Bloodstream《生命线》

1999 Gravity《太空异客》

2007 The Bone Garden《人骨花园》

"马提尼俱乐部"系列（The Martini Club Series）

2023 The Spy Coast《间谍海岸》

间谍海岸
The Spy Coast

［美］苔丝·格里森 著
陈杰 译

NEWSTAR PRESS
新星出版社

献给威尔

第一章　黛安娜

巴黎，十天前。

她曾经是个天之骄女。我怎么变成这样了？她看着镜中的自己想。她那头曾经在阳光下闪着光芒的金发，现在变成死老鼠一样的棕色。这是她在不二价商店[①]找到的最不显眼的染发剂的颜色。邻居告诉她，有个男人一直在打听她的情况。对方可能是一位追求者，也可能是一名快递员，但她不想被人打个措手不及。于是她横穿巴黎，来到没人认识她的第三区，在不二价商店买了染发剂和眼镜。她本应随身携带这两样东西，但这些年的闲适生活使她放松了警惕。

看着深褐色的头发，她觉得还不够。她拿起剪刀，开始破坏用三百欧元在高档美发沙龙做的发型，每一剪都像是对她的生活——精心策划的新生活的一次切割。当一缕缕头发落到浴室的瓷砖上时，她的遗憾很快转变成愤怒。她做的所有计划、冒的所有风险，突然间都变成徒劳，但这就是世界运行的方式。无论你以为自己多聪明，总有人比你更聪明，这就是她犯的错，她没有考虑到别人比她聪明的可能性。多年来，她一直是团队里最聪明

[①] 不二价商店（Monoprix），法国专售廉价商品的连锁商店。

的人。她更有远见，更会耍手腕，可以操纵团队里的其他人。为了完成任务，她不惜破坏规则，这使她获得成功，也饱受非议。是的，她偶尔也会犯错。是的，有时会有不必要的伤亡。一路走来，她树敌无数，被许多同事看不起。但在她的努力下，任务都顺利完成了，这正是她被称为"天之骄女"的原因。

至少到目前为止，她还没有失过手。咔嚓，又剪了一刀。

她用冷静而挑剔的目光再一次审视镜中的自己。剪掉珍贵头发的十分钟里，她经历了告别过去人生所要经历的全部情绪阶段——自我否定、愤怒和沮丧。现在她选择接受，准备继续前进，从旧的黛安娜进化成新的黛安娜。她不再是天之骄女，而是个百炼成钢的老手，她会做好这种转变。

她把所有掉在地上的头发都扫进垃圾袋，将染发剂空盒也扔了进去。她没时间消除自己在房间里留下的所有痕迹，只希望戴着有色眼镜的巴黎警方会凭借固有偏见认定住在这里的人是一位女性，而这位女性被绑架以后失踪了，是被害者而不是加害者。

她戴上眼镜，故意把新剪的头发搞乱。这种伪装足以骗过出门路上碰到的邻居们。她系好垃圾袋，拿着垃圾袋去卧室取早就准备好的旅行袋。她不得不留下所有漂亮衣服和鞋子：太可惜了，但抛下这么多设计师定制时装可以让失踪看起来更像是被迫的，而且她需要轻装出行。她还必须把这几年花大价钱买来的古董花瓶、夏加尔[①]名画和有两千年历史的古罗马半身像留在这里。她会想念它们的，但要活命就得做出牺牲。

她拿着垃圾袋和旅行袋走进客厅，不由得轻声叹了口气。不雅的血迹弄脏了她的皮沙发，并延伸到墙上那幅夏加尔的名画

[①]马克·夏加尔（Marc Chagall, 1887—1985），俄裔法国艺术家，作品呈现出梦幻、象征性的手法与色彩。

上，像是给那幅抽象画又增添了一种表现形式。血的主人正瘫倒在画作下面。他第一个破门而入，因此也第一个送命。闯入者在健身房里练了肱二头肌，但他从来没有训练过大脑。他没料到这天会以这样的方式结束，所以死的时候脸上带有惊讶。他也许从来没想过自己会命丧女人之手。

他一定对这次的目标知之甚少。

她听到身后传来一阵微弱的呼吸声，转身看向闯入的第二个男人。他躺在她那块价值不菲的波斯地毯边，鲜血渗入地毯的藤蔓和郁金香图案中。让她惊讶的是，他竟然还活着。

她走到他面前，用鞋轻轻踩住他的肩膀。

他睁开眼，抬眼看着她，然后颤抖着手想去拿枪。但她早就把他的枪踢远了，他只能像条垂死的鱼一样在自己的血塘里扑腾。

"谁派你来的？"她用法语问。

他的手摆动幅度更大了，朝他脖子开的那枪看来伤到了他的脊椎。他肌肉痉挛，手臂抽搐，像是不懂法语。她改用俄语又问了一遍："谁派你来的？"

他看上去仍然没有听懂。要么是大脑已经无法运作，要么是他没有理解，两种情况都令她感到担忧。她知道怎么和俄罗斯人打交道，但如果他们是其他人派来的，那可就麻烦了。

"谁想杀我？"她又用英语问，"告诉我，我就饶你一命。"

他的手臂不再颤抖，一动不动，显然听懂了她的话。但他也知道，无论回不回答这个问题，都改变不了自己将死的事实。

公寓外的走廊里传来几个男人的说话声。对方的增援人员来了吗？她已经耽搁太久了，没时间审问眼前这个人。她拿起装了消音器的手枪，对准他的头开了两枪。晚安，亲爱的。

她很快从窗户翻进消防通道，然后满怀伤感地最后一次看向公寓。她曾经在这里找到过些许快乐，享受着辛勤劳动带来的成果。但现在，这座公寓变成屠宰场，两个无名男子的鲜血污染了公寓的墙。

她从消防通道下到楼下的巷子。晚上十一点，巴黎的街道仍然很热闹，她轻松混入逛街的行人中。远处传来警笛声，逐渐靠近，但她没有加快脚步。警察没这么快接到报警，不可能是冲着她来的。

走到五个街区外，她把垃圾袋扔进一家餐馆的垃圾桶，挎着旅行袋继续往前走。目前需要的东西都在旅行袋里，而且她还有其他资源。生活需要完全重启。

但首先，她必须找出谁想置她于死地。不幸的是，这是道多选题。起初她以为是俄罗斯人，可现在不是很确定。得罪了多路人马以后，你就会有许多可能给你制造麻烦的敌人。问题是，她的身份是如何暴露的？为什么有人在十六年后还追着她不放？

如果对方知道她的名字，那一定也知道其他人的名字，看来他们逃不掉过去的阴影了。

舒适的退休生活到此为止，该回去工作了。

第二章 玛吉

缅因州普里蒂，现在。

这里一定有什么东西死了。

我站在田里，低头看着雪地里屠杀留下的证据。凶手拖着被害者在雪地里前进，尽管雪花仍然在无声飘落，但没能覆盖凶手的足迹，也没有覆盖尸体被拖向树林时在雪地里留下的凹槽。我在雪地里发现了血迹和许多散落的羽毛，是我喜欢的阿拉卡那鸡[①]留下的，这种鸡可以生下许多优质的蓝色鸡蛋。尽管死亡是生命循环的一个组成部分——以前我也目睹过许多次——但这次的损失沉重地打击了我。我叹了口气，看着寒气在空气中飘散。

我透过鸡舍的围栏看着里面的鸡群，还剩下三十六只，只有春天开始饲养时的三分之二。两小时前，我刚把鸡笼的门打开，放它们在鸡舍里玩。在这短暂的时间内，捕食者进来了。鸡群里只剩一只公鸡，是唯一在老鹰和浣熊的多次袭击后幸存的。它在围栏里昂首阔步，所有羽毛都完好无损，像是对失去女伴毫不在意。多么没用的雄性气概啊！

大部分都是如此。

---
①阿拉卡那鸡，又称南洋杉鸡，鸡蛋通常呈淡蓝色、灰色或绿色。

站起来的时候,一道闪光吸引了我的注意力,我将目光转向围栏后面若隐若现的树林。树林里大多是橡树和枫树,还有几棵在橡树和枫树之间努力寻找生存空间的云杉。树木间藏着一双眼睛,正在看着我。有那么一会儿,我们只是凝视着对方,如同在白雪皑皑的战场上对峙的敌人。

我缓慢地离开鸡舍,没有过激的动作,也没有发出声响。

敌人的目光始终没有离开我。

我慢慢朝开来的久保田全地形越野车走去,结了冰的草在我的靴子下面嘎吱作响。我悄悄打开驾驶室的门,从座位后面拿出步枪。枪里总是装好子弹,所以我不需要再花时间填装子弹。我把枪管对准树林,瞄准射击。

枪声如雷,受惊的乌鸦腾空而起,小鸡们惊慌失措地逃向鸡笼。我放下枪,眯起眼睛看着树林里的灌木丛。

没有任何动静。

我开着越野车穿过雪地来到树林边,然后跳下车。灌木丛里长满荆棘,落雪下面隐藏着一层干枯的树叶和树枝,我每走一步就会踩断几根树枝。我还没有找到血迹,但我知道很快会找到。子弹击中目标时,人往往会有这种感知。最后,我终于看到了证明我命中目标的证据——几片沾着血的树叶,母鸡残损的尸体被凶手遗弃在那里。

我拨开勾在裤子上和挂在头发上的树枝,继续往前走。我心里很清楚,凶手就在眼前,即便不死也是重伤。它逃得比我预计的更远,但我不会就此放弃,呼出的阵阵哈气升向天空。过去,我可以背着沉重的帆布背包在树林里快跑,但现在早就不比从前了。我的膝关节因为过度使用和岁月流逝而磨损;气温下降时,因降落伞事故做过手术的脚踝就会疼痛——现在就很疼。衰老是个残酷的过程，它使我的膝盖僵硬，把我曾经乌黑的头发染成白色，让我的脸上布满皱纹。但我的目光仍然敏锐，没有失去观察细枝末节的能力。我蹲在雪地里的一个动物脚印旁，研究着树叶上的血迹。

因为我的错，有只动物正在受苦。

我挣扎着站起身，膝盖和屁股都在疼，不像以前可以快速跳出狭窄的跑车向前冲刺。我穿过一片长着黑莓的灌木丛，来到一片空地，找到失去知觉后躺在雪地上的敌人。这是只雌性生物，看上去营养很好，皮毛是有光泽的红色。它张着嘴，露出足以咬断鸡喉咙的牙齿和强大的下颚。我的子弹正好击中了它的胸膛——我很惊讶它还能跑这么远才倒下。我用靴子碰了碰尸体，确认它已经死透了。问题已经解决，但夺走狐狸的生命并没有让我感到满足，我带着些许遗憾长叹了一口气。

六十岁的我需要遗憾的事情可太多了。

狐狸的毛皮很珍贵，扔在树林里就糟蹋了。它吃了很多我的鸡，尸体很重。我只好抓住它的尾巴，拖着它穿过森林来到越野车旁，它的尸体在枯叶和积雪上划出一道沟壑。我使出全身力量，把狐狸尸体抱起来扔到车斗里，发出令人悲伤的声音。我对狐狸毛皮没有任何兴趣，但知道谁会感兴趣。

我开着越野车穿过雪地，朝邻居家驶去。

*

卢瑟·扬特喜欢喝咖啡。在车道上走下越野车时，我就闻到房子里飘出一股咖啡的味道。我的农舍坐落在一个小山丘上，和这里隔着一片被雪覆盖的田野，旁边是一排漂亮的枫树。房子不算宏伟,但足够坚固,据房地产经纪人说建于十九世纪三十年代。我找到了黑莓农场的原始地契,知道此言非虚。我只相信自己能证实的事。我家的视野很好,四面八方一览无余。如果有人靠近,我会马上看到对方,尤其是在天地间一片白茫茫的冬日清晨。

耳边传来牛叫声和鸡叫声。一组脚印穿过雪地,从卢瑟的小屋通向谷仓。卢瑟十四岁的孙女考利每天早上都会去谷仓照顾她的小动物们。

我走上门前的台阶,敲了敲门。卢瑟打开门,我马上闻到了咖啡在炉子上因放得太久而散发的酸臭味。卢瑟体格庞大,下巴上长满白胡子,穿着圣诞老人般的红色格子衬衫和背带裤,似乎被柴烟熏得喘不过气来,身后的小屋里满是灰尘。

"玛吉小姐,早上好。"他向我打了个招呼。

"早上好,我给你和考利带了礼物。"

"为什么送礼物?"

"没有理由,我只是觉得它会对你们有用。礼物在越野车上。"

他没有回去穿外套,只穿着羊毛衬衫和牛仔裤与我一起走到越野车旁边。他低头看着那只死狐狸,抚摸着它的皮毛,啧啧两声表示赞叹。

"真是个尤物。是早上的那声枪响打死的吗?你只开了一枪就打中了?"

"被打中以后,它还往树林里跑了五十多米呢!"

"干得好,掳走考利两只母鸡的也许就是它。"

"但还是很遗憾,它只是在谋生而已。"

"我们不都是吗?"

"我觉得这张毛皮对你们更有用。"

"这张毛皮很好看,你不想留着吗?"

"你们拿着会更有用。"

他把双手伸进车斗,把狐狸尸体拖了出来,这个动作让他喘得更厉害了。"跟我进屋吧,"他像抱着孙辈一样抱着狐狸的尸体,"我刚煮了些咖啡。"

"不用了,谢谢。"

"那至少带回去些新鲜牛奶吧。"

我非常乐意。考利用青草饲养的泽西牛的牛奶,比我搬来缅因之前喝过的任何牛奶都好喝。牛奶的味道浓郁香甜,值得冒险在没有经过巴氏灭菌的情况下饮用。他带我走进家里,把狐狸尸体扔在长椅上。房子的保温效果不怎么好,尽管生着炉子,但温度比外面高不了多少。我没脱外套,但只穿着衬衫和背带裤的卢瑟好像一点儿也不冷。我不想喝他的咖啡,但他还是在厨房的桌子上放了两个杯子,我不好意思再拒绝。

我坐了下来。

卢瑟递给我一大罐奶。他知道我喜欢什么样的咖啡——至少知道我能如何忍受他的咖啡——他知道,只要有考利养的牛产的牛奶,我就会抵挡不住诱惑。在我搬到附近的这两年里,他了解到许多关于我的事情。他知道我每天晚上十点左右关灯,隔天早起喂鸡。他知道我是采集枫树树汁的新手,大部分时间独处,从不举办派对。今天,他还知道了我的枪法不错。但他不知道的事情更多,有些东西我从来不会告诉他,也永远不会告诉他。他不会过多地提问题,我对拥有一个这样的邻居感到非常高兴。

我对卢瑟·扬特也有一定的了解。只要看看这个家,就不难发现他是个什么样的人。他的书架和餐桌都是手工制作的,头顶的横梁上挂着的百里香和牛至是从花园里采来的。他还有很多书，涉及从粒子物理学到畜牧学的广泛主题。卢瑟在麻省理工学院当过机械工程学教授，书架上的一些教科书上赫然印着他的大名。他离开了波士顿和学术界，离开了一些纠缠他已久的心魔，把自己变成一个不修边幅但很快乐的农民。这些事并不是他告诉我的。我在买下黑莓农场之前，就像对待其他邻居一样深入调查过他的背景。

卢瑟通过了我的检查，所以我可以轻轻松松地坐在桌子边，自在地喝他的咖啡。

门廊上传来脚步声，十四岁的考利带着一股扑面而来的寒风走进门。卢瑟在家给考利上课，这让她在某种程度上表现出迷人的野性，比同龄女孩更聪明也更天真。和爷爷一样，她也不修边幅，外套上布满污垢，棕色头发上散落着鸡毛。她把一篮刚收的鸡蛋放在厨房的料理台上。她的脸冻得通红，看上去像是被谁打了一巴掌似的。

"嘿，玛吉。"她一边挂衣服一边和我打了个招呼。

"看看她给我们带来了什么。"卢瑟说。

考利看着躺在长凳上的死狐狸，用手抚摸着它的毛皮。她毫不犹豫，也没有一丝拘谨。考利的母亲在她很小的时候就因吸毒过量而死在了波士顿，此后她便跟着爷爷一起生活。自小生活在农场的考利对死亡一点儿都不感到惊讶。

"哎哟，还有余温呢！"她说。

"找到尸体以后我就直接送过来了，"我告诉她，"你和你爷爷一定能利用好它。"

她高兴地朝我微笑。"这身毛皮简直太漂亮了。玛吉，谢谢你！你觉得这些够做顶帽子吗？"

"应该可以。"卢瑟说。

"爷爷，你知道怎么做帽子吗？"

"我们一边查一边做。不能把这么好的东西糟蹋了啊，对吧？"

"卢瑟，我想看你如何处理这身毛皮。"我说。

"想看我怎么把皮剥下来吗？"

"不，这我已经知道了。"

"是吗？"他笑了，"玛吉小姐，你总能让我大吃一惊。"

考利从篮子里拿出鸡蛋在水槽清洗，鸡蛋局部清洗后卖相会好一点儿。在当地的合作社，一打有机鸡蛋能卖七美元。考虑到劳动与饲料的成本，加上山猫、狐狸和浣熊无止境的骚扰，鸡蛋的投入产出比并不高。好在卢瑟和考利不以卖蛋为生，我知道卢瑟有个数额庞大的投资账户。这是我调查到的有关卢瑟的另一个细节。鸡和鸡蛋是考利自己做的小生意，她已经是个擅长经营的女商人了。没有哪个十四岁的女孩能像她那样利落地杀掉一只老母鸡。

"射死它真是很可惜，但它也吃掉了好几只我的鸡。"考利说。

"它死了还会有别的捕食者过来，"卢瑟说，"这就是世界运转的法则。"

考利看着我问道："你损失了几只鸡？"

"上星期六只，今早这只狐狸又叼走了我的一只阿拉卡那鸡。"

"我也要养些阿拉卡那鸡。有些顾客似乎喜欢蓝色的蛋，养它们或许能多赚些钱。"

卢瑟嘟囔了一句："两种颜色的鸡蛋味道不都一样吗？"

"那么，我该走了。"我站起身。

"这就要走了?"考利说,"你都没好好坐会儿。"

很少有十四岁的女孩愿意和我这个年纪的女人多说话,但考利与众不同。她习惯和成年人交往,有时我会忘了她只有十四岁。

"等你爷爷抽出时间缝那顶狐皮帽子的时候我再来。"我说。

"晚餐我做鸡肉和饺子。"

"那我更得来了。"

卢瑟将咖啡一饮而尽,也站起身,说:"等等,我去给你拿牛奶。"他打开冰箱,冰箱里的架子上发出叮叮当当的玻璃碰撞声,"如果没有可恶的卫生条例,这些牛奶就能拿出去摆摊卖了,可以赚不少钱呢!"

他根本不需要卖牛奶来赚钱。有些人喜欢炫耀财富,但卢瑟似乎崇尚财不外露。也许这是种自我保护的策略,避免被人盯上。他拿出四瓶牛奶,每瓶都有厚厚一层油脂,他把它们放在一个纸袋里。"玛吉,下次如果有人去你家,让他们尝尝这个,喜欢的话叫他们过来买。当然,这是不受缅因州法律管辖的私下交易。"

听到这话时,我正拿着珍贵的牛奶站在门口,诧异地看着他:"'下次'是什么意思?"

"昨天不是有人来找过你吗?"

"没有。"

他转身问考利:"你是不是听错了?"

"听错什么了?"我问道。

"我去邮局取件的时候,听见有位女士在问路。"考利说,"她问邮局的人黑莓农场怎么走,她说她是你的朋友。"

"她长什么样?看上去多大年纪?头发什么颜色?"

连珠炮似的提问让考利愣住了,她蒙了好一会儿才缓缓地说:"嗯,我猜她年纪不大,长得很漂亮。她戴着顶帽子——我没能看清她的头发。哦,对了,她穿着件好看的蓝色羽绒服。"

"你没有告诉她怎么到我家吧?"

"我没有,但邮局的格雷格告诉她了。出什么事了吗?"

我拿着装着牛奶的纸袋站在门口,任由冷风吹过,不知该怎么回答。"我没有约任何人过来,不希望有人给我惊喜。"说完,我离开了小屋。

出什么事了吗?

去城里拿东西的时候,这个问题一直让我心神不宁。谁会想知道怎么去我的农场呢?我不必过于担心,来人也许找的是三年前在这儿去世的前房主。她享年八十八岁,据说聪明但脾气很坏。我喜欢这类女人。过去两年,没人知道我搬到缅因州的普里蒂,来人找的应该是黑莓农场的前主人,没人有理由来这里找我。

如果是这么回事就好了。

进城以后,我像往常一样去了饲料店、邮局和杂货店。来这些地方的都是些穿夹克戴围巾的白发老太太,我能轻易混入其中,不被别人认出。和她们一样,我几乎不会引起别人的兴趣。年龄能让人隐形:这是最好的伪装。

我推着购物车在杂货店狭窄的过道里穿梭,把燕麦、面粉、土豆和洋葱往购物车里扔,没有人注意到我。至少鸡蛋可以不买了。这个小镇杂货店的酒类选择很少,只有两种品牌的麦芽威士忌,尽管都不对我的口味,但我还是买了一瓶。我正在试图减少对朗摩三十年威士忌的消耗,而我不知道什么时候能找到新的来源。有威士忌总比没有好。

排队付钱的时候,我也许会被误认为是一个普通的农民、家庭主妇或退休教师。多年来,我一直隐藏在人群中,刻意不引人注目。但现在,做到这点毫不费力,这既有些悲伤,又让我松了口气。有时我很怀念那些被人注目的日子,怀念穿着短裙和高跟鞋,能感受到男人饥渴目光的日子。

终于轮到我了。收银员扫了商品,打出账单。"这是……二百一十美元。"她抬头看着我,像是觉得我会提出异议。我知道花这么多钱是因为买了瓶威士忌,所以没有任何表示。尽管这瓶威士忌不是我喜欢的,却是生活必需品。

付完钱,我拎着购物袋走出杂货店。把购物袋放进小货车的时候,我瞥见穿着平常那件黑色皮夹克的本·戴蒙德正走进街对面的玛丽戈尔德咖啡厅。如果有人对镇上的事了如指掌,那非本莫属。他也许知道打听黑莓农场的是什么人。

我穿过马路,跟着本走进咖啡厅。

我很快发现他和德克兰·罗斯一起坐在角落的隔间里。和往常一样,两人都坐在面对门口的座位,这是他们即便退休也无法改变的习惯。德克兰穿着花呢夹克,留着一头洒脱的棕色长发,看上去还是以前的那个历史学教授。他六十八岁,曾经乌黑的头发已经花白,但仍然和三十多年前我刚认识他的时候一样浓密。而本·戴蒙德没有这么温文尔雅,七十三岁的他剃着光头,穿着黑色皮夹克,有一种不怒自威的气质。在这个年纪还能保持这样的身材与威严,需要天生的掌控力,很明显,本仍然具备这种特质。我走向他们的隔间,他们不约而同地抬头看我。

"啊,玛吉,来这儿坐吧。"德克兰说。

"好久没见你了,最近在忙什么?"本问道。

我坐进隔间:"我在对付一只狐狸。"

"我猜它已经死了。"

"今天早上死的。"这时我看见女服务员从隔间边走过,"珍妮,给我来杯咖啡。"

"要什么点心吗?"珍妮问我。

"不必了,谢谢。"

本打量着我。他擅长解读人心,一定已经觉察到我的加入是有目的的。等到珍妮走得够远,我才对他们提出心里的疑惑。

"谁在四处打听我的事?"

"有人在找你吗?"德克兰问。

"镇上新来了一个女人,据说昨天她去邮局问黑莓农场怎么走。"

两个男人对视了一眼,然后把目光投向我。

"玛吉,我还是第一次听说这件事。"本说。

珍妮给我端来咖啡。咖啡的味道很淡,但至少不像卢瑟那样煮过头。我们等到珍妮走开后才会继续交谈,这对我们来说只是一种习惯。德克兰和本之所以选择角落的隔间,就是因为这里能避人耳目。

"你很担心吗?"德克兰问道。

"我不知道是否应该感到担心。"

"除了提到黑莓农场外,她有没有问你的名字?"

"她只是问黑莓农场怎么走。这也许什么都说明不了。她怎么知道住在那里的人是我呢?"

"如果对方想,他们能查到任何事情。"

两位顾客站起身,经过隔间走向收银台,我们赶紧停止交谈。片刻沉默中,我琢磨着德克兰的话。如果对方想。我不值得对方费力寻找,这就是我现在希望的。总有更大的鱼可供烹饪,我只是条小鱼，或者也许是条中等大小的鱼。为什么要耗费心力找一个不想被找到的女人呢？退休后的十六年里，我慢慢放松了警惕，现在已经安于做一个养鸡户了。在我眼中，本只是一个退休的酒店用品推销员，德克兰只是一位退休的历史学教授。我们知道彼此的底细，但会保守秘密，因为我们每人都有各自的秘密。

相互牵制会比较安全。

"我们会密切关注，"本说，"找出那个女人是谁。"

"谢谢你们。"我把两美元咖啡钱放在桌上。

德克兰问道："你来参加晚上的读书会吗？你已经两个月没来了，我们都很想你。"

"今天读哪本书？"

"英格丽选的《伊本·白图泰游记》。"本说。

"我已经看过了。"

"我和本没有事先做好功课，你可以帮我们提纲挈领。"德克兰说，"今晚六点在英格丽和劳埃德家见，还有马提尼。到时也许可以直接跳过这本书，聊聊镇上的八卦。你会过来吗？"

"我考虑考虑。"

"这算什么回答？"本咆哮道。他想胁迫我参加读书会。我一直很想知道，本这种黑帮做派对他工作的帮助有多大。他当然吓不倒我。

"好吧，我去。"但我还是答应了。

"我保证给你准备冰镇伏特加。"德克兰说。

"雪树伏特加[①]。"

---

①波兰产伏特加。

德克兰笑了:"玛吉,你觉得我会忘记吗?"

他当然记得我喜欢哪种伏特加。德克兰长得帅,记性好,而且精通七种语言。我只会三种。

回到车上,我把车开到因为霜冻而结冰的小路上,两边是光秃秃的树木,远处是白雪皑皑的田野。我不想把生命终结在这种地方。我生长在酷热难耐、尘土飞扬、拥有明媚夏日的南部,在缅因州度过的第一个冬天对我挑战极大。我学会了砍柴,学会了在冰上开车,学会了怎么给结冰的管道解冻。通过在这里的生活,我知道人再老都能适应新环境。年轻的时候,我想象过将来退休要去什么地方,或许是苏梅岛的一幢山顶别墅,或许是奥萨半岛的树屋,在那里我可以听到鸟儿和吼猴①为我演唱小夜曲。这些都是我熟悉且喜爱的地方,但最终,我与之无缘。

他们会觉得我隐藏在那种地方,我只能反其道而行之。

我的手机响起"哔哔"的警报声。

我低头看了一眼屏幕,马上踩下刹车。我把车停在路旁,看着手机屏幕上的图像。这是家里的安保系统传来的视频,有人刚刚进入我家。

我可以找警察,但他们会问我不想回答的问题。普里蒂警察局只有六名全职警员,我还没和他们打过交道。我想保持现状,即使这意味着我必须自己处理这件事,不能惊扰警察。

我把车重新开回路上。

汽车开过一排枫树,停在农舍前,我的脉搏开始快速跳动。我坐在车上看了会儿门廊,没有什么异常。门关着,铲子和出门之前一样靠在柴火上。入侵者想借此让我放松警惕。

---

①吼猴,美洲大陆最大的猴子,体表长有浓密的黑、棕、红等颜色的长毛。因具有特殊的发声构造,能发出响亮的吼声而得名。

那就将计就计吧。

我下了车,带着装满土豆和燕麦的购物袋走到门廊,把购物袋重重扔在地上。拿出房门钥匙的时候,我的精神高度紧张,每一种感觉都被放大,树枝的沙沙声和冷风吹在面颊上的声音在耳边清晰可辨。

我注意到粘在门柱上的细线被人弄断了。

在这个到处都是监控的时代,这种方式很原始,但监控系统会发生故障,也会被黑客入侵。过去几个月里,我不像以往那样小心,不再费心往门上粘细线。但今早卢瑟的一番话使我重新启用了这种预防措施。

我打开锁,用靴子轻轻把门踢开,屋内的情况马上映入眼帘。我的鞋子在长凳下面一字排开,外套挂在衣架上,地上布满沙粒和泥土。到现在为止,一切都很正常。我往左边的客厅瞥了一眼,看到沙发、高靠背扶手椅和壁炉边堆放的木柴,没有看到入侵者。

我转过身,轻手轻脚地走进右边的厨房,避免让地板发出嘎吱声。水槽里放着咖啡杯和早餐用的餐具,垃圾桶里扔着葡萄柚皮,撒在桌上的糖粒闪闪发光,一切都维持着早上离开时的原样。但空气中有种陌生的洗发水味道。

身后的地板吱吱作响,我转身面对入侵者。

她年轻,动作轻盈。她看上去只有三十岁出头,黑色直发,黑眼睛,长着斯拉夫人的颧骨。我拿着瓦尔特手枪,对准她的胸膛,她却十分平静。和考利谈过话以后,我就一直把这把枪揣在身上。

"你好,玛吉·伯德。"她说。

"我想我们应该没见过吧。"

"你为什么取这个名字?"

"为什么不呢?"

"让我猜猜,你是不是希望像鸟一样自由?[①]"

"女孩总能做做梦吧。"

她拉出一把椅子,坐在餐桌旁,漫不经心地把我吃早餐时撒落的糖粒聚在一处,丝毫不在意面对着她的枪口。"没必要拿枪对着我。"她点头示意我手中的枪。

"拿不拿枪由我决定。现在,你不请自来地闯入我的屋子。我不知道你是谁,也不知道你想干什么。"

"叫我比安卡吧。"

"真名还是化名?"

"这有什么关系?"

"至少可以告诉警方死者叫什么名字。"

"我来是因为我们遇到了麻烦,需要你的帮助。别再对我剑拔弩张了。"

我打量了她片刻,注意到她的肩膀很放松,双腿懒散地交叉着。她甚至都没看我,只顾着抠指甲旁的倒刺。

我坐在她对面,把枪放在桌子上。

她瞥了眼枪。"我知道你为什么会拿枪对着我,听说你为人谨慎。"

"有人这么说我吗?"

"所以他们才派我来,觉得女性能让你戒心小一点儿。"

"如果你听说过我的事情,那一定知道我已经退休了。我是个养鸡的,现在以养鸡为生。"

[①] 玛吉·伯德原文为 Maggie Bird,bird 意为鸟。

她很优秀，执行任务时不苟言笑，没有露出笑容。我离开中央情报局以后，他们显然招了一批好手。

"我不知道他们为什么派你来。"我说，"你也看到了，我老了，业务也生疏了。另外，我对重新为他们工作不感兴趣。"

"我们准备了一大笔报酬。"

"我的钱已经够用了。"

"这笔钱很多。"

我皱起眉。"真的吗？'山姆大叔'不是一向很小气吗？"

"这项任务对你来说有特殊意义。"

"我还是不感兴趣，"我从椅子上站起身，尽管感到膝盖有点儿疼，但不想让她听到我的呻吟或看到我痛苦的表情，"我送你出去。麻烦你告诉他们，下次找人来的时候，别忘了先敲门，就像正常的访客那样。"

"黛安娜·沃德不见了。"她突然说道。

我愣了一会儿，盯着她的脸想读出她的表情。但她不动声色，我丝毫不知道她在想什么。

"是死是活？"

"现在谁都不知道。"

"她最后一次露面是在哪里？"

"物理意义上的吗？一星期前有人在曼谷见过她，之后她就失踪了，手机也跟踪不到。"

"我离开中情局后，她很快也退休了。你们为什么关注她现在在哪儿？"

"我们很担心她的人身安全。事实上，我们对所有参加西拉诺行动的人都很关注。"

听到"西拉诺行动"这个词，我无法掩饰自己的反应。我感到它的震动回荡在我的骨骼中，不禁浑身一抖。"为什么现在还要提这件事？"

"最近中情局的信息系统遭到入侵，一次未经授权的访问触发了警报，但入侵者只访问了西拉诺行动的相关文件。"

"那次行动是十六年前的事了。"

"为了相关人员的安全，西拉诺行动的文件仍然是保密的。现在，我们担心你们这些人的名字可能被泄露出去，所以派人来看看你们是否安好，是否需要帮助。我承认，我没料到你会待在这种地方。"她环顾我的房子，看了看房间中央的松木桌和挂在架子上的铸铁锅。外面开始下雪了，大片的雪花在窗外盘旋。比安卡应该不喜欢下雪。

"正如你看到的，我在这里安顿下来，有了新的身份。"我对她说，"我很安全。"

"但黛安娜可能有麻烦。"

"黛安娜有麻烦？"我笑了，"这只是你们的猜测而已。她是个行家，完全能照顾自己。好了，如果只是为了问这个，那你可以走了。"我走到门口猛地打开门，寒风涌入，我等着不速之客赶快离开。

出门以后，比安卡转身看向我。"玛吉，帮我们找到她。你一定知道她会去哪儿，你们是并肩作战的同伴。"

"那是十六年前的事情了。"

"但你比任何人都更了解她。"

"你说得对，我的确很了解她，所以对她丝毫不感到担心。"说完，我"嘭"的一声关上门。

第三章　乔

有的男人真的该被一刀捅死。看到急救员抬着担架把吉米·凯利抬到救护车上时，乔·锡伯杜想。吉米受的不是致命伤，在一些人看来这是件好事，但在另一些人看来这是件坏事。说是件好事，因为他的妻子梅根不必面对杀人指控；说是件坏事，因为这意味着吉米回来以后，梅根的生活只会更惨，乔和其他警察势必再次介入这对夫妇永无止境的肥皂剧。即便在普里蒂这样小的地方，类似的肥皂剧也一直在上演。有时是紧闭的家门后面的抽泣和拳打脚踢；有时邻居们会发现这种事，对着妻子的黑眼圈和永远拉着的窗帘说："看吧，我们就知道会发生这种事。"

今晚就上演了这样一出好戏。十几个邻居站在鲸鱼喷水酒吧的停车场，听着吉米在救护车里大嚷，声音甚至盖过了酒吧里喧闹的音乐。

"婊子，你等着，我回家再收拾你！"

刀子没扎进吉米的肺真是太可惜了。

"等着吧！你会后悔的！"

救护车闪着灯开走了，乔不由得叹了口气，在寒冷的空气中变成一团哈气。酒吧停车场里的人没有马上散去，因为这是自弗纳尔德·霍布斯驾驶皮卡时中风而把车开进海里以后，普里蒂发生的最令人兴奋的事情。尽管室外气温只有零下十摄氏度，而且又开始飘雪，但他们仍然兴致勃勃地看着两辆警车。对于生活在缅因州的人来说，晚上零下十摄氏度可不算冷。

"伙计们，回家吧，"乔对他们说，"没什么好看的。"

"乔，他是自找的！"多萝西·弗伦奇大声说道。

"这得由陪审团来决定。伙计们，在冻伤之前赶紧回家，酒吧今晚打烊了。"

镇上唯一冬季营业的酒吧关门以后，晚上也许能清净一点儿，除非有人超速驾驶滑进雪堆或者哪家孩子打开门走入雪中。对于警察来说，寒冷的天气会让一切变得复杂，无论是交通事故还是孩子走失。如果遇上因长时间处于封闭空间内产生的幽居病，加上积怨已久并酗酒的夫妇，你就会——

好吧，你就会经历今晚在鲸鱼喷水酒吧发生的事。

乔走进酒吧，把靴子上的雪跺掉。从寒冷的室外进入室内，她觉得很热，酒吧里的温度足有二十三四摄氏度。真是浪费能源！少女时代的夏天，她在这里打过工，为远道而来的游客倒红酒、调制鸡尾酒。皮肤晒得黝黑的游客会说这个海滨小镇十分古朴典雅，还会问她这里的人冬天都在做什么。好吧，我们冬天就在做这些事。我们会增加体重，喝很多酒，让彼此感到压力。她呼吸着空气中啤酒酵母的味道，琢磨着这时喝上一杯冰镇啤酒该有多好，但还得再等等。她拉开夹克拉链，摘下手套和羊皮帽，把注意力集中在那位年轻女子身上。她瘫坐在角落里的一张桌子旁，一个警察站在她身边。

梅根·凯利曾经有过好时光。高中时，她是学校里最受欢迎的女孩之一。她一头红发，充满活力，从很远的地方就能听见她的笑声。现在，她的头发仍然是红色的，身材仍然很棒，但只有三十二岁的她已然没了笑容，徒剩一个悲伤女人的躯壳。

"嘿，梅根。"乔压过酒吧的音乐大声说。

梅根抬起头，无精打采地说："嘿，乔。"

乔对梅根身边的警察说："迈克，让我俩私下说几句话好吗？对了，帮我把该死的音乐关掉。"

迈克走到吧台后面关上音响，终于没噪声了，谢天谢地！她坐到梅根对面，感到桌子上黏糊糊的，低头才发现掌根沾了些血渍。桌子上的血一定是吉米那个浑蛋留下的。除了明天会变成瘀青的肿胀的右眼以外，梅根身上没有任何开放性伤口。

"谈谈好吗？"乔问道。

"不。"

"你知道我们总归要谈的。"

"好吧。"梅根叹了口气，"我知道。"

乔从桌上的盒子里抽出一张纸巾，擦去手上的血迹。"说说吧，到底怎么回事？"

"他打我。"

"哪里？"

"脸。"

"我是想问，他在哪儿打你的？"

"在家。我都不记得他为什么生气。哦，我想起来了，因为我从妈妈那儿回家晚了。他打了我一拳，我就跑到这里来了，想等他冷静以后再回去。但他跟着我。他走进酒吧，径直朝我坐的吧台走过来。我想我只是……只是下意识的反应。我后退的时候顺手拿了把牛排刀。我不记得当时的情形了，只记得他开始大声尖叫，身上开始流血。这时我才意识到自己手里拿着把刀。"

乔把目光转向迈克，迈克连忙说："那把牛排刀已经放进证物袋了。好几个证人现场目击了她捅人的那一刻。"他耸了耸肩,"直截了当。"

并非如此。妻子捅伤丈夫的那部分也许明白无误,但在此之前有个悲伤的故事——一个女人过早恋爱,过早结婚,过早陷入家庭的泥沼里。

"我要坐牢了,是不是?"梅根轻声问。

"今晚是的,之后要看你的律师明天早上如何交涉了。"

"在那之后呢?"

"你这事有情有可原的地方,我和镇上的人都知道。"

梅根点点头,伤心地笑了:"我倒想在牢里坐些日子。这对我来说就像是放假,你知道吗?我可以吃得好睡得香,不用担心吉米——"

"梅根,别说这种丧气话。"

"但这就是发生在我身上的事实。"梅根看着乔。

"那就做出改变,叫吉米滚蛋!"

梅根的嘴角微微扬起,露出一丝微笑。"是啊,我就知道你会说这种话。乔·锡伯杜还是老样子,天不怕地不怕。高中毕业后你一点儿都没变。"她轻轻地摇了摇头,继续说道,"你还在镇上干什么?你早该逃出去了。你应该去佛罗里达这种气候温暖的地方。"

"我不喜欢炎热。"

"关键是,你可以去别的地方。"

"没错,我可以,你也可以。"

"你又没嫁错人。"

"你可以随时改变现状。"

"说得很容易,你根本不知道这有多难。"

"我的确不知道。"乔叹了口气。她同样不知道梅根是如何被吉米·凯利的甜言蜜语所俘获的。但是,吉米这种男人通常会避开乔,因为她强悍的名声在外。镇上的男孩都知道,如果你打乔一个耳光,她会还你两个,而且出手更重。

乔起身,扶梅根站起来。"你得检查一下眼睛。我让迈克送你去医院,再把你收监。"

"那我就能睡个好觉了。"梅根说。今晚她的确可以好好睡一觉,因为她是监狱里唯一的犯人。每年这个时候,普里蒂的牢房总是空无一人。对乔来说,这是冬天的一大好处。醉酒的游客不会在这个季节超速驾驶快艇,学生们总是匆匆回家,不会在放学路上小偷小摸。当黑夜变长,开始下雪以后,普里蒂就进入了冬眠,变得困倦,比其他季节更为祥和。

当乔开车沿着主街行驶时,普里蒂就是这种昏昏欲睡、安静祥和的氛围。街道两边的商店晚上七点就关了门,人行道结的冰在灯光下闪闪发光。整个城市似乎被施了魔法,在冬夜沉睡。尽管时间好像在此冻结,但乔在三十二年的生活中目睹了镇上太多的变化。过去出售瓷器和旧明信片的古董店,现在变成卖果酱、果冻和糖果的礼品店。过去父亲买可乐的杂货店,变成出售各种红酒的酒类专营店,现在又成了咖啡厅,售卖种类繁多的咖啡,你需要一本意大利语词典才能搞清楚点的是什么。只有五金店还在营业,但八十三岁的老板早就不想干了,那里迟早会停止销售锤子和螺丝刀,变成一家卖T恤的服装店。这些砖砌建筑维持了一百五十多年,不断变化的小店和业主构成了小镇的历史。在如此小的城市里,你唯一能期待的就是"改变"。

她想起梅根刚才说的话:你还在镇上干什么?你早该逃出去了。没错,乔本可以离开普里蒂,但她不想离开。这是她成长的地方，她的父亲和祖祖辈辈都生活在这里，锡伯杜家已经在普里蒂的冻土里扎根了二百五十年。现在，她有责任保护这个从佩诺布斯科特湾到卡梅伦山的七十六点四平方千米的小镇。这片土地上有湖泊、森林、农田、港口和造船厂，还有三千多名常住居民，他们中的大多数人都住在海边，沐浴着海洋的气息。

但今晚太冷了，感受不到海的气息，即使她开车来到码头也是如此。她放下车窗，想听听外面是否有争吵或呻吟的迹象，但只能听到海浪拍打堤岸的声音。镇上的两艘帆船——阿梅利耶号和塞缪尔·戴号——被白色的收缩膜包住以过冬，像幽灵船一样在系泊处摇晃。到了夏天，只要天气允许，这两艘纵帆船每天下午都会出航，船上会挤满来此游玩的游客。镇上的人虽然称他们为"今日渔获"，喜欢他们带来的钱，但讨厌他们给小镇造成的交通堵塞和众多麻烦。

这便是乔要解决的问题。

她驶离码头，继续巡逻。她先驾车向西驶向卡梅伦湖，湖边的季节性小屋已经关闭，冬天常有窃贼出没。接着她把车往北开，穿过一排高高的橡树，两年前帕克兄弟就是在那儿撞车身亡的。接着她又折向东边的海岸，经过乔治·奥尔森枪杀妻子后自杀的农舍，那里现在住着一对向往乡村生活的波士顿年轻夫妇。乔猜他们可能知道奥尔森夫妇的事情，也可能不知道。也许房地产经理人贝蒂·琼斯隐瞒了这件事，贝蒂就是这种精明的家伙。

接着她驶入一号公路，从海边开回小镇。她经过去年夏天一位自行车手摔碎头骨的弯道，经过一位少女溺水身亡的海湾。一直待在一个小镇的话，你就会知道这里发生的所有悲剧，因为不愉快的记忆就像墓碑一样永远不会消失。

结束晚上的巡逻以后，她回到普里蒂警察局，把车停在标有

"警察局局长"的车位上。五个月前，她成了这里的代理局长，直到镇议会决定下一任局长。前任局长格伦·库尼在开罚单时被另一辆车撞了，享年六十四岁。乔第一个赶到现场，看到格伦四肢伸展被撞飞在草坪上，关节错位，血流满地。这一幕至今仍会在她脑海中闪过，就像噩梦一般。十年前雇佣乔的就是格伦。他起初不是很情愿，怀疑一个二十二岁的女孩能否给醉汉戴上手铐。有天晚上，他目睹了乔的完美表现，在那之后，两人相处得非常好。

现在，她不得不处理轮班安排、警员请假这种日常琐事，还要应对长期不足的预算。一个三千多人的小镇，真的需要六个全职警察吗？议长女士，如果能减少交通事故、人们不再打架斗殴和抢劫汽车，我们可以减少开支。哦，还有，到了七月，能否关闭一号公路的出口，拒绝游客来访？我相信游客们会很乐意去其他镇上消费的。

她走进大楼，走向如今属于她的警长的桌子。之前上班的时候，她总能看见格伦·库尼背部挺直地坐在那里，喝着咖啡，吃着三明治，灰白的头发向左边梳得整整齐齐。他是个正派的人，和乔以往遇见的大多数男人一样，不聪明，但是很可靠。在人生长河中，这是最重要的品质。现在，格伦过去处理的那些棘手问题都丢给她——存在酗酒问题的下属警员和盗窃成瘾的教堂管风琴师。每当这种时候，她就会坐在格伦曾经坐过的座位上想：格伦会怎么做？

她在他的办公桌前坐下，打开电脑，开始写吉米·凯利被捅伤的案情报告。一夜无事的话，写完这份报告以后，她可以拟订下个月的轮班表，也许还可以为下周要在镇高中职业宣导会上发表的演讲撰写草稿。最后，她可以为周末做个计划。天气预报说星期六是晴天，寒冷但晴朗，她可以带着小狗露西去巴尔德山露营。乔希望那时没有电话，也没人打扰，她可以在星光下的雪地上和露西开开心心地露营。

这时，她的对讲机响了。

第四章　玛吉

我把车停在劳埃德和英格丽那辆时髦的劳斯莱斯前面，本·戴蒙德的黑色斯巴鲁停在街对面，德克兰的蓝色沃尔沃则停在街角附近。看来人都到齐了。通过观察街上的车判断谁来了谁没来，仍然是我的天性。旧习难改。

劳埃德替我开门。"我们正在猜你什么时候来呢！"我带着为晚餐准备的餐食走进门。

"屋里好香。"我把餐盒递给劳埃德，"你们在做什么？"

"这是我第一次尝试做意大利波切塔烤猪肉。但先来杯马提尼！德克兰已经把你指定的雪树伏特加冰上了。"

我挂上外套，走进客厅，壁炉里正生着火，噼啪作响——真正的柴火在燃烧，而不是煤气。咖喱和大蒜的香味从厨房飘来，劳埃德已经在桌子上摆好了丰盛的开胃菜：意大利腊肠、莫塔德拉香肠、橄榄和奶酪。在这个家里，劳埃德负责做饭，从腰围看，他也主要负责吃饭。其他人正端着马提尼站在壁炉前。我们把这种聚会称为"读书会"，但都是冲着马提尼来的。

除了品尝马提尼以外，就是谈天说地了。在来到安静的缅因州之前，搜集流言蜚语是我们工作的一部分。本·戴蒙德是第一个来这儿安营扎寨的。为了照顾生病的妻子，他提前退休，在九年前把家安在宁静的普里蒂小镇。这里有他需要的一切：书店、像样的公共图书馆、提供浓缩咖啡的咖啡店。更重要的是，这里不会成为核打击的目标。

搬来一年之后，本的老婆死了，但他留在这里。几年后，他招收了劳埃德和英格丽夫妇，德克兰也在退休后来到这里。我觉得，缅因州肯定还有许多像我们这样的人，选择在此安静地度过退休生活，在这个常被中情局用作安全屋的城市。我不知道他们是谁、住在什么地方，但本一定知道。本通晓一切。

德克兰递给我一杯马提尼，杯子非常冷，我喜欢这种冻手的感觉。

"听说今天你家来了一位不速之客。"英格丽说。

我看了看唯一知情的德克兰，他抱歉地耸了耸肩。"你的嘴可真快啊。"

德克兰说："我觉得应该让大家都知道。陌生人来到这个小镇，可不会有什么好事。"

"跟我们讲讲她的事吧。"英格丽说道。

我喝了口冰凉的马提尼："她说她叫比安卡。"

现在所有人都靠过来，等着我说下去。一直以来，他们都在准备着倾听，以及时搜集到所有有用的信息。

"比安卡。没听说过这个名字。"英格丽说。其他人也摇了摇头。

"是张新面孔，"我告诉他们，"三十岁出头，身高一米七左右，体重五十九公斤左右，黑色头发，棕色眼睛。"

"什么地方的口音？"

"听不太出来，也许有些英格兰的味道，发音标准。她也许在那儿住过几年。"

他们一边点头一边思考这些信息。他们不用记笔记，听到的内容会被永久记录在大脑灰质中。

"她来这儿干什么？"英格丽边问边整理丝巾。在这个干净衬衫和蓝色牛仔裤被认为是礼服的小镇上，英格丽仍然穿着时尚。她的银发优雅地盘在头上，用一个锡制的蝴蝶发夹夹紧，脖子上围着条漂亮的丝巾。她看上去可能像个在公园大道常见的老太太，但温和愉快的表情掩盖了她其实是一个破译密码的天才。

"她是为了我以前参与的一个活儿来的，"我埋怨自己真不该把这件事告诉德克兰，"没什么大不了的。"

"千里迢迢来看你已经很不寻常了。那是多久以前的活儿啊？"

"好多年了。"我转过身，狠狠地瞪了德克兰一眼。他迎着我的目光，毫不退缩。"老皇历了。"我补充道。

"他们现在又找你干什么？"

"唉，你也知道新世代都是什么样子。"英格丽的丈夫劳埃德说道，"他们肯定不了解行动的详细情况，需要我们来填补历史记录的空缺。"

英格丽不会放过这个话题。和劳埃德不同，她感觉到比安卡的来访不只是为了了解情况。"她想让你干什么？"

我喝了一口马提尼，考虑接下来该怎么说。"和我一同参加多年前那次行动的还有另一位女士。最近，她突然失踪了。他们想让我帮忙找到她。"

劳埃德哼了一声。"当初他们以年纪太大为由把我们踢出这个行业。等他们意识到自己搞不定的时候，却要我们帮忙了。他们真该在工作中好好学学，就像我们过去一样。"说着，他拍了拍额头，"他们屈尊求教的话，我可以把一切知识巨细靡遗地告诉他们。"

本似乎被谈话的内容弄得很不安。他七十三岁，是我们中最年长的，也是我们这个小圈子里的头儿。"我不喜欢这种事。"他说。

"你指什么？"劳埃德问他。

"她不请自来，要玛吉帮忙。这越界了。这个小镇是我们私密的后花园，我们住在这里就是不想被人打扰。"

"我可没邀请她。"我说。

"比安卡，比安卡……"英格丽用她惊人的记忆力搜索这个名字，"她是哪个部门的？"

"她没说。要我猜的话，应该是东亚处的吧，因为失踪的那位女士最后出现的地点是曼谷。"

"是化名吗？"德克兰提示道。

英格丽说："或者是新员工，我们都没听说过。"

我回忆着在厨房遇到的那个女人。她很自信，具有给人致命一击的能力。"她不是个菜鸟，有实战经验。"

"那我就得去问总部的朋友了，问问他们知不知道这个人。"

"也问问他们是不是准备派其他人来。"本补充道。

劳埃德又给自己倒了杯马提尼。"先享用美食吧。德克兰带来了拿手的咖喱羊肉。我整个上午都在烤猪五花，希望你们对我的波切塔烤猪肉满意。"

我们原本打算办的是读书会，但没人提起要读的那本书。伊本·白图泰和他在中世纪的探险要等我们吃饱肚子、聊完天以后再谈。我们走进餐厅，桌上很快摆满了德克兰拿手的咖喱、本的波斯风格米饭、劳埃德的猪肉和我的泰式羊肉，这些都是我们多年前在遥远国度工作时学会的美食。在异国生活会改变一个人的口味，现在我们都会在菜里放点儿辣椒。

我环顾餐桌周围,看着围坐一圈的老熟人,发现我们的头发都白了,或者像本那样完全没了头发。这些大脑加起来积累了上百年的经验,但时间在流逝,年轻人加入,我们就变成多余的了。于是,我们只能移居这个安静的小镇,谈论读过的书和做过的菜,以及哪里能找到最好的肉桂和花椒。我想,以后的情形只会更糟。

我的手机响了。

没想到会有人给我打电话,毕竟很少有人知道我的电话号码。我低下头,看见来电显示是卢瑟·扬特。他可能想对早晨送给他们的礼物表示感谢。

"你好,卢瑟。"我意识到周围的同伴停止了交谈,都在聆听我打电话。偷听是我们多年来养成的习惯。

"你那边怎么了?"卢瑟问道。

"我正在朋友家吃晚饭。"

"那就好,很高兴你没事。"

"你在说什么?到底怎么了?"

"你家门口现在一团乱。我听到警笛声,以为你家着火了。我刚才出门,看见你家车道上停了几辆警车。等考利穿上靴子以后,我带她一起过去看看。"

"不,千万别过去。你们离那附近远点儿,我马上就回家。"我挂断电话,发现他们都在盯着我,"我得走了,家里出事了。"

德克兰放下餐巾。"我和你一起过去。"

"求你了,你留下来吃晚饭,这事我自己能应付。"

但德克兰还是陪着我一起走到门口。或许是因为生于外交官家庭,或许是因为在瑞士的寄宿学校读书长大,他一直很讲究礼仪。和他不同,我是在贫苦的环境中长大的。我的成长经历教会我,永远不要依赖男人的帮助,而德克兰从小就认为有义务帮助女性。

"玛吉,我真的不介意和你一起去。"德克兰说,"如果遇到麻烦,有个人陪着你会好一些。"

"没事的,警车正停在我家的车道上呢。谢谢你的关心。"

我驾车离开的时候,德克兰还站在门口目送我。当他终于从后视镜里消失,我松了口气,专注思考家里到底发生了什么事。我忘关炉子了吗?有人闯空门吗?不管发生了什么,我更愿意自己处理。

快到家的时候,我看见蓝色的灯光在树林中闪烁,是两辆警车。卢瑟没有夸大其词,的确发生了需要把普里蒂仅有的两辆警车都调过来的重大情况。我把车停在一辆警车后面,走进闪烁的灯光中,马上明白发生了什么事。

车道上躺着一具尸体,警车前灯刺眼的灯光照亮了尸体的脸,我认得那张脸。比安卡面朝天平躺在地,像被钉上十字架一样双臂张开。她穿着今天下午在厨房见到我时的那身衣服:修身的黑裤子、合身的蓝夹克和系带靴子。她的前额有两个弹孔,是被人用处决死刑犯的方式杀害的。

三个穿着制服的警察站在车道上盯着我,其中有一个女警察。他们很年轻,看上去只会处理开罚单和给游客指路这样的小事。谋杀不会发生在普里蒂,即便偶尔发生,行凶者不外乎是丈夫或男朋友。眼前发生的情况让他们很不安,只能愣愣地看着我,好像我能帮他们找到犯人似的。

"夫人,你住在这儿吗?"女警察问我。她是一个健壮的金发女郎,扎着朴素的马尾。尽管很年轻,她却有一种不怒自威的气质,显然是三人中管事的。她很有威慑力,但还是用礼貌而尊敬的语气像叫祖母一样称呼我为"夫人"。

"是的,我是玛吉·伯德,拥有这处农场。请问你怎么称呼?"

"我是普里蒂警察局的乔·锡伯杜。正如你看到的这样——"

"我家车道上有具女尸。"

她停顿了一下,显然对我的直率感到吃惊。也许她以为我会表现得更夸张,比如尖叫或晕倒,但我天生不会演戏,只会冷静地评估形势。我看了看比安卡的双手,注意到它们瘀肿发黑,手指弯曲成奇怪的角度。

"今晚你在哪儿?"乔问道。

我重新把注意力放到女警察身上。"我在镇上和朋友吃饭,我的邻居打电话说我家出事了。他住在那边的房子里。"我指了指卢瑟的房子,"他说我家车道上停着警车,于是我立刻赶回来了。"我又低头看了看尸体,"谁是第一发现人?"

锡伯杜皱起眉头。她万万没有料到,我不是想象中那种遇到这种事会惊慌失措的老太太。"一个联邦快递的司机,他来送快递。这是他今天的最后一个工作。"

我瞥了一眼门廊,门口没有快递。我一直在等给鸡窝准备的加热灯,看来今天得由于意外而延迟派送了。

"夫人,你认识死者吗?"女警察问。

我开始对"夫人"这个称呼感到烦躁。"她说她叫比安卡。"

"这么说,你认识她,是吗?"

"算不上认识。"

"你知道她的姓氏吗?"

"她没告诉我。今天下午她来我家拜访,那是我第一次见她。"

"她为什么来找你?"

事情的真相太复杂了,她这种小镇警察无法理解,所以我撒了个谎:"她来买新鲜鸡蛋,这是她第一次来我这儿买。"

乔没有说话,显然我的答案太糟糕了。也许我可以想出更恰当的回答,但一杯马提尼和几杯葡萄酒让我变得比往常迟钝。但我知道,任何接近事实真相的问题只会招来更多问题。

我赶紧问道:"尸体怎么会出现在这里?"

没有人回答。

我低头看着我的车、联邦快递的车和两辆警车的轮胎痕迹,以及纵横交错的脚印。"附近发现可疑车辆了吗?"我问。

"没有,夫人。"

我弯下腰凑近观察尸体,乔突然厉声说:"退后,我们要让现场保持原样,以便稍后过来的州刑警勘验。"

我依令往后退了一步,但该看的已经都看到了。从骨折的双手和脱臼的指节可以看出,比安卡在被两颗子弹击中头部之前遭受了酷刑。为了得到信息?还是作为声明?凶手为何要把尸体扔在我家的车道上?如果是为了传达某种信息,那我实在不知道对方想表达的是什么。

"今晚你是什么时候离开家的?"锡伯杜问道。

"六点左右,那时这里肯定没有尸体。"

"那是三个小时之前的事了。有人能证明这三个小时你去了哪儿吗?"

虽然我知道这是她的职责所在,但还是被这些问题激怒了。我知道她没有真的把我当成嫌疑人,因为我看起来不会折磨一个女人、在她脑袋上开两枪然后把尸体扔在自家车道上。这不仅不可能,而且不合逻辑。

"你可以找劳埃德·斯洛姆和英格丽·斯洛姆。"我告诉她,"他们住在栗树街六五一号。今天我们在斯洛姆家举行读书会,他们能证实我在那里。"

锡伯杜把这些名字记在笔记本上,然后把笔记本塞进口袋。劳埃德和英格丽自然会帮我作证:我们今晚一起吃饭喝酒,还激烈地讨论了《伊本·白图泰游记》。这是我们这些退休人员享受闲暇时光的一个夜晚。我不确定警察是否会问我们退休前从事什么职业,因为很少有人对老人之前的经历感兴趣。

"我注意到你家安装了摄像头。"锡伯杜说。

发现摄像头一点儿都不奇怪。在美国,大多数人家会在户外安装摄像头。我原本希望能在警察之前先自己看一下拍到的内容。

"是的。"我承认。

"我们需要确认录像,还得看看房子里面的情形。"

"为什么要进屋?"

"你的车道上有一具女尸,我们不知道凶手是谁,也不知道凶手在哪儿。我要确保凶手没有藏在你家。"她停顿了一下,"我只是担心你的安全。"

这个要求很合理,任何独居女性都不会拒绝。我点点头,拿出钥匙。

锡伯杜和一个男警官跟着我走到门前。门锁完好无损,没有被闯入的迹象。我开门,打开灯,警察一直跟在我后面。一切都和我三小时前离开时一样。警察也许想在我的厨房里找到随手放置的杀人凶器或折磨死者留下的血迹,但当我带他们进去时,他们看到的只是挂在架子上的铸铁锅和水槽里的脏盘子。

之后我领着他们走进客厅,那里被我布置成了朴素实用的美国风格。沙发是在班戈的一家折扣家具店购买的，上面铺着灰色羊毛软垫。白桦木茶几、松木尾桌和摇椅都是从旧货市场淘来的，德克兰帮助我把它们拖回家——他总是乐意帮我装货。这里没有什么华丽的东西，不会引起警察的注意。我的房子对任何访客来说都是"普通"的。"普通"意味着安静、不显眼和安全。

我带着他们踏上吱吱作响的楼梯，来到二楼。供暖系统和房子一样老旧，卧室里温度很低，穿着毛衣和毛袜仍然感觉很冷。今晚我得在炉子里加点儿柴火，好在晚上睡得暖和一些。尽管我对警察侵犯我的隐私感到不满，但不配合的话他们肯定会下搜查令，并深入调查我的过去，这是我承受不了的。所以我只得带他们依次检查卧室、浴室和壁橱。

凶手没有藏在屋子里的任何地方。

走出卧室，搜查告一段落。我看着窗外停在车道上的两辆警车，黑莓农场俨然成了犯罪现场。这可不是隐姓埋名的生活方式。

"好的，夫人，屋子里看起来没有异常，你应该是安全的。"锡伯杜显然觉得他们是在帮我忙，确认老屋里是否有危险，"现在，能让我们看看监控摄像头的录像吗？"

这不是请求，而是命令。虽然我不愿意在自己看过之前与他们分享视频，但没办法阻止她。我们下楼走到厨房里的台式电脑旁。除了监控以外，我还用这台电脑进行农场业务：订购小鸡、出售鸡蛋、购买饲料。电脑里没有敏感信息，也没有秘密，连密码都很简单：BlackberryFarm431#。我当着他们的面输入密码。

电脑桌面是我以前养的一只老公鸡加拉哈爵士的照片，它在和秃鹰发生争斗后不幸去世。象征我们国家的这种鸟，同样是我的鸡群的威胁。我可以随时从任何设备通过输入复杂的密码进入安保系统，而此刻正有两个警察站在身后，这可能会造成麻烦。所以我飞快地在键盘上打出一连串数字与符号，确保他们无法分辨出密码。

监控系统的主页出现，电脑屏幕上显示出十六个小窗口，信号来自安装在房子和谷仓不同位置的十六个监控摄像头。

"天哪，你的监控系统可真是太棒了！"男警察惊叹道。他可能以为我只安装了一个普通家庭使用的模糊摄像头，没想到他可以看到家里各个角落的4K高清视频。

"我晚上六点左右离开家，"我说，"从那时开始看吧。"

我把视频时间倒回傍晚五点五十分，那时天已经黑了，摄像头切换到了红外模式。五点五十八分，我走出门，锁上门锁，走下门前的台阶，上了小货车。

"就像刚才说的，六点我离开家。"看着我的小货车离开的画面，我说道。

锡伯杜只是点了点头，至少我已经从她的嫌疑人名单上删除了——如果我曾经在名单上的话。视频播放到六点零五分、六点十分，什么都没有发生。

"联邦快递的人是什么时候报警的？"我问。

"七点三十六分。"

我将播放速度调为两倍。在这儿坐上一个多小时却什么都没有发生的话，简直是浪费生命。直到晚上七点零五分，画面里终于有动静了。

一辆深色的SUV出现，电脑里传来汽车发动机的声音。车头灯关着，只有发动机的指示灯在黑暗中发出微光。看来司机知道我家安装了监控摄像头，从他刻意遮挡前后车牌也能验证这一猜想。车在我家门口停下后，驾驶席的门打开了，但车内的顶灯没有亮，司机显然弄坏了开门亮灯的装置。

我感觉到身后的两个警察俯下身，气息喷到我的头发上。从视频里看见有个人从车上下来的时候，我的心怦怦直跳。他戴着帽子和口罩，衣服和裤子都是黑色的宽松款，看不出身材。我的摄像头是最好的设备，但无法透视遮得这么严实的访客。这个人走到SUV后座外，打开车门，把手伸了进去。他把尸体从后车厢拖出来，尸体掉到地上，整个过程没有发出任何声响。我很清楚移动一具瘫软的尸体需要多大力气，但他看上去似乎毫不费力。

肯定是个男人。

接着，他做了一件匪夷所思的事情。他弯下腰，把尸体翻了个身。为什么让死者面朝上？让留下的纪念品给我带来更大的心理阴影吗？他一定以为我会发现尸体，以为我晚上开车回家的时候会直面比安卡死后那对失神的眼睛。但天算不如人算，发现尸体的是联邦快递的一个可怜的快递员。

他显然想吓吓我，我不知道出于什么原因。

摆好尸体后，凶手回到车上扬长而去，很快离开了摄像头的拍摄范围。在开到镇上之前，他肯定会拿掉车牌的遮挡物，摘掉口罩和帽子。在外人看来，他只是一个驾驶SUV穿越小镇的普通人。

"这是怎么回事？"锡伯杜看着我。

"我不知道。"我说。我真的不知道。我只知道，他这么做不是随意的。他肯定知道自己的一举一动会被摄像头捕捉到，因此刻意遮掩了可供辨认的线索。"但这能证明我讲的是真话。"我说，"我像之前说的那样在六点前后离开家。需要验证的话，你们可以找劳埃德和英格丽。你们还可以找本·戴蒙德和德克兰·罗斯，他们今晚也参加了读书会，会证实我今晚和他们在一起。"

"夫人，我会找他们谈谈的。"

"你们想要一份视频文件，是吗？"

"州警察肯定想要。"

"我会复制几份给你。"

两位警察转身离开厨房，没走几步，锡伯杜转过身问我："你觉得这里安全吗？"

"这是我家，当然很安全。"

"即使门口发生了这种事？"

"我想象不到这事和我有什么关系。"

她打量了我一会儿。在厨房的灯光下，我终于看清了她姓名牌上的字：乔·锡伯杜警官。我发现她和我有着令人不安的相似之处——简洁精准的问题与轻松把握局势的能力。在她这个年纪，我对自己同样自信，但几十年的间谍生涯教会我，过度自信会很危险。

"你觉得他为什么会把尸体扔在这里？"她问道。

"我不知道。"

"你能认出他开的车吗？"

"那是辆黑色的SUV，镇上很多人都开这种车。"

"伯德女士，你在普里蒂住的时间不长吧？"

"这个农场是我两年前买的。"

"之前你住在哪儿？"

"来这儿之前我住在弗吉尼亚州的雷斯顿，但我辗转住过好几个地方。"

"因为工作原因吗？"

"是的。"

"你从事什么工作？"

"我是做国际贸易的，在一家报关代理公司工作，为外国公司处理进出口物流。"大多数人不会在意我简历中的这一部分，但锡伯杜似乎更感兴趣了。

"你为什么要来普里蒂这种小地方？"

"当然是因为这里的名字了①。我想生活在水源洁净、空气清新的地方，我可以惬意地在林中散步。为什么问这些？"

"我想知道你为什么能这么冷静。车道上的尸体似乎不会让你感到不安，大多数人面对这种情况都会被吓坏的。"

"警官，到了我这个年纪，已经没有什么东西能吓到我了。"

她的嘴角一扬，显然意识到我没有告诉她全部事实，但她今晚无法从我这里问出更多事情了。

"州警察明天会找你谈话。"她说。

"告诉他们天亮以后来。现在已经很晚了，我精疲力竭。"

我确实感到精疲力竭。但两个警察离开后，我并没有回到卧室。透过厨房的窗户，我观察着车道上的动静。我想，锡伯杜警官一定意识到我今晚对她撒了许多谎。

我想象不到这事和我有什么关系。

这是最大的谎言。这事当然和我有关。我只是不知道车道上的尸体想要向我传递什么信息。为了吓唬我吗？或者这是给我的小礼物，就像猫叼来死老鼠一样？有人想用这种方式告诉我，他们会为我排除骚扰？两者必居其一，但解决的方法截然不同。

---

①普里蒂（Purity），意为洁净、纯净。

我设置好夜间警报器。即便门窗打开一毫米，我也会马上知道。我走进书房，看见《伊本·白图泰游记》碰巧放在桌上。这本书讲述了十四世纪的一个年轻人从摩洛哥到中亚再到中国的旅行过程，内容引人入胜。选择这本书，是巧合还是某种预兆？就在读书会研读这本中世纪游记的夜晚，有人威胁要毁掉我重建的生活。我走到书架前，摸着侧面的弹锁，打开了它。书架的下半部分向外移动，露出一个壁龛。德克兰退休后迷上了木工，毕竟退休老人也需要爱好，而他的这件作品就是我受益匪浅的证明。我用这个壁龛存放旅行袋，里面只有几样基本物品，足够我离开小镇后生活几个星期，包括护照、信用卡、几种不同货币的现金，以及一些我再也不想用到的东西。

生活中充满了意想不到的事情。

我拿出旅行袋，把它带到楼上的卧室。我得把它放在身边，如果需要离开，我可不想下楼在黑暗中摸索。

不过今晚应该很安全。车道上有很多警察，他们把全部注意力集中在我的房子上。我第一次为被警察保护感到高兴。尽管如此，我还是在关掉台灯前把枪放在床头柜上。卧室的窗帘无法遮挡警车的灯光，即使隔着厚厚的布料，我还是能看到警灯闪烁。

我的手机响了，是卢瑟发来的信息。你没事吧？

我键入回复：我家的车道上发现了一具女尸。

哦，我的老天！

警察接下来可能会找你谈。

我们什么都没看到。

太糟糕了。

手机响起，打电话的不是卢瑟，而是德克兰。我接通了电话。

"听说你需要不在场证明。"他说。

"警察已经给你打电话了吗？"

"五分钟前，普里蒂警察局一个名叫乔·锡伯杜的迷人女警打电话给我，问你是否参加了今晚的读书会。我告诉她你参加了。说实话应该对你有利吧？"

"这次的确如此。"

"玛吉，你那儿安全吗？"

"我不知道。"我看着窗帘外闪烁的车灯，想着现在的形势还很微妙。我的眼前仿佛浮着一层薄纱，掩盖了事实真相。我想到床边的旅行袋，想到离开这个农场、离开普里蒂甚至离开美国是多么容易。但现在这里是我的家，我花了两年时间重建生活，适应这里的节奏，使人生步入正轨。我厌倦了漂泊，厌倦了四处寻找落脚点的生活。我就要留在普里蒂，普里蒂是我结束流浪生活后的命定之地。

"我马上过来。"德克兰说，"我会睡在你的沙发上。"

"你来干什么？"

"陪你，给你当看门狗。"

我笑了。"德克兰，你真是一位绅士，但外面的车道上现在有好几个警察，我家暂时不需要看门狗。"

"那么，需要我的话记得给我打电话，我马上就到。"

"有事的话，我会第一个向你求助。"

我挂断电话，躺在明暗不定的卧室里，看着窗帘外闪烁的灯光。车道上躺着一具女尸，她生前让我帮忙寻找黛安娜·沃德。我离开那个曾经热爱的行业已经十六年了，也已经有十六年没见过黛安娜了。我的职业生涯并不是很顺遂，照镜子的时候我能从自己的脸上看出来。我想知道黛安娜现在是什么样子。

我闭上眼睛，想象着黛安娜年老的样子。她的头发变得灰白，皮肤开始下垂。突然，她的形象开始破裂，像水面的倒影一样转瞬即逝。我的脑海中出现了另一张脸，那是我每晚闭上眼睛时总会看到的脸，是我永远忘不掉的脸。

  丹尼。

第五章

曼谷，二十四年前。

我们是偶然相遇的，至少看上去是偶然相遇的。我天生容易对人们看似无害的动机产生怀疑，所以通常会回避友好的相遇。父亲从来不说实话，总是跟我说要进城见客户，但十次有九次都是去街上的酒吧。当我晚上在酒吧找到他时，他一般已经喝了五六杯，醉得不省人事，还在耍酒疯。但有时他没有撒谎，真的会去见客户，我对这十分之一的概率感到很困扰，所以从小养成了不相信别人的习惯。如果他总是撒谎，至少还有点儿确定性，我也就不必对他抱有希望了。那十分之一的可能性反倒会扰乱思想，让我萌生不该有的希望，最终导致失望。我就像一个不停敲打石头的钻石矿工，知道眼前的一堆石头必定会凿出钻石，所以愿意耗尽一生开凿石头。

直到有一天，我受够了。我丢下一句脏话，然后收拾行李驾车离开，就像母亲多年前做的那样。没错，我质疑一切，所以我能胜任这份工作。

这天下午，我外出度假，想吃碗辣汤面。外出游玩的时候，一切感觉都那么不同。世界似乎和平友爱，充满善意，每个人的微笑都是发自内心的。我不打算以此为借口，但这时我的确放松了警惕。突然间下了一阵大雨，所有人都往街上有限的遮阳棚下挤。我躲在遮阳棚的边缘，牛仔裤的背面很快就湿透了。不过在曼谷的持续高温天气中，这样一场雨好歹能带来些许凉意。之后，我离开酒店，乘渡船过河，去喝一家摊贩做的汤，那是我在泰国执行任务时发现的美味。同事们已经飞回家了，但为了享受曼谷，我计划多住四晚。我想睡多久就睡多久，想吃什么就吃什么，一切都由政府承担。今天下午我想吃的是辣牛肉汤面。

小贩递给我一碗面，散发出八角和肉桂的香味。这碗面只要六十泰铢，折合两美元多。这顿饭就不用"山姆大叔"请客了。

我把碗端到唯一的那张空桌子，坐在低矮的塑料凳上，感觉就像坐在儿童桌椅上，但幸运的是，这个歇脚的地方不会淋到雨。咽下第一口面条时，我模模糊糊地听见刚才在我后面排队的男人用英语对摊贩说："那位女士点了什么？给我也来一份吧！"

我抬起头，看见他指着我的碗。小贩听不懂他在说什么，于是他又问了一遍，看上去很无助。他看上去比我小，带着英国口音，眼神中充满期盼，像是那种对每次新体验都感到惊喜的背包客。他有一头蓬乱的金发，似乎好几个月没有理发了。他那褪了色的蓝色背包很破，背带用胶布修补过，口袋里露出一张叠起来的泰国地图。他穿着工装短裤和登山凉鞋，皮肤被晒得黝黑，显然已经在热带地区待了段时间。他的T恤上用泰语写着"愚蠢的游客"，他肯定不知道这句话是什么意思。

他付了六十泰铢，从摊贩手里接过一碗面，然后扫视周围，但没有发现空桌子。他拿着碗站了会儿，手足无措。这时雨又下了起来，雨水很快淹没街道，打湿了他的凉鞋。我的桌子旁有把空凳子。我可以假装没看到他，继续低头吃面。我想了几秒钟，盘算着是否要叫他过来。

"你可以坐这儿。"我抬起头对他说。

雨声很大,他没有听清我的话。

"嘿。"我大声招呼道。

他转过身,发现我对他指了指身旁的空凳子。他咧嘴一笑,把碗放在桌上,翘起长腿坐上矮凳子。

"我不喜欢站着吃东西,谢谢你。"

"我看你点了和我一样的。"我说。

"你的面看起来很香,我也想来一份儿。你似乎对这里的招牌菜了如指掌。"说完,他弯下腰喝了一大口面汤,然后叹了口气:"老天,真是美味啊!"

"是不是很好吃?"

他细细品尝着面的味道。"八角茴香,肉桂,高良姜,鱼露……"他咳嗽了一下,脸突然涨得通红,"哦,还有辣椒!"

"这是非洲鸟眼椒,不算最辣的,但也够劲了。"

辣椒让他脸红流汗,但他还是继续吃,也许是因为不想在我面前丢脸,或者他真的很喜欢吃辣,尽管辣得快要无法忍受。我能够理解。痛苦有一种强大的趣味,它的极限就是快乐。为了证明自己活在世上,有些人渴望并追求这种感觉。

"面里还有种我不知道的食材,"他放下勺子说,"有股土味,带着金属般的——"

"牛血。"

他抬起头,恐惧地看着我。他的眼睛是明亮的绿色,一头乱蓬蓬的金发,像是迷失在错误时代、错误大陆上的维京人。

"真是吗?"

"是的。"我不知道是不是把他吓坏了,他会不会厌恶地推开碗。

他出乎意料地笑了："这太有想法了！怪不得面的颜色这么浓郁。"他把碗举到嘴边，喝完了剩下的汤，毫不掩饰地表现出原始的快乐。

就在那时，我不禁浮想联翩。我想到我们两人躺在床上，四肢交缠，满身大汗。

"你总会分析每顿饭的食材吗？"我问。

"很烦人，对吗？"

"你似乎很会分析，不会是个化学家吧？"

"我是个医生。我想我天生就喜欢解剖东西，哪怕是碗面汤。"

"给人看病的医生吗？"

他一定听出了我语气里的疑惑，不禁笑了。从眼角的皱纹来看，他没有我之前以为的那么年轻，应该和我年龄相近。"我知道，我现在的样子肯定不像个医生。"

"我想医生不会背这样的旧背包。"

他看着背包上修修补补的胶布。"它已经陪伴了我很多年，跟我一起经历了许多事。我太多愁善感，舍不得丢掉它。我在六个难民营工作了五年，它始终在我身边。"

"哪里的难民营？"

"我大部分时间在肯尼亚和苏丹，治疗各种疾病，从枪伤到疟疾。"

"你是来泰国工作的吗？"

"不，我只是来旅游的，几周后就要回伦敦。我还没有机会探索亚洲，所以想在正式工作前尽可能多游历一些地方。"

"你似乎不是很甘心过未来的人生？"

"也没有，但是……"他叹了口气，说，"但我必须开始赚钱养家了。"

"为什么?"

"从来没人问过这个问题。"

"不能回答吗?"

"我得照顾妈妈。"

答案很简单,但令人意想不到。"听起来你是个孝顺的儿子。"

"我妈妈一直独自谋生,但现在钱不够用了。"他耸了耸肩,"每个人都有必须挑的担子,只是……"他看着热气腾腾的面摊和忙碌的小贩,摊位上摆满了香草和红辣椒,"我会怀念现在的背包客生活。"

"这件T恤是在曼谷买的吗?"

他低头看了眼T恤:"是在流动货摊上买的。"

"有人告诉你上面写的是什么吗?"

"摊主说这几个字的意思是'快乐的游客'。"

我决定不对他说实话。他的确是一个快乐的游客,和我在酒店露台上看到的那些愁眉苦脸的外国人不同,那些人总是由于对酒店服务挑刺而满脸怒气。

"接下来你要去哪儿旅行?"我问道。

"我不知道。回伦敦前我还有三周的自由时间,你有什么推荐的地方吗?"

"这可不大好说。"

"你像是个满世界跑的人,一定知道普通游客不怎么熟悉的景点。"

雨已经停了,但水还是从遮阳棚上滴下来,溅到他身后的人行道上。我的确知道很多秘密景点,但因为涉及国家安全问题不能告诉他。那些地方虽然很美，但有着可怕的历史。

"你可以去清迈玩玩，"我告诉他，"大多数游客都喜欢那里。"

"你呢？"

"那里很美，不算很热，食物也非常美味。"

"你一般去哪儿度假？"

"我喜欢去以前没去过的地方。"

"举个例子。"

我拿起随身带的水瓶，喝了一大口，然后看着他的眼睛说："马达加斯加。"

他"扑哧"一声笑了。"我就知道你会说马达加斯加！那是许多人梦想中的地方，但我不知道有谁真正去过。"

我也笑了，因为这是实话。总会有下一项任务和下一次危机阻挠我去马达加斯加。那里是每个人遗愿清单上梦想的目的地。

"你是美国人吗？"他问道。

"我在美国出生和长大。"

"听起来你好像一直在国外生活，是工作的原因吗？"

"没错，算是工作的附加福利。"

"你是做什么的？"

我又喝了口水，停顿了一下，准备好讲我的背景故事。"我是欧罗巴国际物流公司的进出口分析师。"

"欧罗巴？木星的某颗卫星？[①]"

"非常好，大多数人不知道这个词。"

"你们公司是做什么的？"

"我们是一家报关代理公司，为进出口公司提供物流服务，

---

①欧罗巴（Europa）也有木卫二的意思，是木星的第四大卫星。

从时尚品到农用机械，我们什么都做。"

大多数人根本不在乎这些事，听不进去，也不会追问。即便有人好奇去上网搜索，也不会有任何问题。欧罗巴国际物流公司有个设计精美的网站，细节丰富，足以让人相信这是家真实的公司。网站上有我的名字和照片：玛格丽特·波特，专门负责纺织品和服装的进出口分析师。

"你喜欢这份工作吗？"他问。

"它能让我畅游世界。"

"但你喜欢它吗？"

"你似乎有疑问？"

"我只是觉得……"他看了看市场上的摊贩和卖饰品的流动货摊，"这些人靠出售吃得到、摸得到、闻得到的东西为生，感觉很真实。"

"而我的工作并非如此？"

他皱起了眉。"对不起，我从来没有和生意人打过交道，这可能就是为什么我的银行账户里没有一分钱。我妈妈总是埋怨我做慈善。"

"将来你肯定还会回到慈善事业，战争和难民营永远都会存在。"

"说得太对了，残酷又真实。"

一时间我们都没有说话。在喧嚣的市场里，我们的小桌子像是座忧郁而寂静的孤岛。雨后阳光明媚，如果不是人行道上还有一个个冒着蒸汽的小水塘，很难想象这里刚刚下过雨。

他站起来，呻吟着舒展身体。对于他这种身材的人来说，坐在这么矮的凳子上一定很不舒服。"我想回酒店，再看看地图。"他说。

"你住在哪里？"

"几条街之外一家很小的家庭旅社，虽然简陋，但很干净，店主夫妻很友好，适合我这种预算有限的男士。"说完，他背上背包，已经湿透的曼谷旅游地图从旁边的口袋垂了下来。"谢谢你的陪伴和建议，我会好好考虑接下来的目的地。非常荣幸能和——"

"叫我玛吉就好。"

"玛吉。"他伸出手要和我握手，非常老派的做法，但出现在一个衣衫褴褛的维京人身上让我觉得非常迷人。"我叫丹尼·加拉格尔。如果你要在伦敦切除阑尾，请尽管找我。"

他转身离开时，我犹豫着是不是该叫住他。四天后我才飞回家，在此期间，我在曼谷没有工作任务，也没有特别的计划。另外，我已经很久没和男人上床了。我正要开口，他突然转过身。

"一会儿我们喝一杯好吗？"他问道。看我没有回答，他突然羞红了脸。"对不起，我太唐突了。我只是很喜欢和你聊天，而且——"

"好啊！"我说。

*

"你来过伦敦吗？"丹尼问道。

我们躺在我的酒店房间里，疯狂做爱的汗水在空调通风口的"咝咝"声下迅速冷却。我不想在廉价旅馆里跟人做爱，于是把丹尼带到了我住的东方酒店，这是我们这些吃公家饭的人最喜欢去的地方。如果要自费，那就太贵了，但反正由"山姆大叔"买单，又何乐而不为呢？走进酒店大堂时，我看得出丹尼眼花缭乱,头向后倾斜,目瞪口呆地看着华丽的天花板。当我们下了电梯,服务员迎接我们时,他还张着嘴巴。但一进我的房间,他的注意力就全部集中在我身上,我也把全部注意力倾注在他身上。没有人说话,只有叹息和喘息。我们脱下彼此被汗水浸湿的衣服,一边亲吻一边上床。这一刻不需要言语,我们的身体知道该怎么办。即便他说了什么,我也无法听清,高亢的喘息声已经淹没了一切声音。不知为什么,他知道所有能触动我的地方,知道如何满足我早就被工作消磨殆尽的渴望。我总有新的报告要写、新的对象要结交、新的资源要开发,当你总是奔走于工作并保证不与同事发生恋爱关系(反正他们中的大多数人都不讨人喜欢)的时候,你必须抓住能找到的快乐。

在丹尼·加拉格尔身上,我找到了这样的快乐。我现在知道他三十三岁,出生在莱斯特,在伦敦上大学。他确实比我年轻几岁,但各方面都比我幼稚很多。或许我只是没那么天真,在善与恶、敌与友之间游走多年的缘故吧。

"有时我会去伦敦。"我说。

"下次来的时候,给我打电话,好吗?"

"可能要一段时间以后了,那时候打电话你一定会觉得很奇怪。"

"为什么?"

"你可能都不记得我了。"

"我肯定会记得你。"

"你也许正在和别人约会。如果我去伦敦,出现在你面前,你一定会想:'当初我为什么要邀请她?'事情总是会这样发展。"

"你总是这么'乐观'吗?"

我笑了,转过身看着他。"我们在曼谷,我们降服于欲望,这就够了，好好享受吧。"

"在曼谷发生的事情一定要终结在曼谷吗？"

"丹尼，你根本不了解我。"

"这不意味着我不想了解你。"他转过身，与我面对面躺着，"多给我讲讲吧。比如，我想知道这是怎么来的？"他的手指停在我大腿上的伤疤上。

"没什么，真的。上大学的时候，我在一家酒吧打工，卷入一场斗殴，大腿被砸碎的酒瓶扎破了。"

"酒吧斗殴？这我倒没猜到。"

他永远不会猜到，这道伤疤其实来自卡拉奇的一次爆炸，我的大腿被飞溅的弹片击中。

"所以你在酒吧工作过。"

"我还做过更糟糕的工作。"

"哪里的酒吧？"

目前为止，我一直避免提到任何细节，只是泛泛地撒着谎。这是段露水情缘，我再也不会见这个男人了，所以没有理由把实情告诉他。但亲密后的余韵仍然笼罩着我们，我不禁透露了一些事实。

"乔治敦。"我的确在乔治敦待过一段时间，但从未在酒吧工作过。

"那里是不是离华盛顿很近？"

"是的。"

"我一直想去白宫看看，那里值得去吗？"

"不值得。"

他抚摸着我的臀部，说："如果你不能来伦敦，也许我们可以在别的地方见面。"

"我觉得这不是个好主意。"

他抽开手,翻了个身,叹息着:"你结婚了,是吗?"

现在是割断钓鱼线并丢回海里的好时机。虚构的丈夫是个方便好用的借口,以前我常用它斩断一夜情,但这会让我在他眼里显得肮脏。突然间,我在丹尼眼中的形象似乎对我很重要。

他坐在床边背对着我。在夕阳的映照下,他的背部皮肤反射出古铜色。我伸手碰他,但他没有反应。

"丹尼?"

"我应该回到自己的旅馆。"

"我们一起出去吃晚饭吧,我知道一家很好的餐馆——"

"为什么?"

"为什么吃饭?"

"这一切对你来说难道没有意义吗?"

他觉得在陌生的异国他乡的床上发生一夜情是有意义的,这让我为他感到难过。为了他的天真和痛苦但不可避免的清醒,我想留住他,至少再多待一会儿。

"我没有结婚。"我告诉他。

他转身看着我,但脸依然背光,我看不出他的表情。"真的吗?"

"我为什么骗你?"

"你刚才说再次见面不是好主意,我以为……"

"我那么说是因为我知道这种感觉会消失。你只是在陌生城市遇到了我,因新奇而产生兴奋感,等你把它带回家——"

"'带回家',就像纪念品一样?"

"事情就是这样。"我的话有种听天由命的感觉,事实正是如此。我知道事情的结果会是怎么样的,但这不妨碍我抓住片刻的欢乐。

"留下来，和我一起吃晚饭。"我抚摸着他赤裸的背部，感觉到他起了鸡皮疙瘩，"反正都要吃饭，为什么不一起吃呢？"

"你一定很孤独。"他轻声说。

我的手停在他的背上。我想要的不是这个，而是激烈的性爱和欢声笑语，并且我不认为他能理解我的生活。然而他说中了。我不喜欢现在的局面。

"我可能的确很孤独，"我对他说，"所以想要你留下。"

"留下吃晚饭？"

"或者更多，如果你有心情的话。"

他摇摇头，疲惫地笑了："当然。为什么不呢？"

为什么不呢？这不是我们最后一次对彼此说这句话。

事情本该如此。

第六章　乔

缅因州普里蒂，现在。

乔见识过缅因州警探罗伯特·阿尔方德这种人。从他下车的那一刻起，她就知道他们的关系不会是友好的。他站在犯罪现场边缘，脸被车前灯照亮，身上的羽绒服使他本就魁梧的身材看上去更臃肿了。他没戴帽子也没戴围巾，她不知道他能在这样的严寒中挺多久。乔站在几步远的地方，举手跟他打招呼，但他看都没看她，径直向她身后的男警官走了过去。好吧，事情总是这样：乔·锡伯杜，看不见的女性。他当然见过她，但显然他觉得金发女郎并不重要，于是把注意力转向他认为管事的那个人。

男警官朝乔的方向指了指。谢谢你，迈克。

"乔·锡伯杜。"她上前做自我介绍，"格伦·库尼死后，我接任代理警长一职。"

"我是阿尔方德警探。"他说。

"我认识你，我参加过你有关审讯的讲座。"在那场讲座中，他像个自视甚高的船长一样在教室里走来走去。乔指着尸体四周的胶带说："我们已经封锁了现场，搜查了屋子，进行了初步询问。房主是一位六十来岁的独居老太太，抛尸时她不在家。"

"她是这么说的吗？"

"是的，长官。"

"你们验证过她的说法吗？"

"我们问过昨晚和她在一起的人，自己也确认过了。"

"怎么确认的？"

"看过房子的话，你会发现到处都安装了摄像头。我看了监控录像，拍到了抛尸的场景——一辆黑色的SUV，一名男性司机。"

"锡伯杜警官，"他说，"你知道谋杀案调查的原则吧？"

"是的，长官。"

"你了解你在其中扮演的角色吗？"

"我们通知了地方检察官办公室和州警察局。我们已经保护好现场，做了初步调查，并记录下了证人提供的证词。根据《缅因州行政法》第二〇一条，这就是我们在谋杀案发生时所要做的。"

他像是看着一条突然狂叫的狗一样盯着她看了一会儿。原来金发女郎也长了嘴。也许乔不该在州警察过来之前观看监控录像，也许她应该搁置那漂亮的犯罪现场监控录像，站在后面等那些大男孩接手，但乔从来不是个有耐心的女人。这是她必须努力改进的地方。

车道上又亮起一对大灯，另一辆车停在阿尔方德警探的车后面。法医沃斯从车上下来，又一个大个子，缅因州的水土似乎像孕育巨石一样专门滋养高大的男人。但与体型匀称的阿尔方德不同，沃斯医生的体型像个保龄球，此刻他正挣扎着不在重力的作用下向后滚下倾斜的车道。

"乔·锡伯杜，怎么会是你？"沃斯大声问她。

"沃斯医生，你好。"他们上一次交谈是在格伦·库尼的事故调查期间，当时她还在因上司的死而深受打击，而沃斯待她就像父亲一样和蔼可亲。即使是现在，旁边躺着一具尸体，还要连续工作好几个小时，沃斯医生还是像上次一样停下来和她打招呼。

"所以你接手了格伦的工作，是吗？"

"我还在努力适应。"乔说，"我很想念他，他是个好人。"

"是啊，他确实很好。目前为止，在格伦的岗位上，这份工作感觉如何？"

"有……很多挑战。"比如对付阿尔方德警探这样的浑蛋，她想。"但我觉得我已经掌握一点儿窍门了。"

"乔，我相信你一定能胜任。"接着，他转身看着阿尔方德刑警。"那么，鲍勃①，一起看看现场吧。"

当男人们走向尸体，乔想跟过去，但阿尔方德瞪了她一眼，那眼神清楚地表明她不受欢迎。是因为她向他引用了《缅因州行政法》的条款，还是因为她是个比他至少小十岁的女人？乔听见他在向沃斯医生复述从她那里听到的内容，好像他才是那个询问玛吉·伯德、查看监控录像并给德克兰·罗斯和斯洛姆夫妇打电话确认玛吉不在场证明的人，好像他才是那个一间间查看屋内房间并准备直面凶手的人。沃斯点了点头，接收了这些信息，却不知道这都是乔的工作成果。

格伦遇到这种情况会怎么办？

她很清楚格伦·库尼会怎么做。他会耸耸肩，就像甩掉雨衣上的泥水一样，然后马上离开。因为根据《缅因州行政法》，调查现在归阿尔方德管，为不在自己控制范围内的事情而烦恼没有任何意义。格伦会告诉她，她已经完成了自己的工作，现在要忘

---
① 鲍勃，罗伯特的昵称。

掉不快继续前进。是的,格伦会这么做。

于是她离开阿尔方德和沃斯医生,朝自己的车走去。走到车旁,她停下脚步,回头看了看这幢屋子。卧室的窗户里面漆黑一片,窗帘拉上了,但如果那个女人正在窗后观望,她也不会感到惊讶。从安装了这么多监控摄像头来看,玛吉·伯德是个警惕的古怪女人,乔感觉自己对付不了这种人。玛吉看到车道上的尸体时非常平静,乔觉得这可能只是因为一时震惊,真实反应被推迟了。也许明天早上创伤就会降临到她身上,让她产生家里发现陌生死者时应该有的恐惧。

或者也许那个女人真的像看上去的那样镇定自若。

她瞥了一眼阿尔方德和沃斯医生,他们仍然蹲在尸体旁查验伤口。让他们尽情观察那个死去的女人吧,乔想。她要把注意力放在活人身上。

*

一个女孩和一头牛正穿过被雪覆盖的田野。乔在晨光下眯着眼,发现那不是一头大奶牛,而是一头看起来很温顺的泽西奶牛。女孩很娇小,牛比她至少重了三百千克,看到他们靠得这么近,乔感到很紧张。她不怕狗,不怕蛇,也不怕疾速滑过双黑钻石滑道。但在十岁的时候,乔被一头公牛追逐,就此对大型动物产生了戒心。乔目不转睛地看着女孩和牛走向谷仓,他们并排走着,像是一起散步的朋友。当女孩停下脚步向乔挥手时,牛也像训练有素的警犬一样停了下来。

乔挥手回应。她知道卢瑟·扬特的孙女在家上学,所以这个女孩今早和她的牛一起散步,而不是坐在教室里。这也许也解释了为什么这个女孩从来没有引起乔的注意。和频繁惹事的中学生不同，与牛为伴的女孩不太可能和警察产生联系。乔看着他们走进谷仓，然后转身走向卢瑟·扬特的小屋，走上门前的台阶。

她还没来得及敲门，卢瑟就开了门。乔不是个小女人，但和这个满脸胡子、举止豪放的老人面对面，还是让她吓了一跳。

"是扬特先生吗？"乔说，"我是普里蒂警察局的乔·锡伯杜。"

"和隔壁发生的事情有关吗？"

"是的。"

"我昨晚和一个警探谈过了，好像叫罗伯特什么的。"

"是缅因州警察局的阿尔方德警探，现在由他主管调查。"

"我告诉他，在警车开上车道之前，我没发现任何异常。"

"我想问些有关你邻居的事情，能让我进去吗？"

卢瑟思索了一会儿，最后说："进来吧。"

乔不记得之前扬特和警察有过什么瓜葛，但他似乎不太愿意让她进门。进屋后，乔没有发现什么可疑之处。家具看起来都是自制的，装满鸡蛋的纸箱告诉她，扬特家一定在谷仓养了一大群鸡。屋子角落有个佛蒙特州铸造柴炉，铸铁锅里烧着水，向干燥的空气中释放出宝贵的湿气。天花板上垂着一张蜘蛛网，乔抬起头，发现网中央有只蜘蛛。从满屋灰尘和杂乱的物品来看，乔觉得卢瑟·扬特可能因为怕蜘蛛而很久没打扫过屋子了。唯一让她感到惊讶的是，书架上放满了各类科技和农业书籍，这让眼前这个穿着工装裤的邋遢男人显得没那么简单。

两人坐在桌子旁，乔看到桌子上放着杯半满的咖啡。她也想来杯咖啡，但他并没有提供咖啡的意思。"你认识邻居玛吉·伯德多久了？"乔单刀直入地问。

"自从两年前她买下隔壁莉莲的黑莓农场时,我们就认识了。莉莲脾气暴躁,尤其是当考利的山羊进入她的花园时,但玛吉是个好邻居。"

"为什么这么说?"

"她很友善,从不吵闹,会处理好自己的事情。"他的目光似乎在对乔说"比你好多了"。乔有一种感觉,即便玛吉·伯德在做一些违法的事,眼前的人出于原则也不会对警察说。"为什么要问玛吉的事情?"

"昨晚在她家的车道上发现了一具尸体。"

"是的,我知道,多半是随意扔的。"

"为什么偏偏扔到她家?另外,她的反应很不寻常。"

"寻常是什么样的?"

"她表现得异常冷静。"

"玛吉一直很冷静,我从来没见她为任何事情生过气。她就是那样的人。"

扬特的孙女走了进来,门"砰"地关上了。"玛吉怎么了?"女孩问道。

"考利,这是锡伯杜警长。"扬特介绍说。

"只是代理的。"乔纠正道。

"她在问玛吉的事情。"

"发生什么事了?"考利说。

"只是例行询问。"乔说。她知道扬特不会相信这话。考利皱着眉,显然也不信。她穿着一件脏兮兮的谷仓外套,靴子被土弄脏了,头发上还挂着些稻草。乔犹豫着要不要打电话给儿童保护部门,因为这个年纪的女孩应该去学校上学,而不是在这里当农夫。

"玛吉有麻烦了吗?"考利问。

"亲爱的,跟她没关系。"卢瑟说。

只是暂时而已,乔想。

"是因为狐狸的事情吗?"考利问。

"什么狐狸?"

"她射杀了一只狐狸,把尸体送给我们。"卢瑟说,"那只狐狸吃了玛吉和考利的好几只鸡,这是合法猎杀。"

"扬特先生,我不是为狐狸的事情来的,我只是想了解一下你的邻居。在我看来,你对她评价很高。"

"住在这种穷乡僻壤的人需要互帮互助。有一次,考利的山羊从围栏中跑了出来,玛吉在田野里奔走,帮我们逮住了它。你真该在现场瞧瞧,她的身手简直太敏捷了。"

"她还送我书,"考利说,"说会拓宽我的视野。"她走到书架前,拿出一本书放在乔面前。那是本地图册。"她说这本书能帮我选择将来要去哪儿旅行。我说我要去巴黎,她说那是个好选项。"

"看来她的确是个好邻居。"乔说,"关于她,你们还知道些什么?"

扬特和孙女面面相觑,似乎在等待对方回答,屋内一时陷入沉默。

"她的枪法很好,一枪就打死了那只狐狸。"过了许久,扬特才缓缓地说。

乔思量着这个细节。在缅因州的农村,六十岁的老太太会用枪并不稀奇,但玛吉·伯德是镇上的新面孔,枪法一定是在别的地方练的。"扬特先生,你也是从别的地方来的,对吗?"她问。

话题一转,扬特的表情突然变得高深莫测起来。"是的。"他回答道。

"这个小屋是我爷爷自己建的。"考利说。

"你们从哪儿搬来的?"

"波士顿,"考利兴高采烈地说,"我爷爷以前是麻省理工学院的教授。"

"你们搬来之前认识玛吉·伯德吗?"乔问道。

"不认识。"卢瑟说,"她搬过来以后我们才认识她,没想到会有这么完美的邻居。我不知道你问这些问题干什么,但她身上实在没有不好的地方。"

"我也觉得她很完美。"考利说。

乔来回看着扬特和考利,心里明白现在还是放弃为好。就算他们知道邻居的丑闻,显然也不会告诉警察。

走到屋外的车道上,乔站在警车旁,望向黑莓农场。农场前的一排枫树挡住了大部分视线,但她在玛吉家的车道尽头看见了一辆白色的SUV。州警察局的调查人员花了一上午调查整片土地,一条明黄色的警用胶带在雪地上飘动,但警方车辆已经离开了——那辆白色的SUV是谁的?

她离开了卢瑟·扬特的住所,驾车驶向黑莓农场。她在SUV旁边停了一会儿,注意到它的车牌是缅因州的。每年这个时候,大多数车辆都会覆盖着沙土和灰尘,这辆车却异常整洁。有两个人站在车道上昨晚抛尸的位置,看见乔下车,他们向她挥手致意。这是对老夫妇,穿着蓬松的外套,看上去像雪人一样。

"你是乔·锡伯杜警长吧?"老太太大声问,"我们是劳埃德·斯洛姆和英格丽·斯洛姆,昨晚和你通过电话。昨晚我们邀请玛吉来家里吃饭。"

"你们知道这里是犯罪现场吗?"

"当然,所以我们才过来。"

"什么?"

"胶带已经撕掉了,所以我们觉得可以过来看看。玛吉给我们看了监控录像,我们想确认几处细节。"

"比如现场留下的血液非常少。"劳埃德指着雪地上的一两处小血点说。

"这些轮胎印,"英格丽也指着雪地说,"我猜是固特异轮胎。我得上网查查具体的轮胎型号。"

"她是在别的地方被杀的,对吧?"劳埃德问,"之后她的尸体被丢在这里。当时尸僵状况如何?"

"天哪,你们是退休警察吗?"乔问。

"不,"英格丽说,"我们只是狂热的推理爱好者。"

"更像吸血鬼。"

"我们看起来像吸血鬼吗?"

"你们拿犯罪现场当游乐场吗?"

"绝对没有,我们很认真。玛吉是我们的朋友,她对自家车道变成抛尸地点感到很沮丧。"

"我得和她谈谈。"

"她不在这儿,她和德克兰前往港湾旅馆找经理去了。"

"港湾旅馆?他们怎么知道——"

"知道比安卡住哪儿吗?易如反掌。镇上冬天营业的只有三家旅馆,劳埃德正好认识港湾旅馆的厨师,他说死者是那儿的房客。"

"顺便提一句,他们现在提供的早餐还不错,"劳埃德说,"在我把煎鸡蛋的做法告诉他们之后。"

乔深吸了口气,忍住脾气。"他们去旅馆干什么?"

67

"试图弄明白比安卡是什么时候在什么地方被绑架的,她租的车现在还没找到,所以——"

"你们怎么知道?"

"州警察今天早上把旅馆的停车场翻了个底朝天,但没有拖走任何一辆车。他们现在找到那辆车了吗?"

乔紧抿嘴唇。"我不知道,这件案子现在归州警察管。"

"哦,"英格丽同情地摇了摇头,"真是太伤人了。"

乔想,真正伤人的是,镇上的普通居民似乎跟我知道得一样多,这很不对劲。

更不对劲的是,她作为普里蒂警察局的代理警长,竟然被排除在管辖地的谋杀案调查之外。

"我要你们离开这里。"乔说。

英格丽抬起下巴。尽管她比乔矮,头发已经花白了,但从她的目光可以看出,这个女人绝对不容小觑。"我们得到了玛吉的允许,可以待在这里。"

"你们会破坏犯罪现场的。"

"我们很清楚该如何保护犯罪现场。"

劳埃德把手放在妻子的肩膀上以示安抚。"算了,英格丽,反正该看的我们已经看过了。"

两个女人对视了一会儿,打量着对方,然后英格丽简短地点了点头。"我们这就走,如果需要帮忙的话,记得给我们打电话。"

如果我需要他们帮忙?他们以为自己是谁?

看着他们离开后,乔爬回车里,注视着黑莓农场。玛吉·伯德,你和你的朋友们真是个谜。乔确定车道上的女人肯定不是玛吉杀的,但整个案子非常奇怪。尽管普里蒂经常发生一些轻微的犯罪，但谋杀在这里很罕见，而且动机通常很明显，涉及的都是她认识的人，有时甚至是她的熟人。这就是在家乡当警察的好处，乔很清楚哪家人会惹麻烦。但过去几年陆续搬进来一些新人，他们可能认为缅因州普里蒂是他们躲避大城市飞涨的物价、堵塞的交通和频繁的犯罪的避难所。乔不了解这些人，这些人对她也知之不多。怀疑和不信任笼罩着彼此，她和初来乍到者之间一定还会发生许多这样的争执。

随着新居民的到来，普里蒂迅速发生变化。乔不知道自己是否喜欢这些变化，但她无法阻止。她知道，没有新鲜血液的话，普里蒂会慢慢枯萎，直至死亡。在这种现状下，她只要做一直在做的事情就好——睁大眼睛，侧耳倾听。

一定有人知道为什么玛吉家的车道上会出现尸体，一定有人对这件事窃窃私语。

第七章　黛安娜

曼谷，现在。

在网吧电脑屏幕上看着她的那张苍白的脸，和她二十年前认识的那个男人截然不同，黛安娜无法掩饰惊讶的表情。"加文，真的是你吗？"她对着耳机麦克风说。

屏幕上僵尸模样的人无可奈何地叹了口气："如你所见，这些年我过得并不好。"

"岁月对我们两个都不友好。"

"黛安娜，别可怜我，看得出你一直很努力。"

他太了解她了，这很不幸。她开始意识到，因果报应不仅是个抽象的概念。她环视拥挤的网吧，即便在午夜，这里也挤满了用键盘打字的游客。空调不足以在人头攒动的网吧制冷，房间里弥漫着汗水和椰子油的味道。游客们都盯着自己的电脑屏幕，没有人注意她的对话。

"我遇到了……一点儿状况。"她轻声说。

"你需要我怎么帮你？"

"找个地方让我避难，只需要几周，等我搞清楚形势就好。"

"发生什么事了？"

"两个男人在巴黎袭击我。他们出现在我的公寓，我把他们都干掉了。这可能是来自马耳他的反击。如果确实是他们的话,需要小心提防的不止我一个。"

屏幕上,加文的表情依旧无动于衷。这么多年来他一直是张扑克脸,也许他已经习惯不动声色、面无表情,也许他得了一种脸部肌肉僵硬的疾病。黛安娜看到他身后有个绿色的氧气罐,但从墙上的装饰板来看,他并不在医院里。

"局里在问马耳他的情况。"他说。

"什么?什么时候?"

"他们上周联系了我。他们似乎重新关注起了西拉诺行动,正在回顾马耳他发生的事情,问我还记不记得行动哪里出了错。"

"为什么隔这么久才问?"

"他们也许发现了一些新的线索,我猜他们可能也会找你谈。"

他们得先找到我才行。"你找过玛吉吗?"黛安娜问。

"也许我应该找她谈谈。黛安娜,我一直没把整件事告诉她,也许是时候让她了解一切了。"

"现在还有什么意义吗?"

"如果对方真的因为马耳他的事而追踪你,那我们都会有麻烦,尤其是玛吉。你知道是谁派的那些人吗?"

"我觉得是莫斯科。"

"嗯,也许你要考虑一下其他可能性。"

黛安娜皱起眉。"你这是什么意思?你都听说了些什么?"

"哈德威克。"

黛安娜盯着屏幕,说:"这不可能。"

"局里不这么认为。"

她震惊地吸了口气,扫视周围敲打着键盘的游客们,然后压低声音说:"加文,我需要时间把事情查清楚,你能不能给我找个藏身处,直到——"

"不能。"

"不能,还是不愿意?"

"黛安娜,随你怎么想。"

她没想到加文会断然拒绝,但这并不奇怪。马耳他的行动失败以后,他们带着对彼此的怨气分别。况且,黛安娜也知道这个行业的同事间谈不上彼此忠诚。

直到现在。

"你不需要我的帮助。"他说,"你知道如何生存下去,这是你擅长的。"

"暗杀名单上可能也有你。"

"我能照顾自己,谢谢你。我相信玛吉也能。"

尽管她的眼睛盯在屏幕上,但脖颈感到一阵刺痛,直觉告诉她有人在看着她。她转过身,瞥了一眼其他顾客。这时,她发现了那个男人:棕色头发、破旧的T恤、棕色工装裤。他看起来和曼谷一般的欧美游客没什么两样,但对她目光的反应和其他人全然不同。对上视线后,他连忙转过头,把目光重新聚焦在电脑屏幕上。他如此关注她,是想找一夜情的对象,还是另有目的?

黛安娜转身看着加文。"至少帮我打听打听局里为什么要关注马耳他的事。"

"打电话自己问。"

"我不确定是否安全。"

加文的眼中终于有了一丝感情,他显得有些惊慌。"你觉得中央情报局是幕后黑手吗?"

"巴黎遇袭后,我就谁也不信了。有人想要我死,如果与西拉诺行动有关,那就意味着你、我和玛吉的名字已经泄露了。"

她朝旁边扫了一眼,发现身穿棕色工装裤的男人又在观察她。这是她现在需要处理的小问题。"我先走了。"说完,她注销了账号。

黛安娜走出网吧,几秒钟后,毫不意外地发现那个男人跟在后面。她像普通游客一样悠闲地逛街,但不时停下脚步看向商店橱窗,从窗户的反射观察背后的动静。她用余光看到,每当她停下脚步,那个男人也会跟着停下来,并保持着一定距离,显然他正在尾随黛安娜。

是时候结束这场无聊的游戏了。

尽管时间已经很晚,可大街上还有很多游客,所以她转过街角,来到一条寂静的小巷里。

那个男人也进了小巷。

这里人很少,他再也无法掩饰跟踪黛安娜的意图。他现在摆明了要对黛安娜不利,紧紧跟着她。要么他是个新手,要么他吃准了黛安娜是个容易对付的人,不然他肯定不会这样大摇大摆地跟在后面。黛安娜看到右侧有条放满板条箱的通道,狭窄、漆黑。

她拐进通道,躲进一扇门里,然后在黑暗中等待着。男人的脚步声越来越近,她能听到涤纶布料发出的沙沙声。

他肯定没想到黛安娜会率先发动攻击。

她突然出现在他身后,把他的头发往后一拉,露出喉咙,把刀按在他的颈动脉上。"你是谁?"黛安娜问。

"我只是——我想——"

"你到底是谁?"

"戴夫。戴夫·巴雷特。"他惊慌失措地大口吸气,"求你了,我只是想——"

"谁派你来的?"

"没有人派我。"

"局里?还是莫斯科?"

"什么?不,我——"

"告诉我,不然我毁了你的脸。"

他十分惊恐,抓住她的手腕,试图把架在脖子上的刀推开。这种挣扎很笨拙,什么用都没有,只会彻底激怒她,让她别无选择。她本能地行动起来,接下来发生的事情既高效又残酷。她迅速把刀移到他的胸口,将刀尖插进胸骨下,直刺向心脏。他吓得全身抽搐。尽管一刀致命,但在心脏停止跳动之前,他仍有几秒钟的意识。他意识到自己快死了,这条小巷是他最后看到的风景。

"谁派你来的?"她最后一次问。

"没有谁。"他断断续续地小声说。

他的头慢慢垂下。黛安娜一闪身,让他软绵绵的身体自然倒在地上。

她迅速扫视四周,没有发现目击者,这条通道里没有其他人。她打开手电筒,迅速搜查他的随身物品。她在他的工装裤口袋里找到了护照、钱包和一些零钱,但没有武器,连小折刀都没有。她打开护照,发现死者确实叫戴夫·巴雷特,二十三岁,来自密苏里州圣路易斯。

她杀死了一个混账游客。

她在接受训练时,一位教官曾说过:"杀死一个无辜者,等于树敌十个。"但多年的实战经验告诉她,有时这是迫不得已的。而且这个人也并不无辜,他显然一直在跟踪她,盘算着抢劫或强奸这种事情。这只是偷鸡不成反蚀把米的又一个例子。

"我弄错了。"她喃喃道。

她在衬衫上擦了擦刀刃，把所有碰过而可能留下指纹的东西收拾起来，她会把它们扔进河里。至于他的尸体，她会把警察导向一个错误的结论。

人群中，经过深夜的小吃摊和嘈杂的酒……，脉搏也慢慢恢复正常。尽管杀了无辜……的信息：追捕她的人不知道她在哪里。……可以在她对付游客戴夫的时候下手。……的。

……文证实了一些她一直在怀疑的事情。中……若行动的档案。他们四处询问，向行动……息。她知道那份档案还没有被解密，因……一，解密时会通知她。局里有人泄露了……细节被泄露出去了？加文要么真的不知

……不到的事情，许多不该被外人知晓的……一个无辜者，等于树敌十个。她的敌

……客戴夫的护照和钱包扔到黑色的水……果，她想。低估黛安娜是他最为致命

……，也不会是最后一个。

第八章 乔

普里蒂，现在。

乔平生只见过一次尸检，那是好几年前的事了，当时她正在缅因州刑事司法学院接受警官培训。作为班上最矮的一个，她不得不踮起脚尖，越过其他同学的肩膀张望。沃斯医生切开尸体的腹部，顿时散发出一股恶臭，站在乔前面的一个男同学突然晕倒了。

这时，乔终于能一览尸检的全貌。

其他同学都专注于解剖的具体细节——肺有多少个肺叶、脾脏和肝脏在哪个位置——乔却在思考死者本身以及他临死时的样子。这个人很老，真的非常苍老，面庞和手臂上都有老年斑，就像古木树干上的褐色地衣。他被发现死在养老院的床上。这让他的家人很吃惊，因为前一天晚上他还看上去精神很好。过去一个月里，那家养老院有四个老人去世，这家人怀疑养老院有什么地方不对劲。也许有一个伪装成护士的死亡天使带着一针胰岛素四处游荡，过去不是常有这样的谋杀案发生吗？

乔低头凝视着这个男人，想着他在人生的最后几年被关进养老院，日复一日盯着同样的墙壁。他是否渴望再次听到脚下树叶发出的嘎吱声、感受雪花亲吻脸颊，却知道再也无法经历这样的事情了？某一天晚上，天使般的护士拿着注射器，结束了他承受的折磨。乔不知道，这是仁慈，还是谋杀？她只知道解剖室不是什么体面的地方，老人的腹部被剖开，私密部位在明亮的灯光下被学生们一览无余。

她的脸上一定闪过一丝怜悯之情，因为沃斯医生问道："你还好吗？"

乔过了几秒钟才意识到他在和自己说话。她隔着桌子迎向医生的目光，意识到同学们都在关注着他们的互动。他向她提问，是因为她是这里唯一的女生，他想让她显得软弱吗？她是不是应该耸耸肩，甚至笑一笑，表示没关系？

然而，她说："他生活得很艰辛，以这种方式死亡，真让人难过。"

"你为什么说他生活艰辛？"

乔说："他的指尖有许多老茧，手上还有伤疤，工作中肯定常用锋利的工具。如果没弄错的话，他应该在锯木厂或肉类加工厂之类的地方工作。"

沃斯医生没有接话，但看了她一会儿，像是要牢牢记住她的脸，好像知道这不会是他们最后一次交流。

几年后，当他们在格伦·库尼的尸体旁相遇时，沃斯想起了她的名字。昨天，乔问沃斯能否参加在玛吉·伯德家车道上发现的女尸的尸检时，尽管她不是调查小组的正式成员，但他立刻答应了。

他们现在知道了这个女人的名字：比安卡·米斯科娃——至少这是她在入住港湾旅馆时登记的名字。旅馆老板看过比安卡在科罗拉多州登记的驾驶执照，没有发现伪造的迹象。她还用以这个名字登记的万事达信用卡支付了一百九十五美元房费。现在是淡季，乔觉得这个价格高得离谱，但冬天在普里蒂的住宿选择确实很少。这位女士在她去世那天的中午退房，房间里没有落下任何东西。她之后去了哪儿、和谁见了面，现在仍然无从知晓。她租赁的车的去向也还是个谜。

解剖室的门打开了，阿尔方德警探穿着一身防护服走了进来。他刚走几步就停下了，对乔皱起眉头，好像他不小心走进了女洗手间。

"是我邀请锡伯杜警长过来的，"沃斯医生说，"多一双眼睛总不会有任何坏处。"

阿尔方德一言不发，走到解剖台尾部。乔只是个小镇警察，注定和开罚单、处理非法闯入事件、调解家庭矛盾结缘。在解剖室里，她只是一个闭着嘴、旁观大男孩们工作的游客而已。

当沃斯医生揭开布，露出女人的尸体时，她像阿尔方德期待的那么做了。无论以什么标准衡量，死者都有一具完美的身体，臀部纤细，腿部肌肉发达，就像体操运动员一样。乔已经在现场观察到了她畸形的手指、骨折的双手和头骨上的枪伤，但在解剖室的强光下，这些恐怖的地方看上去很不真实，就像没有血色的塑料。她看着比安卡半睁的眼睛，想知道她的最后一刻是什么样的，就像当初看到那个老人一样。她一定很痛苦，在手指和关节被扭断、打折以后，致命的子弹可能反倒是种安慰。现场一定在很偏僻的地方，不会有人听到她的尖叫声。普里蒂有许多乡村公路和茂密的森林，凶手不难找到这样的地方。沃斯医生折断肋骨，抬起胸骨，把手伸进胸腔，取出心和肺时，乔一直盯着女尸伤痕累累的双手。这是审讯时留下的，还是某种惩罚？

凶手在找什么？凶手想让你告诉他什么？

墙上对讲机的嗡嗡声使她抬起头。

"怎么了？"沃斯医生喊道。

他的助理在对讲机那头说："州长办公室来电话了。"

"我正在尸检，一会儿再回电话。"

"她打电话来就是让你停止尸检。"

"什么？"沃斯医生猛地扯下手套，拿起墙上的话筒，"这究竟是怎么回事？"

乔只能听见沃斯医生的话。

"我都快打开颅骨了……这没有道理……他们解释原因了吗？"

乔看向阿尔方德，他似乎和她一样迷惑不解。

沃斯挂上电话，转身看着他们。"嗯，没我们的事了。他们要我把尸体装起来，准备转运。"

"转运到哪儿？"阿尔方德厉声问。

"波士顿。这个案子将移交给别的机构处理，他们好像不相信缅因州的法医。"

"这到底是怎么回事？"

沃斯医生看着已经被掏空器官、只剩下一些骨头和肌肉的尸体。"我不知道。"他说。

第九章　玛吉

"爷爷说我们现在需要保护你。"我和考利站在卢瑟家的厨房里，清洁我们下午从两家鸡群里收上来的十二打鸡蛋，把棕色、白色和蓝色的鸡蛋放进纸箱——蓝色鸡蛋来自我的阿拉卡那鸡，明天卢瑟会把纸箱送到合作社。这是一项平静的、让人不禁产生些许禅意的工作：打湿抹布，擦去鸡蛋上的污垢和粪便，按颜色将鸡蛋平均分配后放在纸箱里。经历了令人不安的一夜以后，这正是我需要做的。今天，情况仍然不太明朗。只知道比安卡作为客人在港湾旅馆办理了入住手续，前台服务员最后一次见到她是在昨天中午，当时她办理了退房。今天早上，当州警察搜查她的房间时，服务员已经清扫过了，警察应该没有找到多少有价值的线索。

我对这起突发事件完全没有准备，感到非常困惑，所以我很高兴能在卢瑟的厨房里，和考利一起悠闲地整理鸡蛋。

"爷爷说，如果你愿意，你可以和我们住在一起，"考利说，"你可以睡在我的房间。"

"那你睡在哪儿？"

"阁楼里。"

我抬头看了一眼布满蜘蛛网的阁楼，那里空间很小，甚至无法直起身。我笑了："考利，我不能把你赶出房间，让你睡在那种地方。"

"才没那么糟，小羊出生的时候我还住过谷仓呢！"她小心翼翼地把一个蓝色的鸡蛋放进纸箱，"我想让你和我们住在一起。"

"为什么？"

"像是多了个妈妈，一定会很有趣。"

我看着她拿起另一个鸡蛋，翻来覆去检查表面的污垢。考利大多数时候很成熟，但这时的她看上去年幼得多，也脆弱得多。我想起认识的另一个女孩，她比考利大不了多少。那个女孩同样脆弱，甚至更需要帮助。我一直牵挂着她。

"你记得你妈妈吗？"我问考利。

"不太记得了。爷爷说妈妈去世的时候我才三岁。他说城市里没有女孩子的容身之地，所以我们搬到了这里。"

"你爷爷是个聪明人。"

"你为什么搬到这里来？"

我没想到她会问这个问题。我不想回答，反正不能说真话。

"退休后，我到缅因州找朋友玩，正好看到黑莓农场在出售。没想到这里有你们这么棒的邻居。"我拉了拉考利的马尾辫，她咯咯笑了起来。

"爷爷不太喜欢老莉莲，因为她总是对他大喊大叫。他很高兴你搬进来。"

"我也很高兴搬过来。"

我们沉默了一会儿，专注于把清洗好的鸡蛋放进纸箱里。

"爷爷没有和任何人约会。"她说，"我的意思是，如果你想知道的话，爷爷没有和任何女人约会。"

我忍不住笑了，我很喜欢她的这种天真烂漫。"亲爱的，照顾你的生活和学习已经够他忙的了。"

门开了,卢瑟拿着两个装满日用品的袋子进屋。放下胡萝卜、土豆和肉末儿后,他说:"我在合作社遇见了邦妮,她说鸡蛋已经卖完了,问我什么时候再带些过去。"

"爷爷,我们已经在装了。"考利合上一个纸箱,把它放进塑料箱里,"我敢说,至少十二打,能卖八十四美元。"

"有玛吉的蓝色鸡蛋在里面,一天就能卖完。"说着,卢瑟看了我一眼,"能让你的鸡多下一点儿蛋就好了。"

"我去跟姑娘们谈谈。"我笑着说,把最后一个纸箱合上,"卢瑟,麻烦你把这些鸡蛋送到合作社,谢谢。"

"你们知道怎么分钱吗?"

"是的。"考利说。她当然知道。在我为谋杀案分神的时候,考利一直在认真地做生意。我带来的鸡蛋不多,只有二十美元左右。考利不会接受施舍,我会大大方方地接受她算出属于我的钱。

"我该回家了。"我把外套从墙上的挂钩上取下来。

"不留下来吃饭吗?"考利问道。

我想起她刚才说过想有个母亲,可惜今晚我不能扮演这个角色,也许改天晚上吧。

"我有朋友要来,所以得回去做饭。过几天我就来吃你做的鸡肉和饺子。"

考利笑了:"来之前告诉我一声,我给你杀只鸡。"

*

"中央情报局不会承认比安卡是局里的人,这让人感到担忧。"本说。

本和德克兰坐在我家的厨房里，面前的餐桌上放着吃剩的炖羊肉。每当我需要安慰的时候，我都会做这道菜，这是我不会成为素食主义者的原因——我永远无法割舍炖羊肉。我们三个已经喝完了一瓶红酒，正在喝第二瓶。我把三个人的杯子都斟满了。在喝酒这方面，我完全不输本和德克兰，这让我感到骄傲。

"已经过去二十四个小时，我们掌握了些什么？"我问他们。

"州刑警还没有查出她的身份。"德克兰说。

德克兰的消息来源很可靠。他的人脉非常广，在普里蒂生活的短短六年里，他已经和警察局、消防队和法医办公室的人交上了朋友。我们都接受过培养人脉、发展内线的训练，就像灌溉植物等待收获。德克兰在这方面做得特别好，可能归因于爱尔兰人的英俊外表，也可能因为他小时候上过寄宿学校，在那样的环境中，迅速结交朋友是一项必要的生存技能。

我转头看向本："你在局里的朋友们怎么说？"

本喝了口酒，放下杯子，沉吟道："他们什么都不肯说。"

"怎么回事？"

"这透露了一些信息。要么是他们的信息渠道不够深入，问不到答案；要么是他们问到了，但无法告诉我。如果这位神秘的比安卡是局里的人，没人会承认。"

我沉默了，思考着我们对比安卡的了解。她揣着假证件，指纹不在数据库里。一天半以前，她站在这间厨房告诉我黛安娜·沃德失踪了。那时我不在乎黛安娜，现在我也不在乎这个比安卡，一个人所遭遇的不幸大多是本人造成的。

但比安卡死了，我被卷进一起谋杀案的调查。从某种程度上来说，这一切都是黛安娜引起的，黛安娜向来擅长制造麻烦。

"说说比安卡的身份证明吧。"我说。

"她持有一张科罗拉多州驾照,上面的名字是比安卡·米斯科娃,"德克兰说,"今年三十三岁,黑色头发,棕色眼睛,身高一米七,体重一百一十六斤。这听起来是昨天你见到的人吗?"

"是的。"

"驾照是伪造的。"

"是劣质的假证吗?"

"像我们的人伪造的那么好。"

"所以她很可能是我们的人。"

"但也可能是别的机构派来的,多半是SVR。"也就是俄罗斯对外情报局,他们是安插间谍和伪造证件的个中高手。

"那是谁杀了她?"我问,"他们的人?还是我们的人?"

本和德克兰都沉默了,没有人知道答案。我自然也不知道,无论如何都说不通。

德克兰说:"玛吉,我们需要知道比安卡找你的原因。你说她在找你的前同事?"

"我帮不了她。我和那个同事已经好多年没见了,根本不知道她在哪儿。"

"多少年?"

"十六年。"

"那不正是你离开中情局的时候吗?"

我点点头:"没错,她是我离开的原因之一。"

"其中一个原因?"

"主要原因。"

"那个同事是谁?"本问,"你还没有告诉我们她的名字。"

我拿起空碗,走到水槽边,没有立刻回答本的提问。我背对他们，看着厨房窗户上自己的倒影。外面天很黑，只有卢瑟的小屋散发出微弱的灯光。地点偏远是我选择黑莓农场的原因，在这里可以保有更多隐私，但发生这种事时，孤立无援成了它的缺点。我只有一个人。一个女人和她的鸡群。

我转向他们，说：“她叫黛安娜·沃德。”

如果不是太擅于掩饰自己的反应，那就是他们根本不知道这个名字。他们很可能不认识黛安娜。毕竟我们是老一辈的人，刚开始执行任务的时候，黛安娜可能还在上中学。而且我们分属不同的支部，德克兰在东欧处，本在中东处。他们可能见都没见过黛安娜。

“现在她失踪了吗？”本问。

“比安卡想让我帮忙找到黛安娜，我告诉她我不知道黛安娜在哪儿。”

“那是真的吗？”

我打量着眼前这两个男人：“你们不相信我吗？”

本笑着说：“玛吉，我们都认识多少年了？”

“从还在训练时算起，已经三十八年了吧。”

“这比我认识我妻子的时间还要长。直到伊芙琳去世，她都不清楚我的许多事。有些事到她死的时候我都瞒着她，我撒过谎。”

“这件事我没有对你们撒谎。”

“但你也没告诉我们完整的故事。”

“我们这个工种不会亮出所有底牌。”

“你已经退休了，而且我们是朋友。如果你有所隐瞒，我们就没法帮你。”

我回到桌子旁边坐了下来。我们三个已经认识这么久了。三十八年前，我刚刚大学毕业就被招募，是我们中最小的，但我对自己很有信心，甚至太有信心了。我出生在破破烂烂的农场，一直和酗酒的父亲住在一起，从小摆弄旧拖拉机、放羊，还背着巨额贷款。我成功地通过了大学面试，设法逃离了新墨西哥州，靠着全额奖学金完成了乔治敦大学的学业。在那里，我周围的每个人都很出色，优异的成绩和极高的SAT[①]分数不足以使我脱颖而出。但我相信自己有些特别的东西，一种生存的诀窍，一种在任何情况下脱身的诀窍。

进入中央情报局的训练营以后，我打消了这个念头。或许我达成了所有训练要求，但进入那里，我不再幻想自己是特别的，因为我周围的人也一样特别，否则无法被选上。

"事实上，我真的不知道黛安娜在哪儿。"我说，"说实话，我也根本不在乎她是死是活。"

"我怎么听出了一丝苦涩呢？"德克兰说。

"是的。"

"她对你做了什么？"

我停顿了一下，寻找合适的语言告诉他们，黛安娜是如何毁掉我的工作和生活的。

"她把我变成了一个叛徒。"最后，我挤出了这句话。

事实真相远远复杂得多，但当你生活在镜中时，真相总是被扭曲的。很多时候，你只能看到想看的东西，从而忽略了所有扭曲自己对事物看法的恼人细节。每个人都想"漂白"自己，所以会自欺欺人。

在过去的十六年里，我一直告诉自己，黛安娜·沃德摧毁了我的一切。但事实上，这是我自找的。

[①] SAT（Scholastic Assessment Test），美国高中毕业生学术能力水平考试。

第十章

二十四年前。

为什么不尝试一下呢?遇见丹尼·加拉格尔六个月后,我如此想着,在网上寻找去伦敦的廉价机票。为什么不呢?我如此想着,收拾好行李,从莱斯顿的公寓乘出租车前往机场。离开曼谷以后,我就再没见过丹尼·加拉格尔。在曼谷剩下的四天假期里,我们一起在寺庙漫步,狼吞虎咽地吃着街头小吃,乘长尾船在运河漂流。当然,我们一有机会就做爱。这种疯狂、不顾一切的行为只有当你认为再也见不到对方时才有可能发生。

然而,现在我乘了一夜的红眼航班飞到伦敦,因为在离开曼谷的六个月里,我从没停止对他的思念。他频繁地寄来明信片,让我一直忘不了他。来自清迈的大象照片明信片、暹粒的寺庙日出明信片和吉隆坡的猴子洞明信片,每张上面都写有他品尝了哪些食物、游玩了哪些景点。阅读它们,我就会怀念起和他在一起的那些日子,那时我把世界当成一个充满欢笑的游乐场,而不是战场。之后,他的明信片从伦敦寄来,上面有游客视角的伦敦塔、珠光宝气的皇冠和伦敦桥。尽管已经进入了电子邮件时代,他还是继续邮寄明信片。这已经成为我们之间的一种仪式,每隔几个星期,我就会在信箱里找到一张刚寄来的明信片。

但之后有整整一个月他都没有寄来明信片。就在那时，我意识到我已经习惯了这种仪式。我一遍又一遍检查空空如也的邮箱，想知道这是否意味着我们的关系已经结束了，他是否有了新的恋人或者厌倦单方面的通信，或者——但愿不会——他出了什么事。

在那之后，我终于找出分手那天他留下的邮箱地址。我一直没有主动联系他，但八个星期的沉寂使我下定决心。

我过几周要去伦敦出差，方便一起吃顿晚饭吗？

我点击了发送。我想象着他浏览电子邮件的场景。他会看到我的邮件，产生疑惑，想知道为什么过了好几个月我才联系他。他会打开查看，还是直接把它归入垃圾邮件？

我正要合上笔记本电脑的时候，听到"叮咚"一声，收到了一封邮件。

三个星期后，我正在飞越大西洋。我很容易在飞机上睡着，即便在最恶劣的天气也能安然入睡，但在这个航程中，我一直都很清醒，思考着这是否是个错误。我担心会看到一个不同的丹尼，不是被回忆中曼谷的温暖阳光照亮的情人，而是牙齿参差、头发稀疏的丹尼。在曼谷时我们没有留下照片，我们也许注定会对彼此失望。

但已经没有回头路可走了。我入住伦敦的酒店，洗了澡，瘫倒在床上。但我仍然睡不着，想着接下来的夜晚会发生什么。晚上八点，我和丹尼将在餐厅见面。地点是我选的，那是个中立地带。我不想让他来我的酒店，也不想去敲他的公寓门，因为这两个地方都很难优雅地离开。无论身处战乱还是浪漫约会，我都会制定一条逃生路线，餐厅就是个便于脱身的地点。在离开前我会找个借口：很遗憾我们不能再见面了，我只能在伦敦住几个晚上。

丹尼在梅菲尔区的巴拉德餐厅订了座位。距离我上次来伦敦已经有一年半了，这里的新餐厅如雨后春笋般涌现，因此我对巴拉德并不熟悉。我在网上浏览了一下这家餐厅的菜单和价格，发现这是一家需要穿连衣裙和高跟鞋的高级餐厅，不能穿牛仔裤和夹克就贸然过去。好在我每次外出都会随身携带正装，"有备无患"不仅是童子军的座右铭。

晚上六点半，我起床穿衣，装备好夜间战袍——一件蓝色丝绸长裙。我的鞋子造型优雅，即便鞋跟只有五厘米，足以让我在鹅卵石步道上自如行走或奔跑。尽管我化了妆，但眼下还是有黑眼圈，脸上也透着疲惫，我对此无能为力。无论是否会有灾难降临，我都已蓄势待发。

我从科文特花园乘地铁到格林公园，加入外出夜游狂欢的人群中。和我一起"通勤"的人都很年轻，尤其和我在窗户上的倒影比起来。我只有三十六岁，但已经经历了许多坎坷与不幸，不知道今晚的经历会不会在我的履历中增加一个悲惨故事。不远万里飞到伦敦与王子相会，结果他是只青蛙。我在格林公园下了地铁，夹杂在分流的人群中转乘另一条线路。站台上都是穿着超短裙的女孩和穿着运动服的男孩，他们醉醺醺的，但看上去仍渴望着下一杯。我的神志完全清醒。我在行动前绝不喝酒，这就是我现在的状态。今晚是"丹尼行动"。

吃了晚饭后，我和丹尼可能找个地方做爱，但之后呢？

我知道如何消失，这是我的专长。

出了地铁很快就能走到巴拉德餐厅所在的邦德街。从车站出来后，我仿佛进入了充满噪声与灯光的狂欢节现场。在伦敦，这只是一个普通的周六夜晚，但对睡眠不足的我来说实在太吵了、太热闹了。

巴拉德餐厅的招牌很低调，我差点儿从餐厅旁径直走过。餐厅没有窗户，没有任何标志示意街边的这道金色木墙后是什么生意。门很大，装饰着抛过光的镍，像一扇堡垒门。推开它，我感觉自己在攻陷一座城堡。

我从熙熙攘攘的街道走进宁静的避风港。一位皮肤白皙、留着齐耳发的女服务员突然出现在我面前。她背后是一个布置得错落有致的餐厅，有雪白的桌布、闪闪发光的高脚杯和优雅的人们。没有蓝色牛仔裤的踪影。

"丹尼·加拉格尔订过座位了。"我告诉她。

她甚至没看一眼预订清单。在高级餐厅工作，她知道哪张桌子是谁订的。"加拉格尔医生还没到，他打电话说会迟到一会儿，请允许我带您去座位。"

我跟着她走进餐厅，她把我领到厨房附近的一个双人间里。这虽然不是餐厅里最好的座位，但视野很好，可以观察其他顾客，正是我会本能地寻找的那种位置。服务员马上端来一杯香槟。在这种餐厅，年长的男性和年轻二十岁的女性一起用餐，谁都不会大声说话，也不会看一眼菜单上的价格。我啜饮香槟，看了看手表。

丹尼已经迟到了十分钟。

我预想着最糟的情况。他也许出了车祸，也许遇到抢劫，也许临阵退缩而今晚只能由我买单。职业本能让我必须做最坏的打算，这使我成了一位悲观主义者。尽管香槟令人心醉，且我身处精致的餐厅，但我还是感到不安。

直到丹尼走进包间。

这不是记忆中那个衣衫褴褛的丹尼。在曼谷拥挤的街头市场，他坐在矮小的塑料桌子旁，狼吞虎咽地吃着牛肉面。但眼前的丹尼头发整齐，身着牛津衬衫和西装外套，肩上并非破旧的双肩包而是医生用的皮拎包。他走到我身旁，害羞地轻吻我的面颊，然后坐在对面的椅子上。尽管在曼谷共度了四个闷热的夜晚，我们依然是陌生人。我不得不调整自己的预期，重新面对眼前另一个版本的丹尼。不过所有这些变化都是表面的，他现在穿西装打领带，但脸上仍然带着我熟悉的笑容。

我凑近他，轻声说："丹尼，这家餐馆太豪华了，恐怕得花上你——"

"一只胳膊、一条腿，还有一个月的工资。我知道，但你好不容易来伦敦，总得庆祝一下。"他环视整个餐厅，"我也是第一次来这儿，这里的座位很难订到。"

"你是怎么做到的？"

"我有个病人是这里的洗碗工，他帮我插队了。"他放低声音说，"现在我们得装成熟悉这种地方的那种人。"

听到这话，我不禁笑了。我们的确像是两个化了妆、穿着戏服、溜进化装舞会的流浪汉。丹尼让我感觉自己更年轻、更自由，回到被迫长大、看尽世上所有黑暗之前的样子。

"我从没想象过你穿上西装的样子。"我说。

"我一直在担心，离开曼谷以后，你会不会忘了我。"

"你寄过来那么多明信片，我怎么会忘了你呢？"

他露出苦相："寄太多了吗？"

"不，我很喜欢。好几个月没有收到后，我才意识到它们对我有多重要。"

"我以为你已经不想再收到明信片了，"他直视着我，绿色的眼睛里闪烁着桌上摇曳的烛光，"我们没有再约见面。你给我发了邮件，我简直惊呆了。"

"我也是。"我承认。

服务员拿来菜单，给丹尼也端来一杯香槟。丹尼抿了一口，留在嘴唇上的香槟闪闪发光。记忆突然清晰起来：他的嘴唇贴在我的胸部，牙齿轻咬我的乳头，大手抓住我的臀部，我们亲密地结合。我赶紧抛开脑海中的画面，打开眼前的菜单。菜单上没有标价，我担忧地看了丹尼一眼。

"你的菜单上有价格吗？"我轻声问。

"担心我付不起吗？"

"别逞强，我们各付各的好吗？"

"放松点儿，我的工作很稳定，这个可以分期付款。"

我笑着靠在椅子上。我酒量很好，能把大多数男人喝倒，但今晚，时差和空腹使那一杯香槟产生了强大的冲击力，酒精在我的血液里咝咝作响。顾客低声交谈的餐厅、亚麻桌布和丹尼，在我眼中都变得柔和起来。曼谷那个晒得黝黑、邋里邋遢的丹尼变成了一个干净整洁的丹尼，而且同样诱人。我啜饮着香槟，心中的火愈烧愈烈，我仍试图平静地和丹尼交谈。

"说说你现在的工作吧。"我说。

"和以前比有一些变化。"

"你似乎一点儿也不激动。"

他耸了耸肩："只是个维持生计的活儿而已。不过我现在有了固定的工作时间和不错的薪水。"

"而且不必给人治疗枪伤和疟疾了。你怀念那时的生活吗？"

"我怀念在危机中只能靠必需品勉强度日的挑战。但妈妈很高兴我能回到英国。我没有意识到爸爸的死对她打击这么大，我得回家。"他对我笑了笑，"她很期待见到你。"

我的动作突然停了下来，酒杯仍在唇边。见他母亲，这不是我想要的。"你跟她说了我的事吗？"

"我不该说吗？"

"我们还没到见家长的阶段。"

"我可以向你保证，她一点儿都不可怕。好吧，也许她的确有点儿……"他停顿了一下，"但不是连环杀手那种。"

几个月来，我又一次发自内心地笑了。我专注地看着丹尼，以至于没有注意到餐厅另一边的骚动。直到一个酒杯摔裂在地，有个女人大声尖叫，我们才转过身。

一名男子双手扼住喉咙，瘫倒在椅子上。即便离得很远，我也能看到他脸上的恐惧，他疯狂地挣扎着吸气。

丹尼瞬间站了起来，快步穿过餐厅。当其他人还在目瞪口呆的时候，丹尼已经靠在这个痛苦的男人身后，双臂抱住他的腰。他没有半点儿犹豫，也不用尴尬地寻找合适的位置，果断地用拳头反复按压那个人的腹部。三次，五次。他的力气很大，椅子"砰"的一声倒在地上。

那个男人瘫软下来。

丹尼猛捶他的背，像打鼓一样，然后抓住他的腰，重复按压腹部的动作，如此反复。

男人的头部微微前倾。

丹尼把这个已经失去意识的男人从椅子上拖下来，让他平躺在地上。"玛吉！"他大声喊，"把我的包拿过来！"

我拿起他挂在椅背上的皮包，飞快地穿过餐厅，经过愣在座位上的观众们。当丹尼在包里翻找医疗器械的时候，我注视着眼前这个昏迷的男人。他六十多岁，满头银发，脖子很粗。他一生享受过无数美食，却被这顿饭暗算了。剪裁精致的西装告诉我，他肯定买得起巴拉德这样的餐厅，但财富无法救命。他血液缺氧，胸部没有起伏。我跪下来摸了摸他的脉搏，还有，但极不规律。

一个女人站在我们身后喘着粗气："你们在干什么？"

丹尼从包里拿出一把手术刀。

我知道丹尼要做什么。他别无选择，因为等救护车赶到的时候，这个男人就没命了。我从桌子上拿了块亚麻餐巾，贴在男人的脖子上，准备吸取渗出的血液。对技术精湛的医生来说，环甲膜切开手术很简单，但对手法粗糙的医生来说，它可能变成一场灾难。我曾经在行动中见过一次，在泥泞的战场上，一个喉咙被弹片炸碎的士兵接受了这种手术。那是挽救他生命的最后一搏，由一位从未做过手术的惊恐万分的战友完成。结果，颤抖的手术刀割断了他的颈动脉，造成一片血海。

但丹尼很清楚自己要做什么。他很快找到了切割点，把手术刀按在脖子上，切开了环甲膜。

我身后的女人尖叫道："你切断了他的喉咙！"

我用餐巾吸干了从伤口流下的血。现在气管开放了，空气在切口中咝咝作响。但这个男人的脖子太粗了，当他吸气的时候，软组织就会塌陷而将气道封住。我们需要保持气道开放。

一位服务员站在一旁，睁大眼睛看着。我站起身，从他口袋里抽出圆珠笔，飞快地将笔拧开，把空心的一头递给丹尼。

丹尼惊讶地看了我一眼，然后把笔插进伤口，撑住软组织。男人的呼吸流畅了，嘴唇从蓝色慢慢变成粉色。直到这时，我们才听到救护车的警笛声。

医护人员把那名男子抬出餐厅时，他已经开始移动手臂了，困惑地看着周围，看来保住了性命。我和丹尼心惊肉跳地回到我们的座位旁，我发现他的衬衫上溅满了血，我低头看了看自己，发现丝绸连衣裙也被弄脏了。尽管他成功完成了急救，但表情依然很震惊，好像刚刚意识到事情可能演变得非常糟糕。他的手术刀本可能出现偏差，整个房间现在可能都是鲜血。我们呆呆地坐着，一时说不出任何话。整个餐厅也安静了下来，那个男人的座位现在空无一人——客人已经离去，餐点被遗弃在原地。

丹尼平静地问我："你怎么知道？"

"知道什么？"

"该做什么、我需要什么——餐巾，还有圆珠笔可以充当插管，"他皱起眉头，"好像以前做过一样。"

我想起那天，我跪在泥泞的地上，试图挽救战友的生命。我记得在他脖子上划下第一刀，颈动脉里的血喷涌而出，他的眼神死一般呆滞。"我见过一次。"我说。

"在哪儿？"

"电视里，一部医疗剧。"

"电视？"

"是的。"

他盯着我，似乎无法决定要不要相信我。如果这时他选择不相信我，他还会对我产生其他怀疑吗？他要怀疑多少次，才能意识到在他面前的女人只是个假象？

"是加拉格尔医生吗？"

我们抬起头，发现一位服务员站在桌旁。我刹那间产生了一个疯狂的想法，以为餐厅要把满身血迹的我们赶走。没想到服务员在丹尼面前放下一张名片。

"另一位顾客会为您支付今晚的餐费。他说您随意点单，无论菜品还是酒水。"

"真的吗？"丹尼惊讶地看了我一眼，然后问服务员，"他坐在哪个座位？"

"如果您愿意的话，他想明天私下和您谈谈，请您拨打名片上的号码。现在，请两位尽情享用晚餐，谢谢。"服务员也向我点头示意。

我环顾餐厅，想知道哪位顾客这么慷慨，但没人看向我们，请客的人显然不想暴露身份。

"名片上写了什么？"我问丹尼。

丹尼皱着眉头，然后把名片递给我。

名片正面印着"盖伦医疗中心礼宾部"的字样和一个电话号码。我把名片翻过来，看到有人潦草地写了一行字。

我们正在招聘。谈谈吧。

"你要给他打电话吗？"我问道，把名片递还给丹尼。

"也许吧，让我想想。"他把名片塞进口袋，"今晚，我宁愿想想我们，还有……"

"还有？"

他全部注意力都集中在我身上。"还有接下来会发生的事。"

第十一章

现在。

德克兰从餐桌边站起来,打开我用来藏宝物的橱柜。那不是镇上杂货店能买到的苏格兰单一麦芽威士忌,而是更加珍贵的东西。他经常来我家,知道我把好东西都放在哪儿。他从橱柜里拿出一瓶三十年前酿制的朗摩威士忌,推开桌上的空酒瓶,把那瓶酒"砰"的一声放在桌子上。这意味着谈话即将变得严肃起来。他紧抿嘴唇,神色坚定地把威士忌倒进三个空酒杯,并把其中一杯递给我。我没有马上碰杯子,而是看着本和德克兰举起杯子,喝下第一口。品尝威士忌是我晚年才养成的爱好,看着我的威士忌流进他人喉中,我感到非常恼火,即便他们是我最好的朋友。

"那么他接受医疗中心的工作了吗?"本问。

"那份工作太诱人了,令人无法抗拒,提供非常好的薪水和福利,还在伦敦最好的地段为他准备了一套公司产权的公寓。更重要的是,他的母亲迫切需要他帮忙偿还抵押贷款。只要他接受这份工作,她的最后几年会过得很舒适。所以,是的,他只好不太情愿地接受了。"

"为什么不情愿?"

"因为盖伦医疗中心礼宾部是为少数特权人士服务的。对于那些富人来说，他们可以用钱买到医保系统提供不了的服务。他们只要打个响指，医生就会神奇地出现，带着他们所需要的任何药物。"

"我会报名参加。"本说。

"盖伦医疗中心的价格你可付不起。"我终于拿起杯子喝了一口，对伦敦的回忆刺痛了我的舌头，我想起第一次和丹尼品尝朗摩威士忌时的情景。

"所以，他去盖伦医疗中心工作，"德克兰说，"这和黛安娜·沃德有什么关系？"

"这就是黛安娜进入我们生活的原因，也是她注意到丹尼的原因。盖伦医疗中心与黛安娜有关，这导致之后的事情逐渐失控。"

"那就说说黛安娜·沃德吧。她是何时、为何出现在故事中的？"

我放下酒杯，舌尖还残留着威士忌带来的刺痛感。"伊斯坦布尔，一切都始于伊斯坦布尔。"

第十二章

伊斯坦布尔，十八年前。

有人看着我。有人一直在盯着我，或许是街上好奇的孩子，或许是商店里执着的地毯小贩，又或许是土耳其国家情报局的特工，尽管我没有理由引起他们的注意。我只是一个美国商人，每天步行往返于公寓和塔克西姆广场附近的办公室。不过，我不得不假定有人在监视我。在伊斯坦布尔的公寓醒来以后，我都会为一天的捉迷藏做好准备。我觉得公寓里和座机没有被窃听，但说话时还是小心翼翼。打扫小巷对面咖啡店的老太太似乎一直在密切注意我的出入。她仅仅是爱管闲事，还是土耳其国家情报局的雇员呢？土耳其情报部门喜欢监视所有居住在这里的外国人。当我走出公寓，穿过繁忙的塔克西姆广场时，很可能有人在跟踪我，所以我尽量让自己看起来很放松，甚至无所事事。

今天早上，我边走边打哈欠，但我是真的累了。这是昨天深夜在镇上闲逛、泡吧以及与新朋友聊天的结果。到了晚上，我是一朵交际花；白天，我只是一只工蜂，每周五天忙于工作。我来到欧罗巴国际物流公司的四层老楼，爬上两段吱吱作响的木楼梯，来到办公室。门上的牌子很低调，特意设计得不会给人留下过深的印象。它向外人传递一个信息——我们不想和你做生意。为了进一步劝阻客人，访客需要在安全键盘上输入密码才能进门。

我输入六位密码，然后走进门。

前台有两张办公桌，像是一家专门从事进出口物流的国际公司的前沿阵地。其中一张桌子上放满了文件夹，里面是美国海关的各种表格、进口安全申报文件、运输费用账单，以及满是世界各国海关法规的书籍。另一张桌子上贴着我的名牌玛格丽特·波特，桌子上堆满了五颜六色的织物样本：来自泰国的光泽丝绸、来自比利时的锦缎、来自土耳其的精细针织品。我的办公桌后面是一个衣架，挂满了伊斯坦布尔设计师准备送到纽约的连衣裙样品。我的工作领域是时装和纺织品。如果和真正的进出口商人待在一个房间，我对专业的了解绝对足以让他们信服。

我穿过前厅，来到内室门前，输入另一串安全密码，走进欧罗巴国际物流公司进行真正业务的地方。我煮上咖啡，然后坐下来阅读总部通过美国领事馆的安全线路发来的最新电报。过去二十四小时没有大事发生，但我和同事加文有各种各样的提案等待总部批准，比如给现有的线人增加酬劳或是开发新的资源。我会写一份报告，列出这个资源的价值，并且在初次推进之前要求提供额外的背景信息。

我听到隔壁办公室的加文来了。他像往常一样向我致意，然后径直走向咖啡壶。我们一般会专注于自己的事情，坐在各自的办公桌前，自顾自地写报告、发电报。加文负责"农业设备"的全球销售，他需要偶尔前往内陆，访问土耳其与叙利亚边境的农村。有时我会和他一起旅行，表面上是去参观那里的纺织和地毯工厂。加文比我大十五岁，在这个领域工作了三十多年，非常想退休，但他身背房贷，还有两个上私立大学的孩子。退休遥遥无期,他不得不继续工作,直到倒下。我们已经一起驻伊斯坦布尔三年半了,没有发生大的冲突,通常不会让对方产生紧张感。

在我们这一行,这是种理想的合作关系。

我检查了今晚时装秀的种种细节。这场时装秀将展出伊斯坦布尔新锐设计师的最新作品,会有记者、进出口商、买手和城市中最追求时尚的女性出席。我也会参加——假工作要求我这样做。

接着,我确认了三天后短途旅行的航班信息。一有机会,我就会飞到伦敦见丹尼。一想到能见到他,我就精神振奋。我们见面的次数很少,所以认识六年仍然渴求彼此。距离确实让人心生向往,同时也让欲望更加炽烈。这种安排很适合我们,至少对我而言如此。长相厮守需要真诚以待,而我还没有做好这样的准备。我只能约他偶尔在伦敦、巴黎或里斯本见一面,然后回到各自繁忙的生活中去。

"今晚你准备好了吗?"

我抬起头,看见加文正站在我的办公桌前喝咖啡。今天早上他看上去有些累,棕色的头发像蒲公英一样竖起来,眼袋比平时明显。金钱上的麻烦使他不堪重负,我为他感到难过。遗憾的是,他至今仍在前线奋战,而他内心真正渴望的是在泰国退休,在河边悠闲地品着啤酒。

"听说今晚会座无虚席。"我说,"八位设计师、一个现场演奏的乐队,还有鸡尾酒。现场应该很热闹。"

"还有别的表演吗?"他不需要明说,我当然知道他指什么。

"当然有。"我点点头。

*

我不是爵士乐迷，但从观众的热烈掌声来看，土耳其人似乎对爵士乐很着迷。今晚确实座无虚席，剧院的座位都坐满了，后面还站着几十个人。我很高兴有这么多人，不是因为乐队的成功和我有任何利害关系，而是因为很快他们将汇成一股人流涌到街上，没人能在如此嘈杂的人群中记住别人的脸。等所有人都起身拖着步子走向出口以后，我朝另一个方向的后台楼梯走去。我已经将剧院的平面图熟记于心。我走上楼梯，经过走廊，大步走过模特们正在换衣服和卸妆的绿色房间。大厅尽头有一个演员休息室。我溜进去，换上蓝色牛仔裤和深色夹克，系上头巾，然后从舞台一侧的边门进入小巷。

剧院前面的街道上充斥着离场观众嘈杂的声音。我朝小巷的另一边走去，转过拐角，来到剧院后的街上。头巾遮住了我的脸，在外人看来，我只是一个和朋友们玩了一晚后回家的土耳其女郎。这种伪装很简单，但足以确保没人跟踪我。我并没有走多远，转过几个街口，那辆毫无特色的黑色丰田车在约定的地点等着我。

我坐上驾驶座，环顾四周，确定周围没人后开车离开。只要土耳其国家情报局没有预料到我的行动并派车跟踪，我就是安全的。但我还是进行了例行检查，开到下一个路口时，我右转，确定后面没有尾随的车灯，接着又右转了两次，才驶向今晚的集合点。抵达目的地以后，我短暂停留，让站在门口阴影里的男人坐上副驾驶座。

然后我驾车驶离。

"遇到什么麻烦了吗？"我问多库。

"没有。"

"你确定土耳其国家情报局的人没有跟踪你吗？"

"我没有发现任何人。"

"我们有多长时间？"

"多久都行。除了来瓶伏特加，今晚我没有别的安排。"多库晚上的大部分时间都与酒为伴。

感觉到他很放松，我也允许自己稍微放松了一些。或许有些过度自信？闻到他呼吸中的酒气，我突然又紧张起来。他已经开始狂欢了，这可不是好兆头。

"有什么急事要告诉我吗？"我问道，把目光再次投向后视镜，没有看到可疑的迹象。

"领导层出现了分歧。"他说，"穆拉特已经厌倦了这个酋长国，他觉得这种制度一无是处。他想回家，投身战斗，并准备带些武器回去。"

"你知道具体信息吗？他想什么时候、从哪条路线进入车臣？"

"走常规路线，穿过格鲁吉亚进入山区。他准备十四号出发。"

"他的武器从哪儿来？"

"两周前从突尼斯用船运过来的。"

"谁是他的金主？"

"我听到了一些传言。有人说资金来自伦敦，但谁能搞清楚真正的来源呢？钱不像水，水往低处流，钱则会往上走，只会从富人流向更富的人，"他苦笑一声，"从来不会流到我这里。"

多库急需这笔钱，不仅是为了满足自己虚无的享乐，也是为了养活他丧偶的妹妹和她六岁的女儿，她们最近逃到了伊斯坦布尔。多库生活在危险之中,所以他的妹妹和外甥女出于安全考虑住在另一个街区。同这座城市里的许多难民一样,她们生活在社会边缘,和其他同样绝望的人挤在破旧的公寓楼里。

"都是些什么武器?"我问道。

"不是以前那种缺零件的破烂货,有便携式防空导弹、'毒刺'导弹、俄罗斯伊格拉防空导弹、集束炸弹和烟幕弹,价值数百万美元。"

冷战结束以后,大量二手武器被投放到黑市上,这就是穆拉特要带回车臣的东西。这些武器的最终目的地对武器经销商来说无关紧要,只要有钱可赚,卖火箭筒和卖奶粉对他们来说都一样。

"这事不光我一个人知道,"多库说,"俄罗斯人当然也知道,但他们乐得坐山观虎斗,让我们与酋长国对立,相互削弱。"他叹了口气,似乎听天由命了,"我觉得穆拉特不可能活着到车臣。他的武器会以新的价格被卖到其他地方,比如南美洲。"

世界各地的冲突虽然多多少少有些不同,但带来的悲伤和绝望是相同的。多库不希望穆拉特死,但他背叛了穆拉特,因为他知道,从长远来看这并不重要。无论如何,穆拉特注定会失败,既然这样,多库何不从中获利呢?

我把车停在路边。这是一个安静的街区,我可以看清四面八方,确保没有人跟踪。借着路灯的亮光,我打量着多库的脸。每次我们见面,他都显得越来越颓废,脸比上一次更肿,眼神也更为涣散。我知道他喜欢伊斯坦布尔。他曾无数次告诉我,尽管他讨厌俄罗斯人,讨厌他们在他的家乡车臣所做的一切,但他不愿放弃在伊斯坦布尔的放纵生活和酒精,回到车臣的山里战斗。

所以他需要钱来养活妹妹和外甥女,并且维持在这座城市享乐的生活,因此不惜泄露一些秘密。到目前为止,他还没有向我们提供真正有价值的信息或我们尚且未知的信息。我很了解这些车臣分离主义分子①,他们中的一些人越过边境,在叙利亚与伊斯兰国②并肩作战,另一些人则专注于和俄罗斯人的战斗。多库只是证实了一些我们已经知道的信息,我还没有向他施压,要求他提供更有价值的东西。我得鼓励他深入挖掘,发现更多细节。这是一项危险的工作,我们双方都知道这不会是绅士的游戏。他与危险人物为伍,而反对他的人更加危险。

我把他要的东西递过去——一沓美元钞票,看着他数钱。尽管这看起来与钱色交易没有什么区别,但我渐渐开始喜欢多库了。我认为他从车臣战争脱身的真正原因是,他内心深处不是个战士,而是个很容易受伤的人。他就像一条被虐待过的狗,每当我们目光相遇,他都无法直视我,而是移开视线,仿佛如果他盯着我太久,我就会拿出棍子抽打他。他既可怜又不可信,但他并不危险。除非被逼到绝境。

"确认他出发的日期,"我吩咐他,"以及走的具体路线。我还想知道他的钱是从伦敦哪里来的?"

"你知道的,我们在那儿有支持者。"

"是的,我知道。"有人对车臣穆斯林的遭遇感到愤怒,有人为了自己的利益希望车臣的冲突继续。战争中蕴藏着机遇。

他数完钱,似乎对我们的合作很满意,把钱塞进口袋。"我还想托付你一件事。"

---

① 车臣分离主义,指车臣地区内的一部分人寻求从俄罗斯联邦中分离出去,建立独立的车臣国家的运动或思想。
② 伊斯兰国,简称ISIS,一个极端恐怖组织。

看来钱不够。线人说出这种话一般有三种情况：嫌钱不够、家人想要更多报酬，或者觉得自己随时可能毙命。

"如果我出了什么事，"他平静地说，"希望你照顾好我的妹妹阿斯玛和我的外甥女。"

一股寒意窜上脊背，我转身看着他。他有某种预感吗？他有什么事没告诉我吗？多库直视前方，在昏暗的车里看不清他的表情。"为什么跟我提这种要求？"我问他。

"答应我，你会照顾好她们。"

"我当然会照顾她们，但你不会出事的，只要足够小心。"

他轻声笑了笑："你相信自己说的话吗？"

我看了看周围的街道，没有发现任何人，在这儿放下他是很安全的。"多库，回家吧，早上一切都会好起来的。"

"送我到酒吧，好吗？"

"我不能让你在那儿下车，那里人多眼杂。"

"那就把我留在离酒吧近一点儿的地方，没人会看到我们的。"

"时间已经很晚了，你应该回家睡觉。"

"我会回去的，"他拍了拍装着现金的口袋，"但有人现在非常需要喝一杯。"

我不喜欢这样，但无法说服他。他坚持要我把他送到酒吧，那是一家面朝博斯普鲁斯海峡的著名酒吧，居住在伊斯坦布尔的数千名车臣人都喜欢去那儿聚会。多库似乎每隔一个晚上都会去那里过夜一次，到早上可能就会花掉手头一半的钱。

在离酒吧几个街区远的地方，我把车停在路边。"不能再近了。"

"我得走着过去吗？"

"今晚天气很好,适合健身。"

他叹了口气,下了车,径直向博斯普鲁斯海峡走去,甚至没有回头看我一眼。我们又成了陌生人,只有装着现金的信封和星巴克礼品卡将我们联系在一起。他用那张礼品卡消费,就表示要见我了。我拿出笔记本,趁还没忘记,迅速写下多库告诉我的穆拉特回国和武器种类的事情。我很累,已经半夜了,但我必须把这些事情写成报告,给总部发电报。但记完笔记后,我没有马上开车,而是坐了一会儿,想着多库告诉我的事情。这么多武器被送往车臣,说明车臣即将有更多孤儿和寡妇。因为各种原因,那里已经有足够多的孤儿和寡妇了。

我发动汽车,沿着几分钟前多库离开的方向,往博斯普鲁斯海峡驶去。到达海滨的十字路口时,一辆黑色宝马呼啸而过,朝酒吧的方向疾驰而去。瞬间,我预感到有什么事情要发生——与多库有关的事。

不一会儿,远处传来一个女人的尖叫声。

我愣住了,在冲过去救多库和隐藏踪迹之间左右为难。我开车绕过街角,看到隔着两条街的酒吧前围了一群人。越来越多的人开始高声尖叫。我慢慢驶向酒吧,看着围观的人群。我装作一个看热闹的路人,想知道发生了什么。刚才飞驰而过的那辆宝马已经不见了,在完成任务以后迅速逃离。两个男人正对着手机大喊大叫,疯狂比画着试图寻求帮助。我的车开过时,许多人转过身来看我,也许担心我会造成另一桩血案。但看到驾驶员只是一个戴着头巾的女人后,他们马上移开了目光。我不该这样做,不该暴露在这么多双眼睛前,但我需要知道多库是否还活着。

他死了。

他仰面躺在人行道上,双腿分开,人行道上流淌着一条黑色的血河。人群挡住了我的视线,我看不见他的脸,但我知道那是他,因为我瞥见了他手腕上那块假的劳力士手表。尽管多库知道那是假货,就像他生活中的许多其他东西一样,但依然为此感到骄傲。其实每个人都在伪装自己,只是有些人比其他人做得更好。

我不用仔细看就知道他死了:人行道上的血量说明他受的是致命伤。我做了一开始就应该做的事——加快车速,继续往前开。

如果我出了什么事,希望你照顾好我的妹妹阿斯玛和我的外甥女。

他妹妹。

如果多库是杀手的目标,那下一个目标可能就是他妹妹。并非因为她知道什么机密,而是她的死对所有潜在的叛徒都是强有力的威慑:胆敢把秘密泄露出去,你的家人也会遭殃。

阿斯玛的公寓位于伊斯坦布尔最贫穷的社区之一——加齐马哈莱西,开车过去要半小时。我从未见过她,她也不知道我的存在,至少多库是这么说的。现在,当我穿行于伊斯坦布尔永远混乱拥挤的街道上时,我考虑着该对她说些什么,对她透露多少。我很清楚,和她见面是不明智的,但我没时间做更全面的安排了。我会把阿斯玛和她女儿带离住处,带出这座城市,然后再考虑下一步该怎么办。加文和局里的上司一定反对我这样做,但我的脑海里一直回响着多库的声音。答应我。

他知道。不知为什么,他知道自己快要死了。

救出她们,救出她们。

我不知道她会不会说英语,或者会不会说土耳其语。我能向她解释清楚,她哥哥已经被人杀了,她需要立刻逃跑吗?我想过报警，匿名告诉警察阿斯玛有危险，但警察肯定会问些我无法回答的问题，或是干脆不理我。

我必须亲自做这件事情，我答应过他。

隔着几个街区，我看到一幢大楼火光冲天。不，不可能。求求了，别是那幢公寓楼。

来到阿斯玛家所在的街道，我猛地停了下来。她住的那幢公寓已经被火焰吞没了。多库告诉我，阿斯玛住在六楼，这幢大楼的电梯永远不能用，她不得不拎着大包小包爬六层楼。我抬起头，数到六楼，意识到住在那里的人不可能在这场大火中幸存。

即便火灾发生时他们还活着。

一个警察大声呵斥我，让我马上把车开走。我用土耳其语问他："发生什么事了？里面的人呢？获救了吗？"

他摇摇头，挥手让我赶紧开车。这时消防车才鸣着警笛赶到。他们来得太晚了，无能为力，和我一样。

在警察的催促下，我别无选择，只能马上驾车离开。又一次，我必须抛下死者，继续前进。

第十三章

"和你怀疑的一样。"加文把弹道报告递给我。多库被杀两天后,我们才拿到从土耳其国家情报局泄露的这份报告。我马上把报告翻到写着多库尸体上两颗子弹具体细节的那一页。两颗都是标准AK47步枪使用的子弹,根据法医的报告,两颗子弹都是致命的。现场没有发现弹壳,因为根本没有弹壳被弹出——至少不是从这把特定的枪。我明白那是什么意思。

"你没听到枪声吗?"加文问道。

"没有。"

"你确定吗?"

"我看到汽车飞驰而过,然后听到有人尖叫,但肯定没有枪声。如果用标准AK47步枪射击,那么应该有很大的声音,在场所有人都能听见。"我抬起头,看着加文,"凶手一定用的是OC14狙击步枪,这意味着凶手和多库一定离得非常近。"

"真该死。"加文靠在椅子上,揉了揉眼睛。我就站在他的书桌前。窗外,伊斯坦布尔的交通一如既往地混乱,但在这间小办公室里,只有我们两个人,悄悄处理眼前的危机。这种枪很难在市场上买到,是由图拉军火工厂秘密研发的一种双管枪,射击时无噪声无火焰。它能悄无声息地杀人,很适合用于暗杀,原本是专门为俄罗斯特种部队设计开发的。这不是我们第一次看到它的战果。就在去年，两个车臣人在伊斯坦布尔被杀，多半是俄罗斯人所为，用的正是这种枪。

"当时没人跟踪我们。"我说。

"你确定接他上车的时候没人跟踪吗？"

"加文，肯定没有。杀手一定在酒吧等他，酗酒是他的弱点。还有那家酒吧，他离不开那家该死的酒吧，我早就说过他迟早会在那儿被他们杀掉！"

"你看到的那辆车是怎么回事？"

"应该是接应凶手的车。凶手潜伏在酒吧外，等待多库出现，看见他以后冲过去实施暗杀，然后示意司机过去接他。等到多库倒地流血的尸体被人发现时，那伙人已经开出好几条街了。"

"有人发现你在现场吗？"

"绝对没有。我直接把车开过去了，没有停车。"我说，同时仔细回忆那天晚上的事情。"绝对"这个词潜藏着危险，它没有留下任何质疑的余地，也拒绝了所有我们不愿看到的真相。我想起接上多库的那条街。当他上了我的车时，有人在监视吗？在我们离开时，有没有可能有辆车跟在我们后面？当我开车在迷宫般的街上绕行时，那辆车会不会远远地跟着我们？

不，我不会大意到这种程度。这不是我的错，但不知为何，我觉得我有责任，因为暗杀发生在我们接头的那天晚上，多库被杀的地方离我放下他的位置只隔了几条街。他当时说要去酒吧，我没有坚持反对。我本应拒绝他，本应把他送到别的地方，但后知后觉并不能改变一个事实——这是多库自己的选择，我无力改变他的命运。我们的关系很微妙，我们都需要对方的帮助。让我们走到一起的不是友谊，而是相互利用的可能性。

然而，我真心为他感到惋惜，因为他不坏，只是软弱了些。

现在，我们在土耳其车臣抵抗组织内的线人已经一个接一个被俄罗斯人消灭了。

"去伦敦前，我会发封电报给总部。"我对加文说。

"上面一定很不高兴，但我们没有任何办法来隐瞒这件事。玛吉，真是太糟糕了。"

他的意思是，我把事情搞砸了，全是我的错。尽管他是我在伊斯坦布尔的直属上级，但他不想为我承担责任。我无法责怪他试图明哲保身，因为他要给孩子付学费，还背着房贷，不能让这种事情削减工资或养老金。

我回到办公桌前，感觉就像刚从救生艇上被扔下来一样。但好在至少这份电报将由我来发，我可以从我的角度陈述事实。住在伊斯坦布尔的每位车臣战士都笼罩在暗杀的阴影中，俄罗斯人暗杀了多库，这纯粹是他们之间的事情。

但多库也是我们的线人，我为他的死感到悲痛，也为阿斯玛母女的死而难过。她们是真正无辜的，只是无休止冲突的牺牲品。

*

第二天早上飞往伦敦时，我还在想着阿斯玛母女。她们烧焦的尸体躺在伊斯坦布尔停尸房的照片在我的脑海里挥之不去，就像其他被害者死亡的画面一样，永远回荡在我的记忆中。为了和敌人战斗，我必须了解敌人的种种手法，那些惨景已经让我疲惫不堪，扭曲了我对世界的看法。我环顾土耳其航空公司的客舱，看到的不是啜饮着红酒的乘客，而是洛克比空难中破碎的尸体。乘坐出租车前往丹尼的公寓时，我望着伦敦的街道，联想到格罗兹尼的弹坑。

我可以不去想这些,但它们仍会在我的噩梦中浮现。

当我到达丹尼居住的公寓楼时,他还没下班,我输入他给的密码开了门。他刚搬进这套公寓,家具崭新闪亮,厨房有花岗岩台面,空气里散发着新鲜油漆的味道,从客厅的窗户可以俯瞰花园。这里不像丹尼会住的地方,和他在布里克斯顿的上一套公寓完全不同。那里很热闹,周围到处是酒吧和印度咖喱店,与骑士桥这片高档社区大相径庭。我穿过客厅,那里陈列着镶上相框的照片,其中有一张我和丹尼在巴塞罗那旅游的照片——一对相爱的快乐游客,还有一张是他已故的母亲,她三年前因中风去世。我不太了解朱莉娅·加拉格尔,在少数几次会面后,她认为我和她儿子很合适。"你是他唯一在我面前谈到的人,"她说,"所以我想,你应该是唯一能让他感到快乐的人。"她祝福了我们的结合,但她不知道这是建立在谎言之上的。

我不愿去想,如果她知道我对自己的介绍几乎都是假的,她会如何反应。

我走进大理石闪闪发光的浴室,打开洗漱包,脱掉衣服准备洗澡。我瞥了一眼镜子中的自己,因为飞行而显得疲惫。我发现鱼尾纹和眉间皱纹又深了些,鬓角也长出白发,岁月在我脸上留下了痕迹。二十五岁时,我觉得永远不会看见自己老了的样子。我曾经有过浪漫主义的想法,希望自己能在皱纹出现前死在行动中。但现在,我四十二岁了。生活艰苦并不意味着会早逝,有时它只是意味着那些艰难岁月最终会在你的脸上留下证明。

也许是时候改变了。也许我可以从中情局辞职,和丹尼长相厮守。多库的死给我造成的震撼远比想象中要大,尽管我不愿承认。我想起他死在距离酒吧只有几步远的地方,而我可能是他死前最后交流的人。我可能只是被卷入了这场冲突，但无论如何都是其中一员。

"玛吉，你来了吗？"传来丹尼的声音。

我连毛巾都懒得披，一丝不挂地走出浴室。他笑着把我拉到身前，一把将我抱起来。距离我们上次拥抱已经四个月了，但时间似乎没有流逝，我们的身体仍然十分契合，像拼图重新嵌在一起。我们从未承诺过要对彼此忠诚，但在我们相遇后的这些年里，我一直没有迷上过其他人。饥饿了四个月之后，我准备饱餐一顿。

"想我了吗？"他轻声问。

"你肯定不知道我有多想你。"

"不，我知道。"

他脱掉衣服，我们亲吻着走进他的卧室。在欲望的迷离下，我看到他的衬衫掉到地板上，看着他踢掉裤子，我们跌跌撞撞地走向床。他已经头发花白，但仍然是我在曼谷遇到的那个丹尼，那个对生活和我充满渴望的人。当我们倒在床上的时候，我已经蓄势待发，他很快就让我缴械投降。

随着一声呼喊，我猛地跌回现实。激情过后，我的心跳变缓，呼吸渐沉。亲爱的丹尼，我多么想念你啊。

我们彼此依偎着，望着影子逐渐被拉长，耳边是远处傍晚车流的隆隆声。我数着在必须返回伊斯坦布尔之前，我们还能一起度过多少个日夜，喜悦的心情变得黯淡下来。每次和丹尼相聚都夹杂着喜悦和悲伤，因为相会只是暂时的。这一次，悲伤的感觉更深了。这一次，我不想离开。

"我本来打算先带你出去吃饭的，"他说，"然后用最浪漫的方式把你哄上床。但是你突然出现，我无力招架，你把我的计划全毁了，你这个淘气的姑娘。"

"我可不想被预测。"

"你总是让我猝不及防。"过了一会儿，他轻声细语地对我说，"玛吉，我想你。我们什么时候能停止这种生活？"

"你不想跟我做爱了？"

"不，我是说这种飞来飞去、难以见面的生活。我在伦敦，你在伊斯坦布尔或是其他地方。为什么和你在一起总要经过该死的希思罗机场？"

"我的工作——"

"伦敦有的是工作。"

"这里的工作对美国人有限制。"

"嫁给我就没问题了。"

我沉默了。以前我们从没讨论过这个话题。过去这六年里，我们一直忙忙碌碌地生活，从来没想过什么共度终生的事情，只想着下一个假期、下一次冒险。"丹尼·加拉格尔，你是在向我求婚吗？"

他笑了："是的，尽管方式很笨拙。我知道你不想听这个，但我不得不说。"

"为什么？"

"因为我不希望你离开，因为我不希望早上醒来时你不在身边，因为我不希望这辈子都这么度过。"

我惊呆了，一句话都说不出。沉默了一段时间以后，他坐起来，坐到床边，背对着我，好像是为了保护自己免受我的伤害——那些我从未意识到的伤害。我伸出手触碰他，他的肌肉像触电一样紧绷起来。

"对不起，"我低声说，"我不知道这对你来说这么痛苦。"

"对你来说不一样吗?"他看着我说,"我们几个月不见面,你不觉得难受吗?我们不像其他夫妻那样有一个家,养猫养狗,甚至有几个孩子,这些难道你都不介意吗?"

"丹尼……"

"没关系,我知道这不是你要的。"

"我没这么说。"

"我理解,你不需要这些。"他站起身,开始穿衣服。在越来越昏暗的天色中,他的白衬衫诡异地飘动着。"你热爱工作,不想被人拖累。但是,玛吉,我想定下来,我想把自己的生活和另一个人连接在一起,就像我父母那样。我希望你能看看我父母在一起的样子,这样你就能明白我在说什么了。他们不富有,日子过得紧巴巴的,但他们拥有彼此。"他扣好扣子,坐在床上,垂头丧气,"玛吉,我受不了了,情况现在就是如此。"

窗外的花园传来笑声,在痛苦的沉默中,这种声音显得很刺耳。

"丹尼,你确定我是那个人吗?"我问他。

"是的。"

"可你几乎不了解我,我们一年只见几次面。"

"那我们就住在一起好好了解彼此吧。你可以搬来这儿,我也可以搬到伊斯坦布尔。"

"你要放弃盖伦医疗中心的工作?"

"到哪儿我都能行医,病人没什么不同。"

"你愿意为我放弃这一切?伦敦的高工资和这套公寓?"

"玛吉,我曾经住在帐篷里,为难民服务,那时我过得非常舒服。反正这套公寓不是我的,它属于盖伦医疗中心。我不会留恋这里,也不会想念那些鼻子一痒就要找医生的有钱蠢货。如果这是我们在一起的必要条件,我会毅然决然地辞去这份工作。"

我从他的声音里觉察出一丝苦涩。和我厌倦了我的工作一样,他也厌倦了现在从事的这份工作。我们多么般配啊,都想逃离禁锢自己的铁笼。我忍不住想,放弃欺骗,抛开谎言,做真正的自己,作为丹尼·加拉格尔的妻子住在这里会是什么感觉。我可以在大英博物馆随心所欲地闲逛,在泰晤士河边尽情漫步,不用担心有人跟踪。

他叹了口气:"这主意太疯狂了,我不该让你——"

"好吧。"我说。

"什么?"他转身盯着我。

"我会搬到伦敦,然后就这么办吧。我们结婚吧。"

就这样,我们达成了一致。这似乎是个一时兴起的决定,但事实并非如此。这是许多因素共同作用的结果,包括多库的被杀和镜中那张疲惫的脸。可悲的是,在世界的宏伟蓝图中,我的工作无足轻重。战争还会继续,政府还在更替。我从线人那里收集到的零碎信息和给总部发的电报,都会被输送到政府机器中,和多库的尸体一起被掩埋,变成肥料。但与和线人建立的虚假友谊不同,丹尼是真实的,我们的关系是真实的。

"你是认真的吗?"丹尼问道,"你真的会嫁给我吗?"

"是的。是的,是的,是的!"

他搂住我,紧紧拥抱了很久,我几乎要窒息。我感觉到他的眼泪滴到我的面颊上,我也兴奋地哭了。我已经很久没这么开心了。

丹尼就是我的归宿。

*

一周后,当我登上返回伊斯坦布尔的航班时,我已经打好了辞职信的腹稿。辞职不仅仅是给总部写封信那么简单,我需要交份报告,并移交过去三年在伊斯坦布尔发展的所有线人关系。到上个月为止,我已经在中央情报局工作了二十一年,这意味着五十五岁就能领取养老金了。这是一个合情合理的辞职时间,许多公务员都会选择在这个时间点离开,开始人生的下一个阶段。我将作为一位医生的妻子,在伦敦开启人生新篇章。

乘出租车返回我在塔克西姆广场附近的公寓时,我已经在心里和伊斯坦布尔说再见了。我以前也曾与别的城市告别过,但这次告别尤为喜忧参半,因为我喜欢伊斯坦布尔,喜欢这里的活力、历史和善良的人民。但我会离开这里,为了更有吸引力的东西——为了丹尼,他是我幸福的归宿。我告诉自己,我会带丹尼来伊斯坦布尔游玩,带他看这里的美景,吃独立大街上我最喜欢的炸肉饼,为他斟上几杯香甜的拉克酒,然后观察他品尝美味的伊斯坎德尔烤肉、皮德饼和鲜嫩的羊肉串时的表情。

出租车把我送到公寓时,已经快半夜了。街对面的咖啡店一片漆黑,爱管闲事的邻居也不见踪影,看来我的假期打乱了她的监视计划。这一次,我轻松地走进大楼,不再担心有人盯着我。楼梯间很黑,我跺了跺脚,灯亮了,但时间很短暂,当我走到二楼把钥匙插进锁孔的时候,灯又灭了,我再次沉入黑暗。该死的节电感应灯——在内心深处,我是个挥霍美国资源的人。我推着行李箱进入公寓,摸索着墙上的电灯开关,突然呆住了。

有些地方不对劲。

房间一片漆黑,我甚至看不清家具的轮廓,但不知为何,即使在漆黑的环境中,我也能感觉到房间里不止我一个人。我闻到陌生的洗发水味道,听见有人在微弱地呼吸。有人在我的公寓里。我在黑暗中四处张望,却看不到任何人,我只能闻到味道、听到声音。

"玛吉,别紧张,"一个熟悉的声音说,"是我们。"

"加文?你他妈的来这儿干什么?"

"我们不能在被人监视的状态下和你谈。"

"我们"?我终于摸到了墙上的开关,把灯打开,看到加文坐在我的扶手椅上,看起来很不自在。一个金发女郎站在我的书架边,样子却很自如。她很年轻,二十八九岁,一头金发在黑色高领毛衣的衬托下发着银光。尽管这是我第一次见她,但我马上对她产生了厌恶感,因为她不请自来闯入我的公寓,还像看即将被解剖的动物标本一样看着我。

我转身问加文:"她是谁?"

"玛吉,我知道这让你措手不及,但我们不得不如此突然,我们不知道有没有人在监视你。"

"你们闯进我的公寓,吓到我了。"

"没办法,这是必要的,"金发女郎说,"不能让任何人知道我在这里。"她平静地向我走过来。她看上去至少比我小十岁,但行动间带着一股掌控局面的镇定与自信,这让我很不安,因为这意味着我不是控制一切的人。

"我再问一遍,你是谁?"我问她。

"黛安娜·沃德。"

"化名还是真名?"

"这不重要,今天我不是来介绍自己的,而是来谈你的事的。"

我看着加文："你知道她在说什么吗？"

加文叹了口气，说："遗憾的是，我知道。"

"跟我说说丹尼·加拉格尔。"黛安娜说。

突然转换的话题确实让我有些猝不及防。"你在说什么？"

"丹尼·加拉格尔，你经常去伦敦见的那个人。过去六年，你们在巴塞罗那、罗马、巴黎等地旅行过。"

"总部知道丹尼的一切，我刚开始和他约会时就上报了。"这是按照规定必须做的。甜蜜陷阱无处不在，爱上错误的人会使线人和行动陷入危险。"局里没有反对我们建立恋爱关系，我也对他做了背景调查，他没有说谎。"

"没错，他出生在莱斯特，是酒吧老板弗兰克·加拉格尔和妻子朱莉娅的独生子，两人现在都去世了。丹尼在国际危机组织当了五年的医生，现在在伦敦执业。从表面上看，他似乎没有任何破绽，这就是加拉格尔医生最初没有引起总部警觉的原因。"

"那为什么现在问起他的事？"

"因为你的线人多库死了，可能是被俄罗斯人暗杀的。"

"没错，我也是这么想的。"

"你是他的联系人，他被杀的时候你离他只有一百多米。这让局里开始怀疑你身边是不是有漏洞。所以我受命仔细调查你，看看你平时都和谁联系。"

"等等，你是在指控我在为俄罗斯人工作吗？"

"你肯定没问题，问题出在你周围的人身上。"

"你是说丹尼？"我笑了起来，"你真是错得离谱，你根本不了解丹尼。"

黛安娜直视我的眼睛："你了解吗？"

第十四章

黛安娜的话让我有一瞬间感到不安。我想到了我爱的那个丹尼,那个我计划与之共度余生的男人,脚下的地板变得坚如磐石。"你说他确实叫丹尼·加拉格尔,出生在莱斯特,家庭情况也和之前说的一样。那么问题在哪儿?"

"他的工作。"

"他是位医生。我证实过这一点,他在我眼前救过人的命,这是错不了的。"

"那我们来谈谈他的病人。"

她的语调让我感到不祥。我感到一切开始分崩离析,事实真相始终潜伏着,如今即将渐渐出现在我面前。

她把笔记本电脑放在我的咖啡桌上,然后转了个方向,让我看屏幕上的照片。照片里丹尼打着黑色领带,和一群同样穿着得体的人站在一起。他身边站着一个黑眼睛美女,穿着一件闪着微光的红色低领连衣裙,微笑地看着丹尼。丹尼的另一边是两个五十多岁的男人,都拿着酒杯。没有人看向镜头,说明这是偷拍,他们显然没有意识到有人在拍照。

"这是七个月前拍的,"黛安娜说,"在洛桑的一场私人晚宴上。这是加拉格尔医生,对吗?"

"是的。"我的嗓子干得甚至不能吞咽,"这些人是谁?"其实我真正想知道的是，站在丹尼身边的女人是谁。

"右边的高个子男人是菲利普·哈德威克，五十二岁，英国人。深色头发的女人是他的情妇西尔维娅·莫雷蒂，二十六岁，意大利人。"

看来她和另一个男人在一起，不是丹尼的女朋友，这让我松了一口气。我如释重负，所以没有立刻感受到黛安娜接下来的话有多令人震惊。

"那个身材魁梧的男人是西蒙·波托耶夫。我想你对这个名字应该很熟悉。"

我看着黛安娜："波托耶夫？"

"就是那个身家大约二十亿美元的波托耶夫。他把大多数钱都存在外国银行的账户里，谁都不知道他的实际身家有多少。"

我现在开始明白她为什么要告诉我这些了。俄罗斯人杀害了多库，而七个月前丹尼和俄罗斯大亨在一起喝香槟。我确信两者之间没有联系，但知道在情报人员眼中这意味着什么。

"加拉格尔医生了解你在伊斯坦布尔的工作吗？"

"我告诉他，我是欧罗巴国际物流公司的进出口分析师。"

"他知道你工作的实际性质吗？"

"当然不知道。"

"你提起过你的线人吗？提到过多库的名字吗？"

"没有，你把我当什么人了？"

"但你的男朋友和俄罗斯大亨混在一起。他告诉过你这件事吗？"

"他说过要去瑞士出差。病人旅游的时候他会随行做医疗保障工作。"

"关于他的病人，他跟你说过些什么？"

"什么都没说过。他很谨慎，他任职的医疗中心有严格的保密规定。"

"是盖伦医疗中心礼宾部吗？"

"是的。如果你有钱，你就能获得伦敦最好的二十四小时医疗服务。再多花一点儿钱，医生就可以陪你出国，去世界上任何地方。"

"听起来是个美差。"

"那里的病人们追求最好的医疗服务，他们也出得起钱。"

"在这种情况下，病人付给医生的真的是钱吗？"

我看了看加文，然后回头看着黛安娜，问道："你在暗示什么？"

"也许，你和加拉格尔医生在曼谷的初次相遇不是偶然的，而是刻意安排好的，你是对方早就盯上的猎物。也许，你就是报酬。"

直到刚才，我还能够站着听，但现在我双腿发软，就像两根蜡烛正在身下融化，我瘫倒在沙发上。如果我真的被丹尼骗了，那我的判断力出了什么问题？我还犯了哪些错？我绞尽脑汁，回忆着在曼谷相识的那个闷热日子，当时我们坐在王朗食品市场的塑料小凳子上。我快进到那之后的岁月，我们在伦敦、西班牙和葡萄牙如饥似渴地缠绵在一起，还有最近的几次约会，我有没有泄露任何对敌人有利的信息？有没有暴露过我的线人以及正在参加的行动？

不，我没有那么粗心。另外，我很了解丹尼，知道他是什么样的人。

我迎着黛安娜的目光。"丹尼·加拉格尔是个表里如一的人，他不是俄罗斯的线人，而是一个好医生。退一步说，俄罗斯人为什么要招募他呢?"

"因为他能钓到人。"

"你是说我吗?"

"这是我们必须考虑的可能性。"

"你们是怎么想的呢?认为我泄密了吗?"

她打量了我一会儿,然后耸了耸肩。"在我们看来,你的掩护仍然是有效的,没有任何迹象表明欧罗巴国际物流公司已经暴露。如果他们知道你是我们的人,他们早就杀了你或者试图策反你。"

"他们什么都没做。"

黛安娜看着我,想分辨出我是不是在撒谎。也许我已经被策反了,也许我已经成了个叛徒。我回瞪着她,希望她能从我眼中读到事实真相。

"如果你真的觉得我在为莫斯科工作,你就不会到这里来,"我说,"不会告诉我这么多事情。"

她瞥了加文一眼,加文不易察觉地点了点头。黛安娜再次看向我时,唇边浮现出淡淡的笑意。这不是个好迹象,看来这次家访的真实目的马上要揭晓了。

"你和丹尼·加拉格尔的关系给了我们一个宝贵的机会。"她说,"他是一名医生,这让他能接近我们要打探情报的目标。就从这个人开始。"她指着笔记本电脑上的照片说。

"波托耶夫?"

"不,是菲利普·哈德威克。"

我皱起眉头。"你说他是英国人。"

"他是所有俄罗斯大亨的朋友。这些大亨每年都要把数亿英镑的资金从俄罗斯转移出去,哈德威克帮他们把这些钱转化为餐厅、酒店、摩天大楼之类的英国资产，由财团或离岸公司持有。那些财团和公司的名字听起来都很正经，但实际上由俄罗斯人拥有和控制。哈德威克这样的中间人能从中赚取巨额利润。"

"伦敦自助洗钱店。"

她点了点头。"腐败一直蔓延到政府最高层，所以没人能动他们。牵扯到巨额资产和太多有权有势的人物，英国当局也无法撼动他们。而那些试图揭露哈德威克的人……"她摇了摇头，"结果都不大好。"

"他们怎么了？"

黛安娜点击了几下笔记本电脑键盘，调出另一张照片。照片上的中年男人穿着剪裁得体的西装，表情温和愉快，看上去像个银行职员。

"他是伦敦银行的弗雷德里克·韦斯特菲尔德。"加文证实了我的猜想，"黛安娜刚刚向我简单介绍了这些案件。五个月前，韦斯特菲尔德的尸体在圣奥尔本斯一辆被烧毁的捷豹汽车中被发现。他的手和脚的骨头在死前都被粉碎了，肺部有烟雾反应。从尸检结果可以清晰地看出，他在遭受酷刑以后被活活烧死在车里。然而，警方认定他是意外死亡，太让人感到意外了。"

黛安娜点击出下一张照片，又是一位穿着西装的成功男士。"这是汇丰银行的科林·查普曼。"加文说，"他从十楼的办公室坠落，判定是自杀。"她再次敲击键盘，又一张照片出现在眼前。这次是一位正在微笑的、戴着精致丝巾的四十多岁的女性。"安吉拉·麦克福尔，哈德威克集团的一位会计师。她在家中被人枪杀，头部中了两颗子弹。警方称这是一起手法拙劣的入室盗窃，但没有任何东西被偷。三位死者有一个共同点——他们对菲利普·哈德威克的财务状况了如指掌，英国情报部门正在向他们询问其中的具体细节。"

黛安娜点击键盘,最后一张照片出现了,这次是哈德威克本人。他摆好姿势,以犀利的目光面对镜头。尽管这只是一张照片,但我觉得他好像能通过笔记本电脑的屏幕看到我一样。

"这就是我们要对付的人。每次暗杀都是他亲自下令的。根据我们进行的性格评估,他认为这只是生意的一部分。"

"请告诉我这份评估的详细结果。"

"你会拿到完整的报告。这么说吧,他智商很高,但很自恋,极具攻击性,这让他格外危险。伊顿公学的学生手册上说,他冷漠无情,做事不留情面,连老师都怕他。他有很强的控制欲,不计代价也要得到想要的东西。"

我目不转睛地盯着哈德威克的照片。目前看来,已经有三个人在他的命令下被谋杀。还有多少是我们不知道的?

"这和我们有什么关系?"我问,"如果英国人自己都不管,我们为什么要管?"

"因为洗白的卢布不仅仅投入餐饮业和房地产。这些钱同样进入了更有利可图的行业。"

"武器。"我说道。

黛安娜点点头。我们都知道,战争和其他生意一样,都需要一个健康且可持续的供应链。

"这和丹尼有什么关系?他不是有钱人,只是个医生。"

"这就是我们发现的机会。我们知道菲利普·哈德威克从小患有癫痫,一直没能得到有效的控制,所以每次离开伦敦都有一名医生陪着。加拉格尔医生已经和他一起出去了好几次,这说明他们两人的关系非同寻常。恰好你和加拉格尔医生有着亲密关系,这样我们就好办了。"

"你想要我让丹尼做线人吗?"我摇了摇头,"这对我要求太高了。"

"如果我没告诉你这件事的话,你打算怎么办?"

"我打算嫁给他。"

"我们不要求你改变对未来的规划,我们只希望你睁大眼睛、张开耳朵,把探听到的关于菲利普·哈德威克和俄罗斯大亨的情报告知我们。局里的要求并不过分,这也不算背叛。这是所有美国人应尽的义务。"

"把情报汇报给你们之后呢?会发生什么?"

"你可以和丈夫一起骑马看日落,从此幸福地生活在一起。只要你保守秘密,他什么都不会知道。但你会知道,是你的努力让世界变得更安全了。"

"仅此而已吗?"

"仅此而已。了解哈德威克与谁有关系、他的钱从哪儿来,如果可以的话,了解一下盖伦医疗中心的其他病人。病人中可能有一些俄罗斯大亨,告诉我们他们的名字、他们的医疗状况,以及任何能让我们找到对方薄弱之处的东西,以备将来利用。"

"我需要丹尼帮忙才能进入医疗中心的数据库。"

"不,不能让他知道这事。这件事只有我们三个人知道,不能泄露给其他人。"

我看着加文,他对我点点头:"必须如此。"

"那局里呢?局里一定知道这个计划,对吗?"

"只是计划的一部分。"

我皱起眉头:"你们不信任总部?"

黛安娜和加文对视了一下。"最好别对总部全盘托出。"她说,"如果总部知道一切,他们就会告知英国情报部门,我们不能冒这个险。"

"你不信任英国人吗?"

"想想吧,玛吉,两个银行职员和一个会计被谋杀了,可能就是被英国情报部门的人出卖的。我们的计划必须悄悄进行。"黛安娜说,"计划的成功与否甚至可能影响到你未来的生活。"

第十五章

现在。

我和本、德克兰喝完了一瓶朗摩威士忌,不知道以后还能不能买到。我拿起酒杯,细细品味最后几滴,觉得比以往更为甘甜。

"天哪,玛吉,你为什么不早把这些事告诉我们?"本问我。

"这仍然是不能谈及的机密。"我放下空酒杯,"砰"的一声让本和德克兰心惊肉跳。"我原本不想告诉你们。"我轻声说。尽管喝了很多威士忌,我们还是有些紧张,因为小镇里发生了从未发生过的大事。邪恶从我的过去尾随而来,威胁着我现在的避难所。

"黛安娜通过质疑我的忠诚逼我加入行动。她让我开始怀疑,在曼谷遇到丹尼是不是出于偶然,也许俄罗斯人利用他引诱我,打算适时策反。在黛安娜看来,我可能为另一边卖命,我不是第一个落入温柔圈套的人。"

我看着本和德克兰的脸,观察他们是否相信我。几十年前,我们三个在训练营时结下了深厚的友谊。尽管有时几个月甚至几年都见不了面,我仍把他们视为最亲密的朋友。我们偶尔会在外国首都的某个餐厅或酒吧见面,我们谈论过去的日子,那些我们相信自己可以改变世界的日子。但我们不能谈论各自行动的细节。每个人的生活中总有一些无法与他人分享的隐秘角落，背叛无疑是其中之一。

本不屑地说道："认为你会被策反，这本身就很荒谬。"他看了看德克兰，又看了看我，"如果间谍不能相互信任的话，那我们还能相信谁？"

"本，这话说得好听，但你我都很清楚，我们不能相互信任。我们承担不了被背叛的代价，这是我们的工作，我甚至不相信自己。如果我被人引诱，沉迷在虚幻的爱情里，那会对我的判断力产生什么影响？我还会犯什么错误？爱情使人盲目，我可能会不分敌友，会有多少人因此搭上性命？"我摇摇晃晃地从椅子上站起来，把空酒杯拿到水槽边。我站在那里，凝视着黑暗。我似乎总在审视黑暗，寻找一个有时离自己太近，甚至就在家门口的敌人。"她让我质疑自己的感受，所以我根本不在乎黛安娜·沃德是死是生。一切都因她而起。"

德克兰平静地说："从你的描述来看，她只是在履行职责，让你对交往的人保持警惕。"

"是爱着的人。"我说。

"爱？"

"是的。"我转过身，看着坐在桌边的两人。我从没跟他们说过这件事。他们只知道十六年前我离开了中央情报局，在德克兰邀请我来缅因州之前，我一直四处漂泊，寻找能落脚的地方。这里的所有人都一样，都有许多不能分享的往事。"我爱丹尼·加拉格尔。但黛安娜突然出现在伊斯坦布尔的公寓里，告诉我，他不仅是我的爱人，他还是一个机会，而我必须做出选择，是选择我的国家，还是选择一个可能为敌方卖命的人。这份工作要求我利用他，背叛他的信任。她说，任何一个忠于美利坚合众国的人都知道应该怎么做。所以尽管很痛苦，我还是做出了必须要做的选择。"

"你离开他了吗？"德克兰问道。

"没有，我和他结婚了。"

两个男人沉默不语地盯着我。我无法直视他们，于是转过身看向窗户。但我能感觉到他们的目光如同炽热的激光，深深刺入我的后背。他们是我的多年老友，但一直不知道我结过婚，也不知道我还在为另一半所困扰。在我的心目中，丹尼依旧是我的丈夫，而且永远都是，所以我一直没有别的伴侣或情人。

"之后又发生了什么？"德克兰问。

我没有回答他，只是盯着厨房窗户外的一片黑暗。

"玛吉？"德克兰悄悄走到我身后，把手搭在我的肩膀上。他不是一个习惯用身体接触表达安慰的人，我对他的行为感到很震惊。尽管我们有着长期的友谊，但这可能是我和德克兰最亲密的接触了。我想起丹尼的触摸和拥抱。

我退缩了，不是因为讨厌德克兰的触摸，而是因为回忆让我感到痛苦。"我累了，如果你们不介意的话，我想去睡了。"

"快去休息吧。"本站起身来，"我们明天早上再和你联系。德克兰，我们走吧。"

他们离开以后，我马上关上门，启动安保系统。我在玄关里站了一会儿，听着他们开车离开。之后耳边只剩下我熟悉的家里的声音了：厨房里冰箱的嗡嗡声，客厅里时钟的嘀嗒声。看来，我的堡垒现在很安全。

和往常一样，我独自上楼回到卧室。

但我并不孤单，丹尼和我在一起。他总是和我在一起。

我脱下法兰绒衬衫,把它挂在壁橱里,与其他日常衬衫放在一起。那里只有两条连衣裙,已经几个月没有穿过了。我摸了摸其中一条绣着玫瑰的亚麻裙,它让我想起曾经穿过的另一条裙子,一条在周游世界的过程中遗失了的裙子。那条裙子,正是我成为丹尼·加拉格尔夫人那天穿的。

第十六章

伦敦，十七年前。

我和丹尼在十一月一个寒冷但晴朗的日子里结婚了。我戴着一顶由满天星编织而成的花环，穿着一条印有小玫瑰花蕾的长裙，手里捧着一束与裙子图案相配的红玫瑰。我们都只想办一场小型婚礼，他讨厌人多的场合，而我希望尽可能不惹人注意，所以我们选择埃塞克斯一家乡村旅馆的后花园作为婚礼地点。丹尼的伴郎是他的大学同学乔治，一个为非洲某个慈善机构负责物流工作的傻乎乎的理想主义者。如果知道我为中央情报局工作，他一定会感到很震惊。我的伴娘是乔西，我告诉丹尼，她是我在乔治敦读书时的朋友，但事实上她以非官方身份为中央情报局工作。她从美国过来，专门扮演这个角色。她已经了解了我真实的童年、家庭和大学生活。如果有人调查乔西的过去，他们会发现她确实是从乔治敦大学毕业的。

我告诉丹尼，我的大多数朋友都分散在世界各地，无法出席我们的婚礼。所以除了乔西以外，出席婚礼的都是他那边的客人，其中很多人是丹尼在盖伦医疗中心礼宾部的同事，他们的外语技能反映了盖伦医疗中心的国际性。护士中有的能说一口流利的俄语和乌克兰语（娜塔莉娅），有的会说阿拉伯语（阿米娜），还有一位会说法语（海伦娜）。出席婚礼的还有利兹医生和钱德医生，以及办公室经理洛蒂·梅森。洛蒂当时并不知道，几周后她将遭遇一场事故——黛安娜向我保证，那场事故肯定不会导致死亡，但足以让可怜的洛蒂躺上一个多月——她的职位需要人临时补缺。

那个人自然就是我。

我认识这里的每一个人，他们也都认识我，或者说，他们都自以为认识我。我是玛吉，丹尼在曼谷认识的女人，他爱了多年的女人。当丹尼在巴拉德餐厅切开窒息男子的喉咙时，我就在他身边，反应迅速，递给他一支圆珠笔做插管。

是的，他们都知道这件事，并津津乐道。

虽然没有参加婚礼，但黛安娜和加文就在附近，假扮成居住在旅馆的美国游客。黛安娜戴着棕色假发，加文留起帅气的胡子，几乎认不出来，他们看上去只是两个旁观后院婚礼场面的好奇的美国佬。他们希望能见到菲利普·哈德威克，但他没有参加婚礼。不过，哈德威克将主持我们在哈德威克集团旗下一家餐厅举行的婚宴，并为宴会买单。丹尼想拒绝这份奢侈的礼物，但我告诉他我们必须接受，否则对哈德威克很不礼貌。

这将让我有机会见到那个男人。

婚宴设在骑士桥商业区的勒马尔餐厅。今晚餐厅包场，专供我们的婚宴使用，不对外开放。晚上七点三十五分，丹尼和我——现在是加拉格尔夫人——步入勒马尔餐厅，迎接我们的是震耳欲聋的欢呼声和高举的香槟杯。这场婚宴就像一出沉浸式戏剧，几乎每个在场的人都相信它是真实的，除了我和我的假伴娘乔西。乔西侃侃而谈我们大学时代的故事，逗笑了其他客人，丹尼、他的朋友和同事颇感兴趣地听着，没有意识到他们让谁进入了他们的圈子。我脸上堆满笑意，抿着香槟，一直看着门口，等待菲利普·哈德威克的到来。

七点五十五分，门开了，晚宴的主角走了进来。我研究过哈德威克的档案，看过几十张他的照片，但我没有想到眼前的男人竟然如此有魅力。他五十二岁，却像美洲豹一样体格健壮高大，一头小麦色的头发，最吸引我的是他的那双眼睛。他有一双令人不寒而栗的蓝色眼睛，就像海上浮冰一样。即便他牵着我的手对我微笑，那双眼睛里也没有呈现出半点儿暖意。

"玛吉，很高兴终于见到你了，丹尼这小子真走运！"

"哈德威克先生，我也很高兴见到你，"我说，"谢谢你为我们准备这场盛大的晚宴。"我看着桌子上的亚麻桌布和闪闪发光的玻璃餐具，惊叹道："你真是太慷慨了！"

"最好的人值得最好的东西。"说完，他对丹尼露出微笑，但那是冷冰冰的、生意场上的笑容。对哈德威克来说，这场晚宴只是个交易。正如档案上描述的那样，他做什么事都期待回报，他希望丹尼回报的是最好的医疗服务。

我把目光从哈德威克身上移开，定睛在和他一起走进餐厅的迷人女性身上。我在洛桑的那张照片上见过她，她是哈德威克的情妇西尔维娅·莫雷蒂。与照片相比，西尔维娅本人更加引人注目。她有着典型的地中海人特征，黑色头发像丝绸一样光滑，紧身绷带连衣裙突出身材上的每一条曲线。哈德威克的手随意地放在她的臀部上，表明西尔维娅是他的财产。她的嘴唇在微笑，眼神却很冷漠。从西尔维娅美丽的脸上，你看不出此时她是满意还是不满意。

哈德威克有些恼怒地看着护卫他走进餐厅的那两个魁梧男子。他们是他的贴身保镖，其中一个一直看着门，似乎在等人进来。

没一会儿,他等的人出现了。

出现的人是哈德威克的女儿贝拉。贝拉十五岁,却表现得很颓废无聊。她瞪着眼睛,怒目而视,显然不想出席这种场合。走进餐厅后她一直徘徊在门边,似乎想找理由离开。和西尔维娅不同,贝拉长得并不出众,也没怎么打扮。她懒散地耷拉着圆润的肩膀,姜黄色头发像狮子狗的刘海一样垂在脸上。她的粉色连衣裙显然出自名设计师之手,却让人觉得她的身材十分臃肿。当她的父亲叫她的时候,贝拉不停地拉着她的内衣肩带,拼命往保镖身后躲。

"贝拉,"哈德威克厉声说,"来跟加拉格尔医生的新娘打个招呼。"

贝拉不情不愿地走到我面前,无力地伸出手。她的眼睛是淡绿色的,几乎没有睫毛,像是某种海中生物透过水族馆的玻璃盯着我看。对她来说,我只是父亲带她见的另一位生意伙伴而已。我从哈德威克的档案里了解到,贝拉是哈德威克与卡米拉·林赛夫人婚后的独生女。那段婚姻在八年前以离婚告终,卡米拉现在和她的第二任丈夫——马球迷安东尼奥一起住在阿根廷。她被称为"顶级社交女郎",没有把这种基因传给女儿可真是太遗憾了。一直被人与迷人的母亲相比,贝拉一定很痛苦。根据档案所述,贝拉就读于布莱顿的一所高级女子寄宿学校。从举止来看,贝拉更愿意留在学校,而不是和父亲一起共度周末。

餐厅的门"砰"的一声锁上了。哈德威克的人刚刚关上门,把试图进来的人拒之门外,他们则站在门口,任何人都不能在未经批准的情况下离开。哈德威克对控制的痴迷让我们整个晚上都要被锁在这里。难怪贝拉今晚看起来不开心,和父亲在一起时,她一定觉得自己像个囚犯。

我能体会这种感觉。

这本是我的婚宴,但和丹尼坐在一张摆满了精美的餐具和酒杯的桌子旁时,我觉得一切都失控了。哈德威克当然选好了红酒。他刷卡,他点单。穿制服的服务员拿着霞多丽红酒从厨房走出来,利落地绕着桌子给客人倒酒。其中一位服务员走到贝拉面前,迟疑地看了哈德威克一眼。

"拜托,爸爸,妈妈允许我喝的。"贝拉说。

"你妈妈现在不在这儿。"

"难道只有和她在一起我才能喝酒吗?"

哈德威克皱起眉头:"好吧,但只能喝半杯。"

服务员给贝拉倒了半杯酒,然后朝门口的两个保镖走了过去。

"他们在值班,不能喝酒。"哈德威克厉声说。

可怜的保镖。

哈德威克举起酒杯,说:"为新娘和新郎干杯!"他坐在我的正对面,西尔维娅在他左边,贝拉在他右边,我无法避开他的目光。我看过他的档案,知道他做过些什么,也知道他的真面目。我的命运取决于他是否知道我是谁。

客人们一齐举起酒杯,丹尼用膝盖碰了碰我的膝盖。我微笑着喝了口红酒。相信这酒肯定出自一个好年份,但我的嗓子发干,几乎尝不出味道。我看了眼假伴娘乔西,她在桌子的另一边笑着,称职地扮演着自己的角色。我又看了眼利兹医生,他品尝着霞多丽红酒,不时发出惊叹。我觉得自己被困在这幅画面里,就像画中的人物,无法脱身。

"听说你们是在曼谷认识的。"哈德威克说。他关切地看着我,我十分忐忑,以至于没有注意到服务员在我面前摆上了餐前小菜,是玉米小蛋糕配雪莉酒烩龙虾。

"玛吉旅游经验很丰富,知道哪辆餐车上的食物好吃。"丹尼笑着看向我,"我当时笨手笨脚地穿梭于小市场,看见她在吃面,就点了和她一样的,顺势坐到她旁边。我们算是一见钟情吧。"

"真是奇妙的姻缘啊!"哈德威克说,"在合适的地点遇到合适的人。玛吉,你怎么这么了解曼谷?"

我感到脉搏加快。"有时我会去那儿出差。"

"听说你从事时尚品的进出口行业,总部在伊斯坦布尔。"

关于我,他还知道些什么?我瞥了一眼桌子另一边的乔西,她突然有些警觉。如果哈德威克知道我的底细,他肯定知道乔西是假冒的闺密,我们会同时陷入危险。

"你在时尚行业吗?"贝拉大声问,似乎第一次对我产生了兴趣,"你是设计师吗?"

"不是,但我和许多设计师合作过。我帮助他们把设计的时尚精品销售到世界各地,经手过许多你肯定没见过的衣服。哦,还有面料!"

"天哪,我喜欢这样的工作。"

"贝拉,你的裙子是意大利设计师设计的吗?"

她瞪大了眼睛。"你看得出来吗?"

事实上,这是有根据的猜测,因为哈德威克的情妇碰巧是意大利国籍。尽管这条裙子不太合身,但仍然是一条漂亮的裙子。关于时尚的话题显然让哈德威克感到厌烦,他向服务员挥了挥手,指着已经空了的杯子。贝拉及时插入对话,把话题从危险的方向引开,我对此深表感激。

前菜是小巧精致、蓬松饱满的蘑菇蛋奶酥,看来勒马尔餐厅的厨房能够完成一次为二十八个客人提供热腾腾的蛋奶酥这一艰巨挑战。这时，第二款红酒出现了，是勒罗伊酒庄的黑皮诺。服务员往哈德威克的杯子里倒了一些酒，哈德威克旋转酒杯，嗅闻味道，啜饮红酒，然后说道："很好。"服务员听到这句简短的评价，在客人身旁穿梭，给每个人倒酒。

服务员又一次停在贝拉身边。

"别再给她倒酒了。"哈德威克说。

"爸爸！"

"你已经喝了半杯了。"

"还不到半杯呢！在妈妈看来——"

"我不在乎她怎么看。"

"是啊，你从不关心她的想法。"贝拉看了看西尔维娅，西尔维娅仍然保持着冷漠，"我不知道她怎么忍得了你。"

"她叫西尔维娅。"

贝拉站起身。"老实说，我真不知道你是怎么记住这么多女孩的名字的。"说完她便走向洗手间。

沉默霎时笼罩餐厅。西尔维娅平静地喝了一口酒，对哈德威克说："小女孩只是想妈妈了，你应该让她去阿根廷。"

"你以为卡米拉想让她过去吗？"他哼了一声。让人不快的是，他把注意力重新集中在我身上。"对不起，让你看笑话了。有个十五岁的女孩在身边，总会上演这样的戏码。玛吉，我想多了解了解你，这位放弃了光鲜亮丽的职业和周游世界的生活，成为加拉格尔夫人的美国人。"

丹尼伸出胳膊搂住我："我们是真爱。"

哈德威克扬起眉毛。在我看来，他不相信什么真爱，认为所有东西都是可交易的。"在伦敦安定下来以后，你准备做什么？当个悠闲的家庭妇女吗？"

丹尼被哈德威克的话逗笑了："这位女士可不会闲下来。"

"那么你要找新工作了？你有什么特殊技能吗？"

我直觉感到这个问题里有陷阱。他在探听消息，等我犯错。

"她至少可以成为一个非常优秀的医疗助理。"丹尼说，"我见过她在急救时的表现。"

"哦，是的，我听说了那个窒息的人和圆珠笔的事，的确很机灵。所以你不怕血吗？"

"我从小在新墨西哥州的农场里养羊。"我告诉他，"羊羔总是被老鹰和其他猛兽攻击，留下一地鲜血。"我看了看丹尼，"我想和丹尼一起在医疗中心工作，哪怕是整理表格也好。"

"真的吗？整理表格就满意了吗？"哈德威克的目光仿佛触手深入我的大脑，探索每处缝隙里的秘密。我感觉自己被钉在椅子上，被他任意解剖。

服务员端来主菜，这是我逃离的最佳时机。

"失陪一下。"说着，我从椅子上站起身。

我走进女厕所，把自己关在两个隔间中的一个。我不想上厕所，只是需要一些时间来恢复平静。我直视过恐怖分子的眼睛，目睹过他们的血腥屠戮，但从未像面对哈德威克这样感受到真切的威胁。我想到那个被活活烧死在捷豹汽车里的银行职员，想到在自己的卧室被射杀的会计师。他们之所以被杀，是因为有人背叛了他们，有人向哈德威克密报他们是政府情报部门的线人。

黛安娜说得对，我们绝对不能相信英国人。如果想活下去，这次行动的知情人只能限于我们三个人。

是时候回去面对他了。

我打开隔间的门闩，刚迈出一步，就听到有什么东西掉到地上的声音，还有人骂了一句"噢，该死"。一粒蓝色药片从另一个隔间的门下滚了出来。

我拿起药片。它是圆形的,印着蝴蝶的标志。隔壁隔间的门打开,贝拉冲了出来,盯着我手中的药片。

"这没什么,"她说,"只是治疗神经系统的处方药。"

我看了看她手里的塑料袋,里面还有六七粒药片,而且绝不是什么处方药。她伸手想夺过这粒迷幻药,但我没有给她。

"它脏了。"我说。

"没关系。"

"都掉在厕所地上了,你不会真的打算——"

"求你了。"

我最终还是把药递还给她,她把那粒药放回塑料袋,和其他药片收在一起。贝拉似乎并不在意药片曾经掉在肮脏的厕所地板上。

"我不会把这件事告诉任何人。"我告诉她。

她不相信我,我可以从她紧闭的嘴唇看出来。她紧张地往厕所门口快速看了一眼,说:"我爸爸——"

"是个控制狂。"

"你发现了吗?"

"很难不发现。他决定了菜色,让保镖看着门,甚至把我们都锁在这里。"

"哦,那两个人啊。"贝拉不屑地说道,"那是基思和维克托,两个蠢货。我总能趁他们不注意悄悄溜出门。他们根本不知道我在做什么。"

这个年纪的青少年总是把大人当猴耍。

"听着,贝拉,我不想给你惹麻烦,但你必须小心这些东西。"我示意手里的药片,"那些是迷幻药。"

"你怎么知道?"

"我当然知道。这类药会产生可怕的副作用。"

"它们能让我快乐,能让我觉得一切都很好。虽然我知道事实并非如此。"

我伸手碰了碰她的胳膊。贝拉的胳膊很热,像发烧了一样,似乎她的身体里烧着一个不幸的大火炉。"贝拉,我和你一样,有一个糟糕的爸爸,所以我能理解你的苦衷。但你会长大,然后出去闯荡,和他撇清关系,像我一样。"

贝拉微微一笑,把塑料袋放进钱包,拉上拉链。"你真的不会告诉其他人吗?"

"跟谁都不说。"

"连加拉格尔医生也不例外?如果被他知道的话,他一定会告诉我爸爸。"

"我绝对不会告诉丹尼。"我举起手,"以童子军的荣誉发誓。"

她似乎对这句话感到困惑,但显然明白了我的意思:我能帮她守住这个秘密。"加拉格尔医生是个好人,很高兴你嫁给了他。"说完,她先我一步离开了女厕所。

我不慌不忙地洗了手,然后把手擦干。我不希望别人看到我和贝拉在一起,怀疑我们有联系。但我的确和她建立了某种联系。现在,我对菲利普·哈德威克和他的家人有了更多的了解。我知道他女儿怨恨他,知道哈德威克没有像他想象中那样掌控一切。

这可能会有用。

第十七章

我和敌人睡在一起。如果想活下来，我必须把新婚丈夫看作敌人。

但当我们躺在土耳其海滨小旅馆的床上时，丹尼看上去不像是敌人。别的新婚夫妇会选择去西班牙或意大利度蜜月，我们则将在美丽的海滨小镇古穆斯卢克度过一周。来这里的外国游客不多，这就是我选择这里的原因。在这里，我们可以在废弃的古代废墟中漫步，在绿松石般清澈的海水中嬉戏，品尝烤鲷鱼，配上土耳其美酒。我们可以在这里独处。

或者，我们可以尽可能不惹人注目。

我翻了个身，仔细端详熟睡的丈夫。晨光透过百叶窗照进来，把他赤裸的胸膛染成金色。这家旅馆不大，是预算有限的土耳其夫妇可能会选择的那种。床单是粗棉布的，地上的瓷砖有些有缺口。但旅馆很干净，老板很友好，房间的窗户可以俯瞰大海。我们本来可以住在佩拉宫酒店或是博德鲁姆度假村的豪华酒店，那里有大理石地板、身着制服的工作人员和二十四小时待命的按摩师，但我想让丹尼看看真正的土耳其。我想把我的新婚丈夫带到爱琴海沿岸的浪漫小镇喝酒、做爱，假装我们共度的这一刻是真实的。

今天早上，当我欣赏他晒得黝黑的胳膊和脸上新出现的小雀斑时——那些雀斑就像撒上的肉豆蔻粉一样——我觉得这一刻无比真实。但如果我不够小心，哈德威克仍然有可能识破我的计谋。所以即便在我们最亲密的时候，我也时刻保持清醒，警惕身边的一切。

丹尼慢慢睁开眼，对我露出微笑。"你醒了多久？"

"好久了，我一直在看你表演。"

"我打呼噜了吗？"

"是的，但是很可爱，就像猫在打呼噜。"我把手沿着他的胸膛摸到他的肚子。他几乎和我们相遇的时候一样瘦，但七年过去了，不可否认岁月在我们身上留下了痕迹。我们的头发变得花白，脸上的皱纹更深了。我们曾在婚礼上发誓：只有死亡才能把我们分开。但我们真的有机会一起变老吗？

"你饿了吗？"我问他。

"当然，"他把我一把搂在怀里，"但早餐可以再等等。"

*

服务员把我们安排在露台边离海滩最近的桌子旁。土耳其人是无可救药的浪漫主义者，服务员知道我们刚刚结婚，像一个善良的叔叔似的悉心照顾我们。他为我们的酸奶加上蜂蜜，并在我们的早餐托盘里放上额外赠送的橄榄和三角形羊乳酪，因为他注意到丹尼胃口很好。我们今天起晚了，露台已经空了一半。尽管没人坐在我们旁边，但我还是不由自主地观察四周，注意是否有人在偷听我们的谈话，寻找过去五天里出现在我视野中的面孔。即便在度蜜月，我也得假设有人跟踪我。哈德威克的人和局里的人都有可能在跟踪我们，甚至监听我们的对话。每天早上丹尼洗澡时，我都会快速检查一遍房间，确认是否某处暗藏了监听设备。到目前为止，我还没有找到窃听器，但这并不意味着房间里没有。

环顾露台，我看到一对两天前到达的英国夫妇、一个有三个孩子的土耳其家庭，还有一对来自荷兰的新婚夫妇。这里是真正的蜜月圣地。当荷兰夫妇手牵着手，靠在桌子上接吻时，我感到一阵嫉妒。他们的婚姻没有隐藏的动机，是真正意义上的结合。我和丹尼原本也应该如此，但黛安娜的出现改变了一切。

我重新把目光聚焦在丈夫身上，发现他正聚精会神地看着我，我突然感到有些不安。他的眼睛总是这么绿吗？还是阳光造成的错觉？

"亲爱的，你在想什么？"我问他。

"我们可以在这儿多待一周或者一个月，甚至整整一年。我们可以在这里过得很开心。"

"你不会觉得无聊吗？"

"在这种天堂一样的地方？"他望向大海，"玛吉，有时我觉得我们应该抛弃以前的生活，拿起背包，把所有东西抛在脑后。你和我，作为世界公民，在任何需要我们的地方工作。我们可以造福人类，像乔治那样，在干旱的村庄里打井。"

"你想回去做慈善工作吗？"

"为什么不呢？这次我们可以一起去做。"他带着赤裸裸的渴望看着我，希望我相信他，相信他真的想逃离现在困住他的工作，并且他想和我一起去。但很快，冲动消退，他似乎恢复了理智，叹着气摇了摇头，说："但逃离只是每个人的幻想，不是吗？"

"丹尼，你想逃离什么？"

"没什么，我只是随便说说。"

"不，真的，告诉我你在烦恼什么。"

他看着岸边不断摇晃的渔船。"为盖伦医疗中心这样的地方工作，和我想象中不一样。我不能在前线拯救生命，而是给富人们分发药物——让他们清醒的药、让他们入睡的药、让他们开心的药。"

"你的病人很难对付吗？"

"其中一些吧。大多数都很难对付，我想这是因为他们觉得有钱就能为所欲为。"

"像菲利普·哈德威克那样吗？"

听我提到哈德威克的名字，丹尼的目光回到我身上。"你不喜欢他，对吧？"

"我不喜欢他对女儿说话的方式。如果他正在服用'快乐丸'，那显然没起作用。"

"事实上，我真的在给他开药。"

"他生了什么病？"

"癫痫。他小时候头部受过伤，无论什么时候都有可能因癫痫发作而倒下。我和一个神经科医生一直在给他会诊，试过不少药，但他偶尔还是会发作。他带我旅行就是为了应对旅途中癫痫发作的情况，确保有人能照顾他。"

"你下个月要去塞浦路斯也是这个原因吗？"

"我宁可不去。"

"坐私人飞机、住豪华酒店不好吗？"

"但这仍旧是工作。玛吉，我宁愿和你在家待着。好了，我们别说他的事了。"他放下餐巾，"我们开车找个优美的海滩吧。"

我们带上潜水用品和午饭，开车前往海岸。我们沿着一条土路，来到半岛一角的一个小海岸，周围没有其他人。穿过灌木丛和荆棘走向海边时,我意识到,在这里很容易让人消失,男人可以在四下无人的情况下轻而易举地处理掉自己的新娘。世界如此扭曲,竟让我产生了这种想法。但我必须对自己爱上的这个男人多加小心。

我们把沙滩包和毛巾放在地上,换上泳衣。这里的沙子很粗糙,更像是砾石。我小心翼翼地走到海边,换上面罩和脚蹼。丹尼先我一步,跳进清澈的海水。

我很快跳进水中,跟上他,朝他的脚蹼溅起水花的地方游去。当我游到他身边,他从水中仰起头,踩着水,说:"玛吉,看看水底。"

"水底有什么?"

"你自己看吧。"他把呼吸管放回嘴里,一头扎回水中。

我也潜入水中。

这里的水只有两米多深,踢几下脚就能沉到海底。他指向漂成白色的珊瑚,从嵌在其中的东西——一个双耳细颈陶罐来判断,这些珊瑚早已死去,而且显然年代久远。我想象着几百年前,这个双耳瓶从船上掉到海底,也许是被扔掉的,也许是水手一时失手。经过几个世纪的变迁,陆地上的城市崛起又崩塌,而水下的珊瑚却始终耐心地生长,将这历经沧桑的废弃物吞没。

丹尼碰了碰我的肩膀,我透过面罩和他对视。他微笑着,为这个发现感到兴奋。我们踢着水浮到水面,在海面漂浮,他从嘴里拔出呼吸管。

"太神奇了!"我赞叹道。

"玛吉——"

"我很想知道水底下还能发现些什么?"

"我爱你。"

我笑了。"你不是因为这个才娶我的吗？"

"我只是想让我们记住这一刻，永远记住这一刻。让我们彼此承诺吧。"

这里只有我们，没人能听到我们的声音，唯一的杂音是飞溅的水声。如果有机会说出实话，那只能是现在。我的罪恶感随着迟疑的每一秒而加重，因为我有秘密瞒着他。我想说出实话，但做不到，因为我的本性就是不相信任何人。童年经历告诉我，相信别人肯定会有严重的后果。

他往岸边瞥了一眼，另一对夫妇刚刚来到海湾，正在海滩铺毯子。外人出现，我没时间吐露事实了。

"我们去吃午饭吧。"说完，我率先游回海边。

第十八章

现在。

我开着越野车穿过田野，水桶在身后晃动，我回忆起我们在海边度蜜月的那个星期。现在气温是零下十度，几小时后，溅了水的越野车地板上能结上一层冰。我上次穿泳衣和凉鞋、在海滩上沐浴阳光，似乎是几辈子之前的事了。我现在穿的不是泳衣，而是羊毛衫、羽绒服和泥地靴。我把越野车停在养鸡场外面，切断太阳能围栏的电流。我把饲料和一桶水拖进鸡舍，给鸡喂食。农活儿大多是苦差事，但忙碌的节奏让我感到安慰。水流的哗哗声、饲料从麻袋里倒出来的声音，一忙起来，我就没时间胡思乱想了。但今天早上，我似乎无法赶走那些回忆。我把水倒进水槽，飞溅的水花让我回忆起在爱琴海游泳的情形。倒饲料的时候，我又想起土耳其海滩上粗糙的沙粒。一时间，我仿佛又回到了在土耳其和丹尼在一起的时光。

我打开鸡舍的门，公鸡首先昂首挺胸地走了出来，脑袋随着步伐一上一下，活像一个迪斯科舞者。接着是它的后宫们。"早上好，女士们。"我朝争先恐后咯咯叫着奔向饲料槽的鸡群打了个招呼。我很高兴今天早上没有发现死鸡。自从我杀了那只狐狸，鸡圈里就没死过鸡。但另一只捕食者取代它的位置只是时间问题，这是生物界的规律。

　　当鸡群被食物和水分散注意力时，我会快速从鸡窝里拿出鸡蛋。这个冬天的早上，它们产的蛋不多，只有二三十个，根本不值得拿去卖。不过这些蓝色、水蓝色、棕色和白色的鸡蛋一起放在篮子里，看起来就像漂亮的复活节提篮。我把这篮鸡蛋放在越野车上，然后从拖车里拿下第二桶水，准备把水槽加满。到了下午，水槽会结冰，我必须过来加水。

　　我握住第二个桶的把手。当我把它拿下来的时候，有两件事几乎同时发生。我感觉到水桶晃了几下，一声巨响在田野中回荡。水溅到我的裤腿上，弄湿了我的靴子。水桶破了两个洞，水流了出来。我思考着所有的事，时间仿佛变慢了，但我马上就意识到发生了什么。

　　我扑倒在地，脸颊贴在雪地上，这时我听到又一声枪响。我钻到越野车下面，躺着不动，心跳加速。融化的雪渗入我的外套时，越野车又中了两枪。子弹是从哪儿发射的？我迅速扫视着田野，确定枪手藏身在田野左侧的那片森林里。

　　我滚到越野车的副驾驶座一侧，让车挡在我和枪手之间。挡风玻璃被子弹打碎了，碎玻璃像雨点一样落在雪地里。很明显，这些子弹不是由某个没有瞄准的猎人乱射的流弹。枪手是冲着我来的。

　　我的步枪还在越野车里。

　　我弓起身子，轻轻打开副驾驶座的门。

　　子弹击中一个轮胎，空气泄露发出咝咝声，轮胎逐渐塌扁。

　　我爬进驾驶席，从座位后面拿起枪，然后重新卧倒在地。我通过瞄准镜看向森林，发现树木间有个穿着迷彩服的人影在移动。

我只开了一枪，因为我的枪里只能放三发子弹。无论射击我的人是谁，他的火力一定比我足。但现在他知道我也有武器，我可以出手回击，不会不战而降。

我又扫视了一遍森林，但那个穿迷彩服的人影已经消失了。他还等在那里，潜伏在树林里，等着我离开掩体吗？爬上车的话，我会暴露自己，变成活靶子。再说，反正轮胎已经漏气，我也开不了。我透过枪的瞄准镜来回观察森林。你在哪儿？你在哪儿？风吹过田野，我湿透的裤子开始结冰。我不能永远躲在越野车后面，但我不敢横穿积雪的田野。

这时，我隐约听到发动机的轰鸣，转过身，看到另一台越野车朝我飞驰而来。是卢瑟。他把车停在我旁边，我仍然举枪对准树林，不敢从地上站起来。

卢瑟下了车，在寒冷的空气中喘着粗气。"玛吉，怎么回事？谁在开枪？"

"我不知道，快卧倒！"

"考利已经报警了，警察应该已经——"

"卧倒！"

"什么？我的膝盖不好，一旦卧倒就再也爬不起来了。"他停顿了一下，盯着我那满身疮痍的越野车，"该死的，这可不是什么白痴猎人。"

"没错，不管他是谁，他的目标不是鹿。"

卢瑟没有卧倒，而是站在明处，完全暴露自己。他盯着森林，简直是个巨大的目标，只要杀手有意，卢瑟一定会很快被击中。"玛吉，谁想杀你？"

"我不知道。"我说。

但我想，我知道原因是什么。

*

很不幸，考利报了警，我不得不再次和锡伯杜代理警长打交道。她现在就坐在我的餐桌旁，问一连串让人不舒服的问题。她的金发紧紧扎成马尾，突出棱角分明的脸。阳光照亮了她的脸，使我注意到了之前没有发现的面部特征：她的脸颊上散落着一些雀斑，上唇有个小疤痕。即便在天寒地冻的二月，她的脸色也并不显得苍白，而是健康的黝黑，这说明她一直在运动。我觉得我面对的是年轻时候的自己，这意味着她会很难缠。我在她这个年纪，能轻而易举地分辨出被询问者是不是在胡扯，她应该也有这样的能力。

"有人刚才想杀了你，"她说，"你真的不知道对方是谁吗？"

"我没看清枪手的脸，我只看见——"

"一个穿着迷彩服的人。"

"是的。"

"男人还是女人？这个你总知道吧。"

"男人。"

"你怎么知道的？"

"从他的体型和行动方式看出来的。"

"对方潜伏在森林里就是为了杀你。"

"我这里也有鹿。"

"我注意到你的地盘附近贴有标识。"

"并不是每个人都会遵守'禁止狩猎'的规矩。"

"你真的觉得对方是来猎鹿的吗？"

"他的视力差了点儿。"

她抿紧了嘴，看来乔·锡伯杜不喜欢这种幽默。"我和你的邻居扬特先生谈过了，他说你的车上有好几个弹孔，挡风玻璃也碎了。他和孙女听到了十几声枪响，发现你蜷缩在车后面。"

"我没有蜷缩，只是借越野车为掩护，试图找到子弹从哪里来。"

"夫人，你可真是冷静。"

"我愿意当个冷静的人。"

"你以前遇到过这种情况吗？"

这个问题让我大吃一惊。我不想回答。"我在农场长大，"我还是开口说，"对枪很熟悉，知道该怎么面对枪击。"

"这次枪击和死在你车道上的那个女人有什么关系？"

"我不知道。"

"谁想让你死？"

"我不知道。"

"看来你不知道的事情很多。"

"这句话对任何人都适用。"

"不回答问题的话，我帮不了你。伯德女士，现在我想问一些有关你个人的问题。你在躲什么人吗？你在逃避某些事吗？"

我们都在逃避某些事。我突然产生了这种想法，但她肯定不会喜欢如此轻率的答案，所以我只是摇了摇头。

她环顾我的厨房。早餐的厨具还没洗，她可以看到那里的一片狼藉：炉子上油腻的煎锅、咖啡杯、残留着烤面包屑和金黄色炒蛋的盘子。"上次来这儿的时候，我发现你家配备了安全监控系统，"她说，"到处都是监控摄像头和动作感应器。这是个小地方，没有人会防范得如此小心。"

"这让我感到安全。"

"你为什么会觉得不安？"她直视着我，我知道这个女人不会轻易放弃。乔·锡伯杜会不停地调查下去，即使她永远无法知道真相，但她会让我片刻不得安生。

令人欣喜的敲门声打断了锡伯杜的询问，我稍稍感到些解脱。"玛吉，你在吗？"我听到德克兰的声音，他直接走进厨房。"你没事吧？"

"我正在对她进行询问。"锡伯杜说。

"我从警用无线电里听到，这里发生了枪击事件。"德克兰说。

"罗斯先生，请您不要——"

"谁开的枪？有对枪手外貌的描述吗？他是开车来的吗？"

"我认为是时候结束这次询问了。"

德克兰看着我，问道："在哪儿开的枪？"

"在田地里，我的鸡舍附近。"

德克兰转身向门口走去。

锡伯杜大声喊道："罗斯先生！"但德克兰没理她，径直出了门。这时本·戴蒙德也开车到了。我从厨房的窗户看到，这两个人一边望着田野，一边交谈着，然后踏雪朝森林走去。

"天哪，"锡伯杜哀叫道，"他们会破坏案发现场的。"她跳起来，从墙上的挂钩上扯下外套，"他们到底以为自己是谁啊？"

你永远不会知道。我也拿起大衣，跟在她后面出了门。

德克兰和本已经穿过田野，把我们甩了很远。他们知道不能在雪地上留下新的脚印，所以沿着卢瑟开越野车带我回家时的轮胎印往前走。

"先生们，请停下！"锡伯杜边喊边沿着他们踏过的痕迹穿过田野，"先生们！"

两个男人像是没听见一样继续往前走。

"他们聋了吗？"她小声嘟囔道。

154

"他们在执行任务。"我说,"看,他们不傻,知道不会破坏你的现场。"

"他们根本不知道自己在做些什么!"

"他们知道得比你想的多。"

"他们到底是谁?"

"也许你应该问问他们。"

等我们走到我那辆可怜的越野车旁时,本和德克兰正蹲在倒下的水桶旁,盯着上面的两个弹孔。

德克兰抬头看着我们,说:"是点三〇八口径的子弹①。"

"你怎么知道的?"锡伯杜问。

"我喜欢研究弹道学。"他站起身,"玛吉,如果击中你,你的身上会被打出一个大洞。幸好没有。"

"只是走运而已,他开枪时我正好弯下了腰。"我说。

"是从那个方向开枪的吗?"本指着森林问。

"是的,我从步枪瞄准镜里看到了他,开枪的位置在那片山毛榉附近。"

本和德克兰朝森林走去。锡伯杜放弃了阻止他们的努力,叹了口气,跟在他们后面。

我们很快发现了枪手的脚印。

"看起来是四十三到四十四码,伐柏拉姆橡胶鞋底②。"锡伯杜说。她拿出手机,拍下脚印的照片。枪手留下了许多脚印,但只有一个较为完整,因为没有被树枝遮挡,也不受风吹的影响。我们站在一旁,看着她收集弹壳,不去打扰她做警察该做的事情。我忍不住瞥了一眼德克兰和本的鞋印,他们的鞋码都比枪手

---

①即七点六二毫米口径的子弹。
②伐柏拉姆(Vibram),意大利著名橡胶生产厂商,制作的橡胶鞋底耐磨、防滑。

的大。虽然我认识他们好多年了，也相信他们，但有些习惯我依然未改，其中之一就是永远对身边人保持怀疑，即便是那些深爱的人。

尤其是那些深爱的人。

"从这里可以清晰地看见你的鸡舍，"本透过树林凝视着田野，"枪手很清楚自己的目标是什么。"

"他的目标不是鹿，"锡伯杜看着我说，"而是你。"她等着看我的反应，但让她失望的是，我什么都没说，只是目不转睛地盯着鸡舍。我早知道目标是我，并且已经在盘算下一步该怎么做了。我忧伤地看着用爪子扒拉雪地的母鸡们，想到我打算为它们做的事情：为水槽买一个太阳能热水器，建造第二个可移动鸡舍，为新一批小鸡添置更多加热灯。在黑莓农场，我找到了一种平和而幸福的生活方式。

现在，一切都从我手里被夺走了。

尽管树林里没有风，但似乎比外面更冷、更潮湿。我看见呼出的热气化作一团白雾飘散开，感觉到寒气透过防水胶靴渗透到脚底。不太怕冷的本此时从口袋里掏出一顶针织帽，戴在光头上。这顶帽子上有哈佛大学的标志，极具讽刺意味，因为本没有上过哈佛大学，而且对哈佛毕业生没什么好脸色。

"看看他是怎么过来的吧。"本说着，朝森林深处走去。

我们跟着本，沿着枪手撤退的脚印往前走，和来时是同一条路，枪手进出森林走了同样的路线。没有人说话，但这场徒步旅行十分喧闹：靴子踩在雪地上嘎吱作响，树枝和枯叶不断折断发出声音。就这个年龄而言，德克兰、本和我都算是健康的，但呼吸寒冷的空气会让我的胸部发紧，脚踝上骨折的旧伤隐隐作痛。我想知道德克兰和本是否也感到旧伤即将复发，不过即便如此，他们也绝对不会抱怨。我们是三个老兵，拒绝承认身体零件已经生锈了。

最后，我们从森林走到一条土路上，这条土路隔开了我和邻居的农场。锡伯杜蹲下来检查轮胎痕迹，似乎有一辆车曾经停在那里。她拍了照片，但我觉得这些照片不会派上用场，因为普里蒂的很多SUV都是这种轮胎印。这条路上没有监控摄像头，也基本不会有目击者。我一直觉得住在森林里很安全，但今天的遇袭动摇了我的信念。对我来说，世界上已经没有安全的地方了。

锡伯杜优雅地站了起来，我不由得羡慕起年轻人敏捷的动作。"我马上去调查这些轮胎印。"她说。

"没什么可查的。"

"伯德女士，如果你能多提供一些线索就好了。"

"我已经把知道的都告诉你了。"

她显然不相信，但已经放弃了从我嘴里问出全部真相。她的对讲机发出刺耳的"噼噼啪啪"声，她从腰带上扯下对讲机，转过身对着它说话。

"玛吉，"德克兰轻声对我说，"这改变了一切。"

我叹了口气。"我知道。"

"此地不宜久留。"

"是的，"我转身走向树林，回到我不得不离开的家，"不过在那之前，我还有件事要做。"

*

"我会把你的鸡舍拖到我们的谷仓旁，"卢瑟一边倒咖啡一边对我说，"方便考利照顾你的鸡。不过，两群鸡混在一起的话，估计你回来就很难分出来了。"

"就混在一起养吧。"我对考利说,"既然你打算留着它们。"

"我可以用喷漆之类的方法给你的鸡做标记。"考利提议道。

"没必要。考利,它们现在都是你的了。"

考利皱起眉头问:"你不想养鸡了吗?"

"我当然想,我爱我的姑娘们。但我必须离开小镇,我希望它们有一个温馨的家。"我对她笑了笑,"留给你是最好的选择。"

"我很乐意在你回来之前照顾它们,到时候我一定认得出哪些是你的鸡。"

"问题是,我不知道什么时候能回来。"我捧着卢瑟的苦咖啡,走到他们家的厨房窗户前,看见德克兰的沃尔沃停在我的小货车后面。他坚持保护我,帮我注意周围的动静。看到我站在窗边,他令人安心地向我点了点头。只要我需要他,德克兰随时会在我身边。我看着我的房子,望着我的农舍,眺望房前的一排枫树。在半小时前锁上前门的时候,我就知道这可能是我最后一次看它们了。我已经在卢瑟的厨房逗留了太久,不愿离开我的农场,不愿放弃过去两年安定下来的生活——如此被过去的阴影笼罩的生活。

"黑莓农场怎么办?"卢瑟问,"你需要我们做什么吗?如果你要离开一段时间,我可以帮你关掉电源和水管的总开关,放空水管里的水。"

"我已经处理好了,不用担心房子的事。"我看了看考利,她正坐在餐桌旁,用异常睿智的眼神看着我。她知道我遇到了很棘手的麻烦,尽管我没有告诉她离开的原因,但她明白事情的严重性。我突然想起另一位十几岁的女孩,她信任我,愿意相信我,但我辜负了她。她的遭遇将永远萦绕在我的心头。

我不能让那种事发生在考利身上。

"离我家远点儿,好吗?"我对考利说,"不要进去,甚至不要靠近。"

"但你养的大芦荟需要浇水。"

"不用管它。"

"爷爷可以把它弄过来。"

"太沉了,不行。"

"它会死的。"

"没关系。"

考利对我的回答感到震惊。她看了看爷爷,又回头看着我,被大人们的行为弄糊涂了。

"亲爱的,"我坐下来面对着她,"我回来的时候可以再买一棵新植物。"

"你会回来的,对吗?"

"考利,我非常想回来。但现在,我需要你答应我,你会远离我的房子,以防……"我停了下来,不知该如何对她解释。以防什么?有人在我家安放饵雷?有人放置炸弹或烧掉整个房子?我不敢想象考利被困在屋里该怎么办。我自己没有孩子,而考利是我最亲近的小孩。像所有母亲一样,我会不惜一切代价保护她。

"我能给你打电话吗?"她问道。

"我也许无法接电话。"

"你要去哪儿?不能告诉我吗?"

"我也想告诉你,但我现在还不知道。"

考利看了看她的爷爷,又看了看我,渴望在我们的表情中寻找答案。当她突然扑过来拥抱我的时候,我有些惊讶。她的头发散发出甜甜的干草和木烟的味道,我把她抱在怀里,不自觉地流了泪。这不是我想要的感觉。这些年来我一直在避免这种情况发生,而现在,这个傻丫头却像藤壶一样紧紧依恋着我。

是时候离开了。

我想把她推开,但她抓着我,不愿离去,我就像剥掉了一层自己的皮。"考利,快去做作业吧。"我只能说出这句话,否则眼泪就会夺眶而出。我走出大门。

卢瑟跟着我来到门廊,然后关上门。"玛吉,我不喜欢问问题,因为这不关我的事。但如果你能告诉我你在躲谁,也许会有帮助。"

"我就是要弄清楚这个。"

"是警察吗?你做了什么事吗?"

"不,和警察没关系。"

"好吧。"卢瑟并没有因我的回答而感到宽慰,也许他知道有比警察更危险的事物,"那么是谁呢?"

"多年以前,我和一个男人在一起。"我说。

"你是说,恋爱?"

"是的,然后我发现他和某类人有联系。"

"犯罪分子吗?"

"可以这样称呼他们。"

"所以你在逃避那个男人,对吗?"

这是个很好的解释。从某种程度上来说,这是事实。我在逃离丹尼,逃离对他的回忆。

"好吧,"卢瑟说,"至少我知道我们在对付谁了。"

"卢瑟,你不用对付任何人。这是我的问题,我完全可以解决。"

"怎么解决？"

"有几个朋友会帮我。"我走下楼梯，走向我的小货车。我看到我永远的监护人德克兰正坐在他的车里，旁观着一切。

卢瑟大喊："我和考利就不算你的朋友吗？"

我在小货车旁停下脚步，回头看着他。"你们当然是，所以我才会叮咛你和考利离我和我的家远点儿。我希望你们可以平安无事。"

"你在逃避的那个男人这么危险吗？"

我想起在曼谷街头隔着塑料桌对我微笑的丹尼，想起和我肩并肩躺在土耳其海滩说笑的丹尼，他会边唱歌边贴心地为我烤奶酪三明治。"是的，"我轻声说，"他的确很危险。"

第十九章

伦敦，十六年前。

我坐在大英博物馆第十七号展厅里的长椅上，看着利西亚[①]国王阿尔比纳斯的坟墓。这座坟墓曾经矗立在赞索斯城邦，被浮雕、二十根柱子和女神们的雕像所围绕，那些女神代表来自大海的一切美好和慷慨。在过去两个半世纪里，这座坟墓慢慢荒废，最后被一个英国考古学家打包运到伦敦。现在它作为大英帝国的战利品之一，被摆在大英博物馆第十七号展厅，提醒我们没有哪个王国是永恒的。我想念土耳其，这座大理石墓碑把我带回利西亚海岸，使我想起那里温暖的海滩、耀眼阳光和成熟的甜美水果。伦敦今天下着雨，尽管已经快到六月了，但湿气已经深深渗入了我的骨头，我无法感觉到温暖。我抬头看着坟墓上的饰带，看着上面雕刻的战士们。自阿尔比纳斯国王的时代以来，人类几乎没有发生变化。我们仍然处于无休止的冲突和战争的循环中，甚至拥有了强大到足以毁灭全人类的武器。

我没有回头便感知到了黛安娜的到来。我的直觉捕捉到空气的一丝颤动，温度发生改变，然后她坐到我身边。我们没有说

[①] 利西亚，公元前土耳其地中海沿岸的一个古国。

话,甚至没有对视,我的眼前只有海洋神女涅瑞伊得斯。

"这个见面地点很有趣。"黛安娜终于说道。

我把一张叠起来的报纸递给她,里面藏着一个 U 盘,存有哈德威克的看诊记录,是几天前我从盖伦医疗中心的电脑上下载的。她很快把报纸递还给我,里面的 U 盘已经不见了,她把它塞进了口袋。

"还有什么?"她说。

"除了原发性高血压之外,他还患有癫痫,由于他二十六岁时一次严重的头部受伤。他有硬膜下血肿,需要手术治疗。"

"什么事故?"

"把他父母的兰博基尼撞到石墙上。"

"唉,富人的不幸。"

"他的神经科医生一直在针对他的病情变化调整药物,但他偶尔还是会癫痫发作。"

"多久发作一次?"

"上一次是三个月前,在哈德威克大厦他的办公室里。尽管只持续了一两分钟,但依然可能有生命危险,如果症状不消失,就需要进行紧急医疗干预。所以离开伦敦时,他总会带着随行医生,是个安全措施。另外,他的短期记忆也开始出现问题,这可能也与多年前的那次头部损伤有关。"

"他的记忆力有多差?"

"他记不太住数字和人名。他很担心,把这件事告诉了丹尼。"

这时,一群吵闹的师生进入第十七号展厅,他们的声音在大理石展厅内回荡,黛安娜沉默了。在混乱的展厅内,黛安娜和我一起凝视着眼前的阿尔比纳斯之墓,仿佛在沉思石雕的含义。

"看，这是一座古希腊神庙！"

"卡明斯夫人，上面的那些神是在打架吗？"

"我们能去下一个展厅吗？"

"我饿了！"

孩子们对女神雕像和已故国王的墓碑没有表现出太大的兴趣，他们想看更有趣的东西。"卡明斯夫人，埃及人的木乃伊在哪里？""卡明斯夫人，快到吃午饭的时间了吗？"

被围攻的卡明斯夫人终于把她的孩子们带了出去，但声音马上回响在下一个展厅。

"哈德威克下次需要你丈夫的服务是什么时候？"黛安娜问道。

"三周后。哈德威克将在乡间别墅曼宁庄园举办周末酒会。丹尼也会出席，以防哈德威克或其他客人需要医疗护理。"

"你知道这些客人是谁吗？"

"我听说是哈德威克的商业伙伴和他们的妻子。他每隔几个月就会办一次这样的酒会，标准的英国贵族活动——骑马，射鸽，可能还会喝很多酒。"

"许多人会管不住嘴。"

"如果我们足够幸运的话。"

"你也要去吗？"

"不知道为什么，我也被邀请了。"

黛安娜思考了一会儿，然后把手伸进口袋，拿出一张纸条。她的手伸过来，把纸条递给我。"注意这个。"

我瞥了一眼纸上写的内容——精氨酸血红素。"这是什么？"我问她。

"一种药物。查一下盖伦医疗中心最近有没有患者注射过这种药。"

"这药是治什么的？"

"急性间歇性血卟啉病，是一种罕见的代谢类疾病，偶尔会引起剧烈腹痛。这种疾病可以通过定期注射一定剂量的精氨酸血红素来预防。精氨酸血红素会储存在小瓶中，看看医疗中心是否有库存。"

我点点头，把纸条塞进口袋。为了得到这些信息，我必须使用医疗中心的电脑，难度不是很大。医疗中心的工作人员认识我，知道我是加拉格尔医生的妻子，有时会给他们带蛋糕当茶点，有时会帮他们整理档案，并在有意无意间知道了医疗中心信息系统的密码。

"为什么需要这些信息？"我问道，"你在找谁？"

"西拉诺。"

我转过身瞪着她。我很熟悉这个名字，因为西拉诺是中央情报局追捕多年的俄罗斯潜伏者的代号。中央情报局不知道他现在使用什么名字，但我们了解到，他出生在罗斯托夫，被俄罗斯联邦安全局招募和训练，然后派往国外，在西方以不同身份出现。他存在的第一条线索是八年前截获的一次通讯，那时我们第一次注意到"西拉诺"这个代号。我们不知道他长什么样，也不知道他的职业是什么，我们只知道"西拉诺"这个名字多次出现在俄罗斯联邦安全局的通讯中，那些信息还提到了两名现任议员。与其他外国派来的间谍一样，他无疑肩负着为了俄罗斯的国家利益渗透和影响西方当权者的任务。

"有关于西拉诺的最新情报吗？"我问。

"我们截获了来自他的管理人的一段信息，提到他的一位女性同伴需要经常注射那种药物。"

"你们觉得她是盖伦医疗中心的病人？"

"我们不知道。我们只是在大范围搜索，寻找所有使用这种药物的人。我们知道盖伦医疗中心接收病人的范围广泛，对方可能在病患名单上。"

我们的谈话再次被第十七号展厅的游客打断，这次是一对三十多岁的夫妇。从蓝色牛仔裤和耐克鞋来看，他们应该是美国人。两人似乎也对涅瑞伊得斯没有什么兴趣，很快就离开了。

"务必在曼宁庄园举办的周末酒会上多了解些信息。"黛安娜说。

"我会的。"

"我们会监视庄园周边的道路，看看谁会在酒会上出现。我们也会想办法在酒会上再安排个眼线。"

"另一个人？谁？"我皱起眉。

"为了你和那个男人的安全，还是不知道为好。"

"你在哈德威克的圈子里已经有线人了吗？"

黛安娜一直盯着雕像，没有回答。我为她毁了以前的生活，她却不肯把重要信息分享给我。她不信任我，这让我也无法完全信任她。

我突然从椅子上站起来。"如果有其他线人在场，你就不需要我了。"

"我们需要每一个人，我们需要多层次的人员部署，因为我们随时可能失去你们中的一些人。你知道我们在和谁打交道，也知道对方具备的能力。难道你忘了吗？"

"我怎么会忘？"我转身面对她。展厅里没有其他人，没有人听到我对她的愤怒回击。"当多库在伊斯坦布尔流血过多而死亡时，你不在场。当多库的妹妹和外甥女被活活烧死时，你也不在场。是的，我很清楚我们在和什么样的人打交道。"

"那你就应该明白我不能暴露线人的身份,这是为了你和他的安全。"

互不知晓,单独行动,就不会产生背叛。我们彼此隔绝,每个人都单打独斗。这很有道理,但也让我感到孤立无援。黛安娜提到另一个线人时说的是"那个男人",所以我知道他的性别。他对我了解多少?如果他不得不开口,会置我于危险之中吗?了解一同行动的同伴有其不利之处,那就是背叛随时可能发生。

走出博物馆时,尽管周围的游客很多,但我还是感觉暴露在众目睽睽之下。这里总是有游客——穿着网球鞋、戴着腰包的美国人,拿着自拍杆的日本人。在人群中,没人知道我是谁,但我依旧没有安全感。

我的手机响了,屏幕上没有显示来电者,但接起电话,我马上就认出了那个声音。"哈德威克先生想见你。"那是哈德威克的私人保镖基思。

我停在最后一级台阶,迅速扫视人群。我被跟踪了吗?他们知道我来见黛安娜吗?

"为什么要见我?"我问道,尽量保持声音平稳。

"只是一次友好的会谈。"

"他什么时候见我?"

"现在。到他在哈德威克大厦二十八楼的办公室来。"

我考虑着这次会面所有可能的原因。他知道我为谁工作了吗?我正在掉入陷阱吗?

"对不起,但我很想知道这是怎么回事。"我说。

"等你到了,哈德威克先生会解释的。"

*

哈德威克大厦一共三十层，位于伦敦萨瑟克区，俯瞰泰晤士河。搬到伦敦以后，我和丹尼曾经来过一次，在大厦的餐厅里用餐，在河边散步时我也经常经过这幢楼，但从未去过大厦二十八层的总部。进入二十八层需要通过私人电梯，而要到达那些电梯，我必须先在前台登记，让保安检查我随身携带的包，并通过金属检测器的扫描。这不是演戏，哈德威克的确非常在乎自己的安全问题。婚宴上，他让保镖锁上餐厅时，我就意识到了这一点。

我独自乘坐电梯，电梯无声地将我带到二十八层。从光滑的电梯门表面的倒影上，我看出了自己的紧张，感受到心猛烈跳动。平静下来，掌控局面。我不能让他看出我的恐惧。我只是丹尼的美国妻子，来这儿聊聊……聊什么呢？我应该表现出好奇和困惑。这就是无辜的玛吉·加拉格尔现在的感受，这就是他应该看到的我的样子。

楼层指示灯亮了。

我深吸一口气，走出电梯，发现基思站在一张桌子旁。他显然在等我。

"你的包。"他说，"我要检查一下。"这个男人一如既往地谦和迷人。

"楼下的警卫已经检查过了。"

"这是哈德威克先生的规矩。"

我把手包放在桌上，看着他把里面的东西拿出来一件一件检查。

"你得把手机放在这儿。"他说。

"什么意思？"

"会还给你的。"他拿出一个盒子，"只是例行公事。"

戒备森严的监狱才有这样的规定。我关上手机，不情愿地放进盒子里。之后，基思按下对讲机按钮开始说话。

"她到了。"基思说道。

过了一会儿，门开了，哈德威克站在门口看着我。"玛吉，进来吧。"

我走进他的办公室，听见他在我身后关上门。我越来越觉得这是个可怕的错误，但不能让他看出我的慌乱。我盯着办公室的落地窗，假装被泰晤士河的美景所震撼。

"天哪，你每天都能看到这样的景色吗？"我问。

"自然风景永远不会变老。"他指了指红木办公桌对面的椅子，"请坐。"

哈德威克在自己的座位上坐下，脸处于背光。这不太妙，因为我看不清他脸上的微表情，但他可以看清我的每一个动作。"我调查了你。"他说。

"我？"我笑了起来，"为什么要调查我？"在他的注视下，我的脉搏跳动加快了。我突然想到，只有哈德威克和他的手下知道我在他的办公室里。我想到那扇锁上的门，即便在伦敦，他也能轻易让我消失得无影无踪。

"我喜欢了解周围的人，希望知道他们是谁、怎样进入我的交际圈。"

"好吧，答案很简单，因为我嫁给了丹尼。"

"没错，你们在曼谷偶遇，当时你在一家国际物流公司工作，"他瞥了一眼桌上的一沓文件，"一家名叫欧罗巴的公司。"

他的确对我做了背景调查。他查到了多少？"我是从事时尚方面的进出口分析师,喜欢各种带有异国风情的布料。"

"这工作听起来很有魅力。"

"任何工作当你忙碌起来就没有魅力了,"包括间谍活动,"但至少让我去了许多国家。"

"你为了结婚放弃了自己的事业,"他扬起一边的眉毛看着我,"这是真的吗?"

我们的谈话正朝着危险的方向前进,我知道这种时候要用笑容来掩饰。"你一定知道什么是真爱吧?"

"不,我不知道。"

"你不相信真爱吗?"

"我离婚了。你认为呢?"

"我觉得西尔维娅是个美女。"

这回轮到他耸了耸肩。"是的,她的确很漂亮。"

每个人看到西尔维娅都会感叹她是个美女,他不否认这一点,但轻蔑的语气说明他觉得这根本无关紧要。西尔维娅不是他的第一个情妇,也不会是最后一个。

"真的是为了爱吗?"他问道。

"不然呢?"

"仅仅为了爱吗?"

我的心里亮起红灯警报。如果不小心,我很容易掉进他的陷阱。我的心跳继续加快。他凝视了我很久,我未来的生活仿佛已岌岌可危。"哈德威克先生,我很爱我的丈夫。我恰巧又非常喜欢伦敦。"

"你不怀念伊斯坦布尔吗?还有你的工作?"

"当然,我想念那份工资。我承认,没有收入来源确实让我感到不安,我有时会觉得自己不得不依赖丈夫。对我这样一个贫苦家庭出身的女孩来说，金钱意义重大。"

我看到他的眼里闪过一道理解的光芒。钱是他能够理解并欣赏的东西。这幢建筑中镀金的大厅、黄金的装饰和大理石圆柱，无一不在大声吸引人们的注意与尊重。他想让人们知道他有钱，而且有很多钱。没错，我们的确可以相互理解。至少他是这么想的。

"我能问问为什么叫我来吗？"我说，"这感觉像是一场面试。"

"我天生喜欢问问题。"

"你是不是在担心你的医生犯了错，娶错了人？"

"不是，我担心的是我的女儿。"

"贝拉？"我皱起眉头。

"她是个敏感的女孩，很容易受人影响。她很天真，不知道该相信谁。"他靠在椅背上打量着我，好像我是个他想打开的拼图盒，"我想知道你是否会对她施加好的影响。"

"我觉得我会的。"

"如果你和我女儿在一起，你就必须这样。总有一天，她会继承这个王国，在那之前，我希望她能变得理智。我也想对她施加影响，但我只是她的父亲。而你呢，她好像更亲近你。她一直问我什么时候再请你们夫妇过来吃饭，希望你能去周末的酒会。"

"我也不知道为什么会这样。"但我知道，是那袋蓝色药片的原因。我没有泄露她的秘密，在一个少女眼里，我就是她的盟友。我和丹尼两次受邀参加在哈德威克大厦举行的鸡尾酒会，两次，贝拉都和我形影不离。"也许是我在时尚界工作过的原因，她似乎对这个话题很感兴趣。"

"我不是很了解，我只管替她付账单。"

"我很乐意向她提供一些时尚方面的建议,甚至可以带她逛街购物。"

"听好,我只希望你能让她开心点儿,别在聚会上惹麻烦就行。我和西尔维娅太忙了,没时间照看她。我不希望她在客人面前生气发飙,让我们难堪。"

"你想让我什么时候过来?"

"三周后曼宁庄园有场酒会,你丈夫周末会过来。如果你能一起来,我将不胜感激。"

"你是说,让我负责陪着贝拉吗?"

"啊,"他似乎理解错了我的意思,"你想要报酬?"

"不,我只是想明确一下你到底想让我做什么。"

"让我女儿开心,确保她表现良好。"

"她还是个孩子。"

"这就是问题所在。你觉得你能做到吗?"

我做出沉思的姿态,不能答应得太急切,毕竟谁会愿意和青少年纠缠?"好吧,我试试吧。"

他从抽屉里拿出支票簿。"你要多少?"

"你不用付钱。"

"为我工作的人应该得到酬劳。"

"我不是为了钱。我喜欢贝拉,和她做朋友不需要得到报酬。"

他上下打量着我,似乎在寻找他漏掉的某个细节。在他看来,这根本说不通。我也开始思考是否应该接受他的钱。最后,他又耸耸肩,把支票簿放回抽屉里。

"随便,但我原本是要付工资给你的。"

*

丹尼晚上到家时已经快八点了。我已经吃过晚饭，留了一盘三文鱼和土豆给他。我坐在沙发上，喝着威士忌，突然听到门开关的声音。丹尼走进客厅，带着一股肥皂和消毒液的气味疲惫地倒在我身边的沙发上。

"嘿，小伙子。"我说。

"天哪，今天下午真是忙坏了。诸如病毒暴发，我们的很多客户都开始呕吐，需要上门看诊。我接连跑了四家，这意味着下一个感染的可能就是我。"

我站起身，把威士忌倒进杯子。"想来一杯吗？"

"好啊，也算是个纪念日。"

我把威士忌递给他。"小可怜，我这就给你热晚饭。然后我会再给你订张机票，你可以去任何想去的地方。"

"只要和你在一起，去哪里都行。"他把我拉回沙发上，"对了，你今天去哪儿了？"

"在城里转了转。"

"我给你打过电话。"

"什么时候？"

"午休那会儿。我想告诉你不用等我吃晚饭，但你的手机关机了。"

那是因为中午的时候，我正在大英博物馆的第十七号展厅向黛安娜汇报情况。我当然不能对丹尼说实话。我绞尽脑汁，很快想到了一个合理的解释。"我见过菲利普·哈德威克了。"

我感觉到他贴着我的手臂肌肉突然紧绷起来。"什么？这是怎么回事？"

"他让我去他的办公室。"

"为什么?"

"只是聊了聊。"

"聊什么?"

"关于他的女儿贝拉。显然,贝拉有点儿青春期的叛逆,他想让我看着点儿,在曼宁庄园的酒会上陪着贝拉。"

丹尼喝了一口威士忌。"这是他见你的唯一理由吗?"

"当然。"

"你答应了吗?"

"只是陪陪那个小女孩。他甚至说要付我报酬,我拒绝了。"

"玛吉,你真的想参与其中吗?"丹尼轻声问道。

"至少我可以和你在一起,去乡间别墅过个周末,听起来不错。而且我很会对付贝拉这个年龄的女孩。"

他叹了口气,用手指梳了梳头发。"你要知道,那些人不好相处。他请的客人都是各界名流,来自另一个世界,我们只是为他们服务的。"

"你觉得我会不喜欢这种感觉,对吗?"

"对我们来说,那不是一场派对,我们不是客人。我在那里是为了照顾他们的轻感冒和扭伤的脚踝。"

"我是去照顾贝拉的。"

"是的,就是这样。顺便提醒你,贝拉不好对付,她是个顽劣的女孩。"

"她十五岁,还在顽皮的年龄。我也是个顽童呀。"

他笑了。"这我完全相信。"

我起身去拿威士忌酒瓶,又倒了一杯。回到沙发上,我发现他正凝视着远方发呆,我坐到他身边。

"我在想我们相遇的那一天,"他幽幽地说,"回忆那段美好的时光,我们游历各国,四处漂泊。"

"那时我们比现在更年轻,也更贫穷。"

"没错,但很自由。"

"我是有工作的。"

"那是一份你喜欢的工作。我记得当时我就在想,这是个四海为家的女人。现在你却困在我的公寓里,为我倒酒做饭。"

"亲爱的,我和你在一起,有你在的地方就是我想去的地方。"

"真的吗?"他的声音如此轻柔,仿佛更像是内心的一个念头,而非说出口的话语。似乎他并不是真的想说出来,但无法抑制内心的疑虑,让它们不经意间流露出来。

"怎么了?你在担心什么?"

"我希望我们能像过去那样,像我在盖伦医疗中心任职前那样,像金钱把我吞噬之前那样。"他吸了一口气,"不如抛开一切吧,怎么样?"他放下酒杯,看着我,"我们可以跳上飞机,去南美、印度,或是任何想去的地方。"

我知道他是认真的,但我不知道这种想法因何而来。我只知道,我正被他的这番幻想所吸引,想象着逃离这个世界的诱人景象。我们可以忘记黛安娜和哈德威克,可以忘记替哈德威克执行暗杀任务的杀手。但我不能从这些藏在暗处的男人身边逃走,我需要留下来战斗。

"亲爱的,你只是累了。"我说,"睡个好觉,明天早上一切都会焕然一新。"

他没有说话,但眼里的兴奋霎时黯淡下来。我觉得我好像扼杀了某样东西,断送了我们可能会有的某种机会,但我必须这样做。这是我的职责所在,无辜的受害者要求我这样做。

"小心点儿,好吗?"他说,"在哈德威克和他的朋友面前小心一点儿。"

"为什么?"

"我不相信他们,"他直直地看着我的眼睛,"你也不要相信他们。"

第二十章

我已经在照片和卫星图像上研究过哈德威克的乡间别墅了，所以知道我面对的将会是什么，但第一眼看到曼宁庄园，我还是不由得感到震撼。我和丹尼在石头门楼前停下来，一名警卫在名单上核对了我们的名字后，允许我们开车进入一条两边是梧桐树的道路。远处，一幢房子矗立在一个人工湖旁。照片里没有捕捉到照射在房子红砖外墙上的阳光，也没有捕捉到周围宛如翡翠裙子的草坪的全景。开车靠近时，我看到了马厩、马车房和一个设计精致的小花园，远处还有一座奇形怪状的建筑。我了解到，这幢詹姆斯一世时代的宅邸由七间房屋和矮围墙组成，最初是为一位伯爵建造的。如果那位伯爵知道，几个世纪后他的庄园会被一个通过与英国的敌人交易赚钱的人所占据，他会作何感想？

"天哪，丹尼，"我轻声说，"这是一座城堡！"

"冬天这里风大、寒冷，窗户嘎嘎作响，洗澡水需要很长时间才能热起来。"

"你真的打算把这个周末花在这儿，是吗？"

"无论住在哪里，对我们来说都是工作，玛吉。"

丹尼把车停在前门，我们下了车。从伦敦开过来需要很长时间，我们都有些腰酸背痛。当丹尼从后备厢拿出我们的行李时，我抬头看了看，发现西尔维娅在楼上的一扇窗户后面看着我们。

门开了,哈德威克的保镖出来迎接。"加拉格尔先生,加拉格尔夫人,你们好。"

"基思,你好。"丹尼说。

"你们被安排在淡紫色客房。走到二楼,往——"

"我知道在哪儿。"

丹尼通常不会这么粗鲁地对人说话,这表明他此时很不开心。丹尼拿着我们的行李,带我走进房子,登上一段宏伟的楼梯。楼梯两旁是穿着华丽礼服的女士和骑在马背上的绅士的画像,但他们并不是哈德威克的祖先。哈德威克家是从他爷爷那代发家的,他爷爷在"二战"期间买卖军火,积累了一大笔财富。

哈德威克家靠战争致富。

到了二楼,丹尼领着我走过铺着地毯的走廊,经过按颜色命名的房间,房间名刻在黄铜牌子上——琥珀房、蓝宝石房、玫瑰红房,红蓝房简直是最普通的了。我们来到走廊尽头,那里有一扇门通向主宅的翼楼,显然是供仆人用的。这里还有另一段楼梯,狭窄得多,也是供仆人使用的。上楼的时候,我们和一个身穿制服、抱着干净亚麻床单的女仆擦肩而过。上到三楼,我们很快就找到了淡紫色房。

淡紫色房真的是淡紫色的:窗帘、床单和壁纸都是淡紫色的。我原以为房间会很小,但作为给家庭医生准备的房间,已经足够舒适了。我不由自主地在房间里寻找着监控摄像头,但没有找到。我们不是需要监控的重要人物。

从我们的窗户可以俯瞰厨房后面的花园,花园外是一道树篱。一条砾石小路蜿蜒穿过石雕和篱笆,通向一片森林,那里有好几条步道。

是个藏身的好地方。

丹尼打开手提箱,拿出晚礼服、领带和正装鞋。当他把夹克挂在衣柜里时,我走到他身后,用胳膊搂住他的腰。

"至少我们可以一起过周末了。"我轻声说。

"你会看到我在这里的工作有多微不足道。"

"丹尼,你从事的是治病救人的工作,这可不是小事。"

"除非客人们猎鸽时误伤到人,我才有机会救人性命。"

"那一定很刺激。"

他转过身搂住我。"没有和你待在家里那么刺激。然而,我们现在被困在这里,和那些有钱人在一起。这些自诩为英国绅士的家伙只会在林子里胡乱开枪,然后回来大吃大喝。明天一早,好多人就会找我要治疗宿醉和消化不良的药。"

"他们来这里就是为了打猎和买醉的吗?"

"他们的确是带老婆过来享乐的,但更多是为了公事——拉关系、谈生意。"

"什么生意?"

"我不想知道,所以尽量不关注。"他关上衣柜,"希望你也一样。"

*

据一位健谈的厨师说,今晚将有三十四人共进晚餐。和医生一样,厨师总是知道客户家庭的秘密细节,所以我第一个去的地方就是厨房。我告诉厨师,我曾经在餐厅工作过,所以对今晚的菜单很好奇。从厨师口中,我了解到今晚的客人里有三位是素食者、一位对贝类过敏,还有两位是无麸质饮食者。为了准备这顿晚宴,他们准备了好几箱红酒、很多块奶酪、大量牛肉、许多条火腿和好几盘鸡。厨师们天亮前开始烤面包、做糕点,一直工作到午夜时分洗完最后一口锅。

第二天一早,一切又要再来一遍。

她恰巧是哈德威克在伦敦的家的厨师,知道他们家所有人的饮食习惯。她告诉我,哈德威克的饮食习惯很传统,喜欢吃土豆和肉;身为意大利人的西尔维娅却不吃意大利面;贝拉最近突然说吃肉很残忍,她再也不吃肉了。("那个蠢丫头很快就会改变主意,下周就会让我做烤牛肉了。")厨师知道这家人吃早餐的时间,菲利普·哈德威克晚上喜欢吃凤尾鱼吐司,但很讨厌西红柿。这些信息看似不是特别有用,但也许在特定场合用得着。

一定要经常和厨师聊聊。

参观完厨房后,我走进花园,沿着一条两旁是薰衣草、迷迭香和树篱的砾石小路漫步。我在一个石凳上坐下,看到不断有汽车停下来接送客人。一个极度肥胖的男人从一辆黑色豪华轿车里下来,他走路摇摇摆摆,好像随时会心脏病发作。丹尼的救命技能在这儿可能会有用武之地。正当我看着那人摇摇晃晃地走向前门时,有人在身后叫我。

"玛吉,我知道你来这里的真正原因。"

我转过身,看到贝拉沿着花园小径走过来。和上次一样,她还是穿着那条粉色的裙子。在花园里柔和的灰色和紫色背景下,这种粉色刺眼得像是霓虹。下午炎热的阳光照耀着,她满脸通红,脸颊湿漉漉的。当她坐在我旁边的石凳上时,我看到她嘴唇上的绒毛上,有颗汗珠在闪闪发光。

"我听到他们在谈论你。"她说。

"谁在谈论我?"

"我爸爸和他的浑蛋保镖维克托。我知道你的秘密。"她的说话方式很随意,就像只是在告诉我明天会下雨一样。

另一辆豪华轿车停在房子前面,一对中年男女下了车。基思出门迎接。他和维克托可能是替哈德威克干脏活儿的人。我想起哈德威克周围发生的那些不幸:在捷豹汽车里被活活烧死,从窗户被推下楼,头部受到枪击。一旦惹到菲利普·哈德威克,你就会付出代价。

保持冷静,保持轻松,我想。

"他们为什么谈论我?"我追问道。

"维克托想更加了解你,他担心把你留在身边可能会构成潜在的危险。"

"危险?"我笑了起来,"真是异想天开。"

"维克托是个疯子,他喜欢盯着西尔维娅的胸部,西尔维娅很讨厌他。"

西尔维娅的胸部的确很漂亮。

刚到的夫妇已经进入屋内,司机把车开走,和其他车一起停在院子里。已经来了十几辆车,这些车辆都会被安装在曼宁庄园周围路上的摄像头拍摄下来。我不知道黛安娜的线人是否已经到了。我想知道他是谁,当我需要匆忙离开时是否可以向他求助。

"那么,你知道了我的什么秘密?"我问贝拉。

"你是为我来的。"

"是吗?"

"我爸爸付钱给你,让你看着我。"

我的紧张顿时烟消云散。这跟我根本没有关系,是关于贝拉的事儿。青少年总是认为世界围着他们转。

"我从来没有要过酬劳。"我告诉她。

"但你负责看着我,不是吗?"

我直视她的眼睛。"没错,他的确让我看着你,但这并不意味着我同意这么做。"

"你同意了什么?"

"和我的丈夫一起度过周末。我没有收到报酬,所以我当然不会告诉你该做什么、不该做什么,"我停顿了一下,看着她那条凸显身材缺点的裙子,"但是我必须给你一个友情提示。别再穿粉色的衣服了,贝拉。你的头发颜色不适合搭配粉色,你应该把粉色的衣服统统扔掉。"

她低头看了看自己的裙子,然后皱着眉头对我说:"以前从来没有人这样告诉过我。"

我叹了口气。"看来我可能让你生气了。"

"至少你说出了事实。"

"我会尽量说实话。"在不需要说谎的时候。

"啊,该死!"她从凳子上站了起来。

"你要去哪儿?"

"把这条烂裙子脱下来,扔进垃圾桶。"

"这条裙子很贵,把它捐了不是更好吗?用它可以做善事。"

"是啊,好吧。"她开始往房子走去。走了几步后,她回头看着我说:"你能,嗯,和我一起到我的房间来吗?"

"当然可以。怎么了?"

"你是唯一告诉我我不适合穿粉色衣服的人。也许你可以看看我的衣柜,告诉我哪些衣服可以留下,哪些衣服应该扔掉。我是说,如果你不介意的话。"

我看着她那双睫毛稀疏的眼睛,想象着她的生活是什么样子的——被困在这幢豪宅里,面对强横的父亲和父亲的情妇,情妇越是美丽,就越衬托出贝拉样貌平凡。我想,在寄宿学校,她可能要和那些同样富有但幸运地拥有飘逸秀发和完美身材的公主们擦肩而过。

"我很想看看你有哪些衣服。"

走回屋子的时候,她问我:"你没告诉我爸爸那些药片的事,对吗?"

"当然没有。"

"所有人都在出卖我,基思、维克托、西尔维娅,甚至是家里的女仆们,太讨厌了。"

"我永远不会出卖你。"

"嗯,谢谢你。"

我们对视了一会儿,在沉默中建立起了同谋的纽带关系。

"贝拉,我知道该如何保守秘密。"我说。

她狡黠地对我笑了笑:"我也是。"

*

贝拉奢华的卧室被漆成翠绿色,柱子和皇冠装饰是金色的,带帷幔的床上挂着华丽的天鹅绒帐子。哈德威克显然想要女儿住在这种皇家风范的房间里,但壁橱前这个穿着粉色裙子、满头大汗的女孩根本不像一位公主。

"这些都是垃圾,对吧?"她说着,把另外两条裙子从衣架上扯下来,扔在床上。不一会儿,床上的衣服越堆越多。"我到底在想什么?"

"贝拉,这些绝不是垃圾。"我捡起一条刚刚被她丢弃的裙子。这条裙子出自一位意大利设计师之手,丝绸面料,设计精致,贴合身材,应该非常昂贵。"你只是要找到适合你的风格。"

"你是说，藏起我的身材？"

"你绝对不想被藏起来，你应该被看到。"

"妈妈不是这么说的。"她把一条带有粉色和橙色条纹的裙子扔到床上的衣服堆。谢天谢地，那件被淘汰了。"我觉得我让她难堪了。"

"贝拉，我敢保证她没有这么想过。"

"你没见过她。妈妈很完美，她一直都很完美。"

她背对我站着，所以我看不到她的脸，但我从她的声音中听到了哽咽，看到了她的肩膀垂下。因为她正面对一个挂满时装的衣柜，却发现这些衣服仿佛是残忍的时尚行业为了羞辱她这样的女孩而设计的。我伸出手，想要触摸她、安慰她，但我知道我们之间不能建立太深的感情联系。我必须提醒自己，我不是来和她做朋友的。我来是为了利用她，然后离开，不能让她对我产生过多的依恋。

我从窗户望出去，可以看到车道旁高大的梧桐树，一辆路虎揽胜停在门口。基思走出门，迎接新来的客人，一对带着很多随身物品的年轻夫妇下了车。

贝拉走到我身边，和我一起站在窗户前。"我讨厌这种周末。"她看着楼下的客人说，"他们都想讨好爸爸，假装喜欢我。"

"他们为什么不喜欢你，我就很喜欢你。"

"你是我可以忍受在这儿过周末的唯一原因，不然我宁愿回学校。"

"你把这个想法告诉爸爸了吗？"

"他说，我必须留下见这些人，记住他们的名字，知道他们是干什么的。"

"因为他希望你将来能接手他的生意。"

"说得好像我真愿意似的。"她看着我说,"我宁愿做你之前那份工作,从事与时尚有关的行业。"

我笑了。"贝拉,你应该做自己想做的事情。这不是他的生活,而是你的。"

"不,不对。"她望向窗外,"他说我是他唯一信任的继承者,我还能说什么呢?"

"你可以说不。"

她不屑地说:"你不了解我爸爸。"

但我其实很了解哈德威克,知道很多贝拉不知道的事,那些她听了会害怕的事。我得知那些情况后只想对她说:"贝拉,快跑,跑得远远的,别让他身上的毒感染到你。"但我不能说这种话,我救不了她。我能做的只有退后一步,像一个冷漠的昆虫学家观察被蜘蛛捆绑的猎物那样注视着她。

我不忍直视这个被所有人当成棋子的女孩。我走到她的衣柜前,扫了一眼里面挂的衣服,然后从深处拿出一件黑色的丝绸低胸紧身连衣裙。"这件,"我转过身对她说,"今晚就穿这件吧。"

"这是妈妈给我买的。"

"你妈妈的眼光很好。"

她接过裙子,眉头皱了起来。"这件是黑色的。"

"相信我,你穿上会很好看。"我笑着说。

*

那天晚上,贝拉穿着黑色连衣裙出现在后院的露台上,这个颜色可以掩饰她身材的缺陷。我站在人群外围,端着一杯冰镇的玫瑰红酒。我看着贝拉走出大门,加入聚会。在其他人阻止之前,她从托盘里拿了杯白葡萄酒。她一直徘徊在人群边缘,像是被一股磁力排斥了似的,无法融入人群。她仔细看了看摆着丰盛饭菜的自助餐桌,意兴阑珊地往盘子里夹了些胡萝卜和芦笋,然后向我走来。经过烤肉台时,她突然停下来,凝视着烤肋排。牛肉在加热灯下显得非常多汁,闪闪发光。

她说:"这快有半头牛了吧。"

"小姐,这是阿伯丁安格斯牛肉,"侍者说,"最上等的牛肉。你想来一片吗?"

"天哪,不!我是素食主义者。"她惊叫一声,皱起鼻头,和我一起走到露台边。

"你穿这条裙子很好看。"我说。

"怎么会有人吃这么血腥的肉?"

"你什么时候变成素食主义者的?"

"好久之前,我已经记不清具体是什么时候了。"

但我记得,在去年的婚宴上,她还狼吞虎咽地吃着惠灵顿牛排。青少年的记忆真是不可靠。

"加拉格尔医生在哪儿?"她环顾人群,问道。

"他在楼上。有位客人被花园里的蜜蜂蜇了,有些歇斯底里。很高兴你能和我在一起,这里的人我一个都不认识。"

贝拉从盘子里叉起一块胡萝卜,蘸了蘸蓝奶酪酱。"哦,还是这些老面孔,围着爸爸转的总是这些人。"

"你知道他们是谁吗?"

"大多数都知道。爸爸不断重复他们的名字,让我一定记住。"她嘎吱嘎吱地吃着胡萝卜,然后指向人群里两个正在交谈的男人,"那个人叫达明·考利,是德意志银行的贷款官员。另一个叫奥列格,来自白俄罗斯,在世界各地都有酒店,去年在巴腾堡酒店为我举办了盛大的生日派对。那是他在伦敦的酒店。"

"奥列格姓什么？"

"我不记得了，是个斯拉夫人的姓。他很酷，甚至让我在生日派对上喝香槟。"

这才是青少年真正关心的。

在轻声交谈中，奥列格和达明的头渐渐靠在一起。钱，洗钱组织碰头。我很佩服贝拉如此了解她父亲的合作伙伴，看来哈德威克一直在指导她。贝拉告诉我，她对父亲的生意不感兴趣，但显然她一直在关注着。

露台上有个女人醉醺醺地大笑着。"那是谁？"我问道。

"哦，她啊。"贝拉轻蔑地说，"上次来的时候，她当着众人的面吐在了草坪上，太恶心了。我不知道他为什么还不和她离婚。"

"她丈夫是谁？"

"桑迪·肖勒姆，是个议员。"贝拉指向那个戴眼镜的男人，他正拍着女人的手臂，试图让她安静下来。我知道这个名字。肖勒姆是个资深的保守党议员，但为人低调，很容易被忽视。

西尔维娅从我们身边走过，一头乌黑的秀发蓬松而闪亮，合身的连衣裙紧紧包裹着她臀部的每一条曲线。她经过时，几个男人转身看她，但她似乎有点儿醉了，没有注意到他们的目光。今晚我还没见过她吃东西，这样苗条的身材果然需要自律。

"糟糕，拿一下我的酒杯，快！"

"怎么了？"

"爸爸在看我。"她把酒杯递给我，我发现哈德威克正朝我们的方向张望。他看到我们站在一起，皱起眉头，贝拉向他露出无辜的笑容。别担心，保姆在工作呢！他点了点头，然后转身走到客人当中。

贝拉从我手里拿过酒杯，一饮而尽。

桑迪·肖勒姆的妻子笑得更大声了。她头向后仰，穿着高跟鞋，身体摇摇晃晃。每个酒会上都会有个让人摇头的客人，一个第二天早晨醒来会觉得非常尴尬的客人。我都替她感到难过，她被硬拖到一个没有欢乐可言的酒会上，全是政经界首脑人物在谈生意。但这确实是谈生意的好场所，无论合法生意还是非法生意。哈德威克只是把所有动人的事情结合在一起而已。

我看着他在客人中间走来走去，拍拍他们的后背，弯下腰倾听，对着夫人们微笑。维克托总是在他附近徘徊，保持几步的距离。贝拉不喜欢维克托，不喜欢这个厚颜无耻地盯着西尔维娅胸部的男人。维克托朝我的方向看了看。我知道他一直在询问我的情况，他的目光让我感到不安，所以我转身离开了。

这时，我注意到一个站在我身后的男人。他一头黑发，戴着一副猫头鹰似的眼镜，晚礼服垂在肩膀上，好像最近瘦了一圈似的。我们对视了一会儿，然后他走开了。我看着他走下台阶，去到草坪上。

"那个男人是谁？"我问贝拉，"在草坪上走的那个。"

她耸了耸肩。"大概是爸爸的生意伙伴吧，我在这儿只见过他几次。"

"知道他的名字吗？"

"斯蒂芬什么的，爸爸介绍给我的人太多了，我记不过来。嘿，上甜点了。"

贝拉走向自助餐桌，但我一直盯着那个穿过草坪的男人。他低着头，双手插在口袋里，好像不想被人注意到。走过草坪后，他从房子的转角消失了。维克托和哈德威克走下露台，跟了过去。

正在发生一些奇怪的事情。

我放下酒，沿着人群的边缘绕了一圈，眼睛一直盯着哈德威克和维克托。我在台阶前停住，环顾四周，观察聚会的人群中有没有人在看着我。没有人注意到我，没有人在乎医生的妻子要做些什么。

我踏上草坪，高跟鞋踩进草地里。哈德威克和维克托的步子不快，似乎并不着急，但显然有目的地朝房子的东侧走去。我假装在草坪上散步，远远地跟在他们后面。我跟到房子东侧的拐角，藏在一小丛紫丁香后面。

哈德威克和维克托正穿过院子，走向马厩。

"玛吉？"

我转过身，看到了丹尼。紫丁香把我们笼罩在黑暗中，所以我们看不清彼此的表情。我们就像两个没有面孔的剪影，在阴影中相遇。也许我们一直以来都是如此。

"你在这儿干什么？"他问道。

"我，嗯，想回车里拿点儿东西。"我朝马厩边的停车场点了点头，所有车辆都停在那里。

"我去拿吧，你要拿什么？"

"我的书。我可能把它忘在后座上了。"

"我去看看。酒会怎么样？"

"非常完美。"

"贝拉表现得好吗？"

"除了偷喝了一杯酒以外，表现得还算好。对了，那个被蜜蜂蜇了的客人怎么样了？"

他看着卧室的窗户叹了口气。"她哇哇乱叫，好像必须截肢似的。我去替你拿书，我们露台上见。"

他走向我们的车，但不会在后座上找到书，因为根本没有。这是我对丈夫撒的又一个谎。

今后还会有更多。

*

凌晨三点刚过，我在黑暗中悄悄穿好衣服，溜出房间，把睡着的丹尼一个人留下。我几个小时里一直醒着，等仆人们洗好碗碟，流水的声音停止，屋子彻底安静下来，我才静悄悄地走下灯光昏暗的小楼梯。再过几个小时，厨师就会开始工作，准备早餐。现在是人们睡得最深的时候，我在楼梯上没有碰到任何人。

厨房里的灯是关着的，不锈钢台面在黑暗中发出微光。我摸索着穿过黑暗，经过冰箱、水槽和橱柜，走出厨房，进入花园。

是时候到马厩里看看了。

昨晚，哈德威克、维克托和那个戴眼镜的人去了那里。快一个小时之后，哈德威克和维克托才回到酒会上，我想知道他们离开的原因。

我沿着散发出薰衣草和迷迭香香味的花园小路往前走，很快到达房子的正前方。客人们都睡着了，没有一扇窗户亮着。昨晚他们喝了太多的酒，早晨醒了以后一定会向丹尼要番茄汁和阿司匹林，但至少现在安静无事。

我沿着房子一侧走到拐角，在阴影中穿梭，借停着的汽车藏匿身影，向马厩移动。马厩里关着灯，我溜进去的时候看不到马匹，但能闻到它们的味道和气息。我立刻听到了蹄声，像轻声的问候。

我打开手电筒,看到一匹马在盯着我,眼睛明亮有神。昨晚他们来这儿干什么?不会仅仅来欣赏马吧?手电筒的灯光来回扫着满是稻草的地板,我不知道我在找什么,但如果有所发现,我一定能反应过来。一块文件碎片、一个带有DNA的烟头,只要找到一个线索,无论是什么,我就能知道这里究竟发生了什么事。

我首先走进马厩管理员的办公室,看到一张桌子和两把椅子,墙上挂着骏马的照片。我在桌子上仔细翻找,查看了抽屉里的账本,但一切似乎只和马有关。那里有兽医账单、蹄工账单和饲料配送记录。我的脑中闪过一个疯狂的想法,也许这些账本和洗钱有关,俄罗斯的黑钱会用来购买马匹。但这个想法说不通,养马是非常不明智的投资,只能抵扣少量税款,基本是个金钱的无底洞,很容易血本无归。

我把手电筒对准椅子,发现椅子上积了一层灰,应该很久没人坐过了。他们应该没进过这间办公室。

我回到马厩,沿着马槽往前走,经过六匹马的检阅。它们对我的深夜侵扰感到不安,我听到了紧张的跺脚声和呜呜声。那些人昨天在这里待了那么久,做了什么?他们为什么要来这里?

这时,我突然发现在马厩的另一边,铺满稻草的地面上留下了拖拽的痕迹。这些痕迹一直延伸到最后一个马槽。

我打开通往空马槽的门,用手电筒往里照。在光束下,我看到一副眼镜在反光。但让我吃惊的不是眼镜,而是横在眼镜旁边的东西——一只手,蜷曲成爪子的样子。

光束顺着手到手臂,再照到肩膀和脸。当看到死者的脸时,我一下子惊呆了,动弹不得,喘不过气来,昨晚早些时候我还见过这张脸。这是那个戴眼镜的男人,眼镜在挣扎中掉在地上,被人一脚踢开。他的舌头向外伸出,眼睛里有点状出血,我很清楚他是怎么死的。我蹲在他身旁,用手电筒照在他的脖子上。他的喉咙上有块瘀青,这是专业人士干的。

你是谁?哈德威克为什么要你死?

这时,我听见外面有男人说话的声音,越来越近。

我立刻站起身,蹑手蹑脚地离开躺有死者的马槽,顺手关上门。我环顾四周,拼命寻找藏身之处。

说话声更大了,他们即将从马厩唯一的出入口走进来。

我打开隔壁马槽的门,冲了进去,把门关上。我不是一个人在这里——有匹马就在我旁边,被我的入侵吓到了。它开始使劲跺脚,痛苦地哀号。

马厩的灯亮了。

我现在无法离开马槽。我和一匹紧张不安的马被困在一起,它又跺脚又呼出粗气。我蹲在角落,尽可能把自己变小。

男人一边说话一边走近,是基思和维克托的声音。

"是什么把它吓成这样?"维克托问。

"还能是什么?它一定闻到了他的味道。"

这时,第三个人的声音出现了,这个声音使我蜷缩得更小了,退到角落里。"快把他弄出去。"哈德威克下令道。

我听到车轮的吱吱声,他们推了辆手推车来搬动尸体。和我一样,他们一直等到夜深人静才来转移尸体,这样不会有目击者,没有人知道他们要做什么。

那匹马又哼了一声,重重地踢着墙,吓得我更用力地缩成一团,避免被它的蹄子踢得粉碎。他们离我非常近,以至于我能听到最后一个马槽的门"吱"一声开了,维克托和基思举起尸体,把尸体放进拖车。

"眼镜。"哈德威克厉声说,"别忘了拿眼镜。"

沉重的呼吸声和在稻草里拖着脚走路的声音传来。

马又踢了一脚,尖利地嘶叫一声。

"你怎么了,嗯?"维克托问。我抬起头,看到一只胳膊伸进马槽,抚慰着那匹马。他只要低下头,就能看见我。

"它的牙齿可以咬碎你的骨头,"哈德威克说,"离它远点儿。"

维克托的手臂消失在视野中。"为什么要留着它?"

"它不会咬我,"哈德威克笑了,"它知道会是什么下场。"

手推车的声音渐行渐远,我依然蜷缩在马槽的角落。过了一会儿,我听到外面有两辆车启动开走,然后是轮胎摩擦砾石的声音。当汽车的引擎声逐渐消失,我该从马槽里溜出去了,但马厩的灯仍然亮着。他们只是忘了关灯,还是打算再回来?

我刚直起腰,但马上僵住了。

有人在吹口哨,是哈德威克。他为什么留下来?怎么没有离开马厩?他一定察觉到了什么,知道有什么情况不对劲。

口哨声向我靠近,他吹的旋律是《勇敢的苏格兰》,口哨声越是欢快,就越让人感到害怕。声音越来越近,我的肌肉开始绷紧,随时准备跳起来和哈德威克殊死搏斗。对他的进攻必须迅速敏捷,一拳打在喉咙上,一拳攻击他的眼睛。我的手已经握成拳头了。

口哨声停止了。

我听到他在拍一匹马,并报以赞美:"好姑娘!"他站在一个马槽前,抚摸他的爱马。他是一位如此仁慈的主人,施舍关爱就像施舍死亡一样随意。

口哨声再次响起,但这次越来越远,《勇敢的苏格兰》逐渐远去，随后马厩的灯熄灭了。我颤抖着松了口气，听着他的脚步声在外面的碎石路上嘎吱作响。

我在黑暗中等了很久，等待哈德威克远离马厩，回到房间。即便如此，我也不能确定出去是否安全，但我不可能整夜待在马厩。厨师们很快会起来准备早餐，我必须尽快回到房间，避免让任何人知道我曾出去过。

离开马厩时，我的心怦怦直跳。走到停车场，我看见两个停车位空着，其中一个无疑曾经停着死者的车。到了早晨，他的失踪很好解释。他接到一个电话，不得不半夜离开，酒会只是少了个客人而已。

我偷偷溜到树荫下。外面更冷了，但我汗流浃背，浑身发抖。在某个地方，基思和维克托正在处理装有尸体的车。而在房子的二楼，菲利普·哈德威克可能已经安然无恙地躺在床上睡着了。几小时后，太阳就会出来，黎明到来，曼宁庄园将从沉睡中苏醒。早餐会准备好，客人在外面散步穿过花园或猎鸽。我会加入他们，因为这正是大家期待我做的。这将是美好的一天。

完美且美好的一天。

第二十一章

"他是我们的人。"黛安娜说。

我们不能再冒着被人看到的风险在公共场合见面了,所以这次会面地点改在安全屋,这里不会被监控,正是为了这种碰头准备的。为了来到这里,我使用了好几种摆脱跟踪的方法:在地铁上往返;步行穿过街道上拥挤的人群;从卖炊具、电子产品和香烟的百货公司或杂货店里穿行。确保没有人跟踪以后,我才来到安全屋。大英博物馆再也不会是见面地点了。

我站在窗前,看着下面人来人往的街道。这是一个平常的工作日中午,人们外出走动,寻找吃饭或购物的地方。但从这个完全隔音的房间俯瞰,我看到的只是一个个没有意识到周围暗流涌动的人。

"他是谁?"我问。

"他叫斯蒂芬·莫斯,是海湾合作银行的一位合规官。最近一年,斯蒂芬发现哈德威克的账户有许多可疑交易,但他的上司对此无动于衷。他对银行的不作为感到很沮丧。当我们找到他时,他欣然答应了合作。"

"他要钱了吗?"

"没有,他替我们做事不是为了钱。"

看来他是个有原则的人。这种人是最好、最可靠的线人,失去他们对局里打击很大。

我转头看了看黛安娜的笔记本电脑屏幕,上面显示出斯蒂芬·莫斯的照片。我周末在曼宁庄园看到的那个人比照片上的瘦,但显然是同一个人。他体重锐减,是因为生病,还是因为飞蛾扑火般承受着巨大压力,而他心里清楚那些火焰随时可能将他吞噬?

"他的萨博车今天被发现遗弃在利兹机场的停车场。"黛安娜说。

"莫斯先生呢?"

"他的遗体还没有找到。你想必知道,这是局里的重大损失。他向我们提供了关于哈德威克的非常有价值的财务信息,帮助我们追踪钱的来源和去向。现在我们对这方面的状况又是一头雾水了。"

我感觉手臂上的汗毛竖了起来,因为恐惧,《勇敢的苏格兰》一直萦绕在我的噩梦中。"如果他们对他严刑拷打,他可能会交代出我的事情。"

"不可能,因为他不知道你的存在。这就是我事前不告诉你们关于彼此的信息的原因。"

"他们知道他的事。"

"但是他们不知道你。"

"你怎么确定?"

"因为你还活着。"

"谁出卖了他?"

黛安娜摇了摇头。"可能是海湾合作银行的某个人,知道斯蒂芬正在调查哈德威克的账户。"

"他们会不会在国家犯罪调查局或是其他执法机构安插了内

奸？"

"那将是个大问题。"她承认，"有如此大笔资金在伦敦流动，他们很可能收买了执法机构的某个人。不然的话，你我也不至于卷入这摊浑水。"

我在桌旁坐下。楼下的街道开始堵车，但因为隔音窗户和隔音墙，我们听不到街上的任何噪声。我和黛安娜隔着一张放着茶壶和茶杯的桌子，面对面沉默地坐着。在伦敦生活了几个月，我已经适应了下午茶，但现在我真正想喝的是咖啡，浓浓的黑咖啡。

"我想退出这次任务。"我说。

"什么？"她抬起下巴，问我，"为什么？"

"因为你已经失去了一个线人，而且不知道他是如何暴露的。"

"玛吉，我理解你的感受，知道你很害怕——"

"是的，我的确很害怕，为了丹尼。他对这件事一无所知。如果他们知道了我的真实身份，对我下手，丹尼也会被波及。我是自愿的，但他不是，我不想让他因为我受到伤害。另外，生活在谎言中太他妈难了，我的枕边人甚至不知道我是谁。"

"你应该早就知道，这是这份工作的本质。"

"我受够了，你要的情报我已经提供给你了。"

"还远远不够。"

"你掌握了哈德威克的所有医疗记录，知道他的病史、每一次扭伤，甚至是每一颗痣的位置。这不是你想要的吗？"

"但我们现在失去了斯蒂芬·莫斯，对哈德威克的财务状况失去了监控。"

"我不是银行职员，对这方面完全不了解。"

"但你和他的女儿关系很好。"

"她才十五岁，什么都不知道。"

"她喜欢你，会帮你融入他的家庭。"

"我再说一遍，她才十五岁。"

"这意味着你能更轻易地取得她的信任。"

我想起了贝拉。她穿着可笑的粉色裙子，笨拙而渴望得到关注。我想到那些需要帮助的青春期女孩，操纵和利用她们的确很容易，但我感觉这样做不对，非常不对。

"你已经不需要我了。"我说，"如果想抓住哈德威克，现在就可以了。你可以向英国警方报告斯蒂芬·莫斯被谋杀了，如果他们去马厩调查，肯定能找到蛛丝马迹。"

"没有尸体，无法证实谋杀。"

"如果能找到他的尸体——"

"即便找到了尸体，你也是唯一能证明他何时何地被杀的证人。你愿意暴露真实身份吗？"

我想到斯蒂芬·莫斯，想到他临死时绝望地抓着脖子的情景。我完全想象得到，如果知道我是为谁工作的，哈德威克会怎么报复我。我呼了一口气，说："不行。"

"我不这么认为。总之，我们不急着揪出哈德威克，他只是庞大金融机器上的一个小齿轮。我们需要知道谁在为莫斯科操纵这部机器。我们要找的人是西拉诺。"

那个难以捉摸的俄罗斯间谍。他的真面目至今仍是个谜，即使八年过去了，我们也只掌握他的零星信息，大多数都是从他的联络员那里截获的。我们现在知道，他有一位女性朋友患有急性间歇性血卟啉病，需要定期注射精氨酸血红素。上次在大英博物馆与黛安娜会面时，她问盖伦医疗中心是否正在治疗这类病人，但我没有找到任何记录。

"我把参加曼宁庄园周末酒会的客人名单发给你，西拉诺可能就在其中。从这儿开始调查吧。"我提议。

"他不在。信号情报部门截获了莫斯科传来的最新情报。"黛安娜说，"西拉诺现在应该不在英国。"

"那我祝你好运，希望你能找到他。"我站起身，准备离开，"我要回去写辞职信了。"

"玛吉，现在不行，我们仍然需要你。"

"我已经尽力了。"

"还有件事需要你去做。最近截获的情报里提到了马耳他。"

我转身面向她。"马耳他？"

"那里将有一次会面，一次谈判。"

突然间，我明白了为什么不能辞职，至少现在还不能。"哈德威克下星期要去马耳他。"我说。

"所以我们需要你。你丈夫会陪他一起去吗？"

"是的，但哈德威克去马耳他只是为了接贝拉回伦敦。"

"贝拉去马耳他干什么？"

"她妈妈卡米拉正在马耳他度假，贝拉过去和她一起玩几天。"

"那么我希望你也去马耳他，看看哈德威克此行有没有别的目的。"

"你是指和西拉诺见面吗？"

她点点头。"两个人，同一时间，在同一座岛上。这里面很可能有阴谋。"

我看着她的笔记本电脑。屏幕已经暗下去了，但斯蒂芬·莫斯的脸仍然深深地印在我的记忆里。我仍能想起他的样貌，也永远不会忘记他死在马厩里的情形——他的舌头伸出来，眼球上布满出血点。所有忤逆哈德威克的人都是这个下场。

"我不会去的。另寻他法吧。"

"这是我们最好的机会,也许是唯一的机会。"

"只是在马耳他监视哈德威克,你不需要我。"

"没人能像丹尼那样靠近哈德威克,他是我们的秘密武器。"

"他是我丈夫。"

"你认真的吗,玛吉?"黛安娜笑着说道,"让感情战胜责任?你一直这么软弱吗?"

我们隔着桌子看着对方。二十多年来,我一直为我的国家尽忠。我说过无数的谎,除掉了许多敌人,有时甚至冒着生命危险。现在,因为我拒绝执行这一项任务,以往的贡献似乎完全不算数了。

"马耳他的任务结束,我就不干了。"我对黛安娜说,"永远退出。"

她点了点头。"当然。如果这是你真正想要的。"

"我告诉你我想要什么。我想和丈夫过普普通通的生活。我希望我们平凡一些,养养猫,打理打理花园,和家人一起在街上散步,而不用担心有人跟踪。"

"玛吉,都会实现的。"她"啪"的一声合上笔记本电脑,说,"但不是现在。"

*

我站在花洒下,冲掉头发上的洗发水,丹尼透过磨砂玻璃看着我。我以前很享受成为他关注的焦点,但今晚,我得把欲望先放在一边。我需要做一个艰难的决定,关于我们未来的规划。

我们的未来。不知不觉，"我"变成了"我们"，"我的"变成了"我们的"。我们的生活逐渐融合，我甚至没有注意到代词的变化。我理所当然地认为，丹尼会永远和我在一起。

当我走出浴室，丹尼正拿着浴巾等我。

"我永远不会厌倦这样的风景。"说完，他把浴巾披在我身上。他将我推到浴室墙上，吻上我的嘴唇。尽管我正思考别的事情，权衡我的选择并评估可能的后果，但我的身体自动对他做出反应。我们之间不应该这么复杂。他不过是我假日中的一时放纵，一个在曼谷炎热夜晚里的温暖陪伴，绝非我该爱上的人。绝非我该嫁的人。

现在，我不想失去他，这意味着我永远无法告诉他我为谁工作，以及我们的婚姻只是一个庞大计划的一部分。我永远无法告诉丹尼那些真相，那些谎言与欺骗：我的伴娘是假的，专门雇来的；我曾经多次和黛安娜秘密见面，讨论行动计划；我辜负了他和病人的相互信任，复制了盖伦医疗中心的医疗档案。这种双面生活持续的时间越长，真相就越有可能泄露。而当真相大白，丹尼会对我们婚姻的真诚产生怀疑，会认为我们的婚姻只是一场骗局，和爱情无关。如果你知道了真相，还会要我吗？

我不敢思考答案。

那个晚上，黑暗中我在丹尼旁边躺下，终于平静地做出了决定。我知道我应该怎么做，因为对我而言，丹尼比什么都重要。不考虑这次任务、我的间谍生涯、这个动荡的世界，只有我和丹尼。他翻了个身，搂住我。我已经像熟悉自己的身体一样熟悉了他的身体和气味。

我抚摸着他的手臂，把他推醒。"丹尼？"

"嗯。"

"你记得曾经跟我说过,要抛开一切,和我一起离开伦敦,做些疯狂的事情吗?"

他慢慢睁开眼睛。"你想说什么?"

"我一直在思考我们的未来。"

"亲爱的,你好像在说很严肃的话题。"

"丹尼,我是认真的,我觉得我们应该那么做。"

丹尼完全醒了,略带惊讶地看着我。"你以前对这个想法没有兴趣。"

"最近,我认真想了想什么才是真正重要的。你去盖伦医疗中心工作,是因为想帮你妈妈付账单。现在她过世了,我们不需要那么多钱了。"我停顿了一下,"我知道你在盖伦医疗中心工作得很不开心。"

"玛吉,你想说什么?"

"我不想把你束缚在你不喜欢的工作上,不想让你照顾你不喜欢的病人。"

"我只是不喜欢其中一部分。"

"盖伦医疗中心的确给了你很高的报酬,但这是个天鹅绒陷阱,在诱惑你。那些病人只是把你当成仆人、棋子,并不尊重你的专业意见。"

丹尼沉默了,但我能感觉到他的身体因兴奋而蠢蠢欲动。"如果我辞职,我们将不得不放弃这套公寓。"

"反正它从来不属于我们。"

"我们住的地方会小很多,没这么好。"

"只要能在一起,住帐篷我也不在乎。"

"我们需要设法谋生。"

"我有积蓄,也可以出去找工作。刚好'家庭主妇'这个称呼不适合我。"

他笑了,是发自内心的笑容。"也许我可以当'家庭主夫'。"

"你可以继续做慈善医疗,这是你喜欢的事。"

"没错,我喜欢。我们还可以去世界各地旅游,比如回泰国。"

"或者南美洲。"

"还有马达加斯加!"

我们像初次见面时那样提到了马达加斯加,大笑起来。这个夜晚充满了希望与梦想,我们都渴望逃离,而我们即将一起实现。

"我得先提交辞职申请。"丹尼说,"天哪,这可不容易。他们要把我的病人重新分配,诊疗时间表也得重新排。"

"盖伦医疗中心不是第一次有医生辞职,他们只要再雇人就可以了,就像别的行业一样。"

"我原本要和菲利普·哈德威克一起去马耳他,这个日程已经取消不了了。"

"不用取消,把它作为你最后的工作吧。哈德威克也许需要找人帮忙看管贝拉,所以我也可以和你们一起去。回来之后,我们就打包离开,跳上飞机,去别的地方。也许这次我们真的能去马达加斯加了。"

"玛吉,只要能和你在一起,我不在乎我们要去哪儿。"他深吸了一口气,"现在,我得先写好一封辞职信。"

我也是。二十多年来,我为国家尽忠尽责,说过许多谎言,许多次从飞机上一跃而下,也穿越过枪林弹雨。现在,我只想说,去他妈的,让哈德威克、西拉诺和世界上无休止的战争滚远一点儿吧!

我和丹尼要逃离了。

第二十二章　乔

缅因州普里蒂，现在。

在警察生涯中，乔经常和愚蠢的猎人打交道。那些男人（多半是男人）不是误伤了自己的脚，就是猎鹿却打中别人家的耕牛。她经常处理那些在不该出现的地方四处游荡的猎人，他们闯入私人领地，甚至距离住宅区只有不到一百米。有一次，乔甚至逮捕了一个打猎时击毙自己父亲的家伙，但她无法证明对方是故意的。当时的警长格伦·库尼建议用过失杀人指控他，但乔直到今天仍怀疑那家伙是故意杀人。每年，猎鹿的季节一到，乔总会准备好迎接随之而来的灾难。猎手们迫不及待地走入森林，急于向任何有白尾巴的动物开枪。

但乔知道，朝玛吉·伯德射击的人绝不是在猎鹿。

当乔站在枪手曾经身处的树丛中时，这一点尤为明显。她已经找到了所有弹壳，发现了枪手留下的足迹，并将足迹和轮胎痕迹的照片发给了州警局的鉴识组。这起案子不涉及谋杀，或许不那么令人激动，但对乔来说，没有阿尔方德警探那样的人指手画脚，已经足够让人兴奋了。无人受伤，唯一的损失是越野车受损，这件事对高高在上的缅因州警探来说太微不足道了。所以这起案件是乔的，她可以尽情调查。

她穿过树林，回到和枪手的车停在同一条土路的警车上。你接下来会走哪条路？她思考着。

先回镇上查查吧。

她沿着土路向东行驶，经过白雪覆盖的田野和光秃秃的树木，经过一幢外面停着十几辆锈迹斑斑的汽车的农舍。她到的第一个地方是家饲料店，在这里不光能买到动物饲料，还可以为马买盐块、为割草机购入备件。春天，这里会摆出一箱小鸭子，如果足够幸运，它们能成长到可以在夕阳下飞翔。乔把车开进停车场，抬头看了看商店入口。找到了，希望你们不是装装样子的。

"嘿，乔。"乔走进店里时，饲料店老板维恩打了个招呼，"来买狗粮吗？"

"不了，露西正在节食，我不该再给它吃零食了。"

"在我看来，它还很苗条。"

"毕竟你不用把它搬到卡车上。我是来执行公务的。"

"那个死去的女人？"

"不，州警察已经接手那个案子了。我是来查今天早上在黑莓农场发生的案子。商店入口的监控摄像头能用吗？我需要今天早上八九点的录像。"

维恩出乎意料地笑了。"看来我应该按次收费。"

"怎么了？"

"你是第二个来要视频的人。"他来到店里的电脑前，"我现在就把视频用电子邮件发给你。"

"还有谁要了监控？"

"图书馆理事会的那位善良的女士。她说图书馆正在考虑安装监控摄像头，她想看看我的这个拍到的录像是否清晰，如果合适的话他们也想购买这个型号。"

"你给她看视频了吗？"

"我把视频复制了一份给她，这样图书馆理事会就能检查视频质量了。"看到乔皱起眉头，维恩连忙解释道，"我觉得不会有什么坏处，视频里没有什么大不了的事情。"

"那位女士是谁？"

维恩抿起嘴思考了一会儿，这是老年人常有的片刻恍惚。"就是那个戴着围巾的优雅女士，她和丈夫在栗树街买了房子。"

乔叹了口气："斯洛姆一家。"

维恩拍了拍脑袋。"没错，就是斯洛姆。"

又是他们。他们为什么总不合时宜地出现？乔很擅长和无事生非、多管闲事的居民打交道，但斯洛姆夫妇显然太过分了。

她的手机响了。

"迈克。"她边说边走向店外。

"州鉴识组来电话了，"他说，"他们确认了枪手的车轮胎型号。"

"继续说。"

"是固特异的牧马人全天候越野跑者系列，型号为235/75R15。这种轮胎可以安装在多种不同型号的SUV上，所以无法帮我们确定具体是哪种车。"

固特异。乔突然想起在玛吉·伯德家车道上和斯洛姆夫妇发生冲突时的情况。当时他们一直在研究雪地上的轮胎印，英格丽·斯洛姆说过："我猜是固特异轮胎。"

"给鉴识组打电话，"她对迈克说，"我想要对两天前那个晚上玛吉·伯德家车道上的轮胎印的分析报告。"

"你是说那起凶杀案吗？那不是我们的——"

"我知道那不是我们的案子，把报告给我就行。"

在车上等待的时候,她看着饲料店门口的路,计算有多少辆车经过。尽管这条路直通小镇,但经过的车很少,一两分钟才有一辆。夏天游客们来到小镇时,这条路的车流量就会变大,人们会从湖滨小屋开车去镇上吃龙虾晚宴或是登上风帆游船享受日落巡航。但到了冬天,这条路空空荡荡的。

她的手机响了,还是迈克。

"查到了。"他说,"那个轮胎是固特异牧马人全天候越野跑者的23——"他停顿了一下,"嘿,这是同一辆车。"

"不一定,"乔说,"只能说明是同一种轮胎。这附近肯定有许多SUV都安装了这种轮胎。"

"这种可能性有多大?"

她不知道。这个问题应该问加油站员工,他们更清楚附近有多少装配了固特异的车。她应该提醒一下阿尔方德警探,因为枪击案多半和比安卡的死有关。但在那之前,她想看看自己能调查多远。格伦·库尼曾经告诉她,如果一直待在普里蒂,她就永远无法成为一名真正的警察。现在,乔迎来了大展身手的机会,亲自处理案件并追踪线索,这让她感觉很好。

此刻,所有线索都指向同一个方向:神秘的玛吉·伯德。

第二十三章　玛吉

德克兰住在湖畔一位过世老船长的房子里，虽然去过很多次，但我从来没上过二楼。和我一样，德克兰是个注重隐私的人，把生活的各个部分分得很开。德克兰家的一楼是公共区域，我们的读书小组经常在那里聚会。我们会在德克兰家俯瞰佩诺布斯科特湾的客厅里一边喝马提尼酒一边闲聊。夏天，我们会轮流用他的望远镜观赏湖上日落巡游归来的帆船。我在他的餐厅吃过饭，在他的厨房洗过碗，偶尔会使用他的盥洗室，但一次也没有上过楼，因为那里是他的私人区域。我们小心地把自己的生活分开：楼上和楼下，私人和公共，退休之前和退休以后。

然而，今天对我的狙击粉碎了我们井然有序的生活——或者至少摧毁了我的生活。现在，我暂时住在德克兰家楼上的客房里，这个房间和我想象中完全不一样。我本以为这间客房会像德克兰的性格那样，低调冷静，线条简洁，没什么装饰。相反，我在客房里看到了蕾丝窗帘、绗缝床单和梳妆台上的旧黑白照片，所有这些都流露出伤感。我没想到，他的性格中竟有这样温柔的一面。

其中一张照片上，一位面带微笑的女士膝上坐着一个深色头发的小孩。我翻过相框，看到写在背面的年份。这一定是德克兰和他的母亲，他五岁时母亲死于阑尾破裂。德克兰很少谈到母亲，但我很清楚没有母亲的童年是怎样的。他的外交官父亲忙于公务，无法照顾家里，所以他十二岁时便被送到了寄宿学校。我想起了自己的童年，忍受着酗酒的父亲，迫不及待地想要从家里逃离。尽管境遇稍有不同，但我们没有母亲的青少年时代都过得不是很幸福。

我听到德克兰在楼梯底下叫我："玛吉，本来了。晚饭也准备好了。"

我把收拾到一半的手提箱放在房间，下了楼。楼梯旁的照片是在德克兰工作和生活过的地方拍摄的，布达佩斯、布拉格、华沙。我在一张照片前停下脚步，照片中的他似乎身处大学校园，被一群学生包围，旁边的一栋建筑上写着波兰语单词。这是克拉科夫的雅盖隆大学。那时他的头发是黑色的，比现在蓬松得多。他穿着一身花呢夹克，看上去会成为一位学者。他那时如此年轻，我不禁想，我们的岁月都去哪儿了？

走进厨房，我发现本和德克兰已经各自倒了一杯苏格兰威士忌，炉子上炖着德克兰从冰箱里拿出的肉，用的食谱可能是他在布达佩斯工作时学会的。

"玛吉，你要喝威士忌吗？"德克兰打开酒瓶，问道。

"当然，直奔重点。"

"现在事态严重。"

我接过威士忌。今晚，我的确要喝点儿酒。"德克兰，谢谢你的酒，也谢谢你给我地方住。"

"那个家不能回了，你明白的，"本说，"在弄清是谁以及为什么要杀你之前。"

"谢谢你，本，谢谢你对我的处境做出如此振奋人心的总结。"

"不幸的是,这非常准确。"德克兰说。他把炖肉舀到三个碗里,端到厨房的桌子上。我以前从未见过他穿围裙。他穿着一条黑色围裙,上面绣有庄严的冠达标志,非常适合外交官的儿子。德克兰是我认识的人中唯一一个能将围裙穿出时髦感的。我们坐下来,一边喝威士忌,一边享用冒着辣椒粉香味的热气腾腾的炖肉。

"我们必须集思广益,不依靠当地警察,自己解决问题。"本说,"尽管代理警长锡伯杜女士看上去是个聪明女孩。"

"过于聪明了。"我说,"我不喜欢她问问题的腔调,似乎她认为我是嫌疑人。她可能会给我们造成麻烦。"

门铃响了,我猛地坐直,朝客厅的方向张望。

"是英格丽和劳埃德。"德克兰说着,离开厨房去开门。

"你们告诉他们发生什么了吗?"我问本。

"当然。和过去一样,我们是一条船上的,要齐心协力。"

"为什么你听起来似乎很享受?"

"老实说,退休对我们来说太没劲了。这事给了我们一个机会,看看我们的能力是否还在。再次感觉到自己对人有用,真好!这么说吧,我又回到了任务中。"

"而这次,我就是任务对象。"

德克兰带着斯洛姆夫妇走进厨房,英格丽拿着她的笔记本电脑,劳埃德拿着一根长纸管。和往常一样,英格丽戴着一条精心系好的围巾,这条围巾是赭色和红色的,代表秋天。我从来不知道怎么选围巾,也不知道如何把巾系得好看。英格丽坐到餐桌旁时,我看着她精心打的复杂的结,羡慕她优雅的满头银发和陶瓷般晶莹剔透的皮肤。

"我闻到的是炖肉的味道吗?"劳埃德像往常一样径直走向

炉子。

"是羊肉,请自便。"德克兰说。

劳埃德自然不会客气,他高兴地把炖肉盛进碗里,然后坐在桌子旁。我不知道今晚要开会,但德克兰显然打开了"蝙蝠侠信号灯",发出集结的指令,于是我们五个老间谍带着五倍经验聚集于此。退休不代表无用,这里的每个人都身怀不同的独门绝技。

劳埃德吞下一口炖肉,然后打开长纸管的一端,拿出一张地形图。他把地形图展开,放在桌子上的碗和刀叉之间。我立刻认出了这张地图的范围,包括黑莓农场和周围地区,是整个海滨小镇普里蒂。

"我已经标出了通向你的房子的所有道路。"劳埃德指着他用黄色标记的道路说,"我们知道枪手如何进入你的庄园。他把车停在你家和南边的邻居之间的土路上。"他抬头看着我,嘴角有一块辣椒红色的炖肉,那是他毫不掩饰食欲的证明。这正是他独特的魅力之一——如此热切地享受生活的态度。"你对这位邻居了解多少?他叫罗纳德·法雷尔,对吗?"

"他已经不住在这儿了。"我说,"我只见过他一面,就在我搬过来不久。他八十二岁了,现在住在罗克兰的养老院。"

"还有别的信息吗?"

"他有一个儿子,住在马萨诸塞州;有两个孙女,但都不在缅因州。他在遗嘱中把庄园遗赠给了土地基金会,现在庄园正处于托管状态。"我环顾周围的老同事们,"在买下农场之前,我对附近的所有邻居都做了背景调查。他们都通过了审查。"

劳埃德点点头。"那现在我们再来研究枪手接近你家的路线。"

本指着地图上的那条土路。"我们在这条路上找到了他停车的轮胎印。"

"只有通过西福克路才能到达这条土路，"劳埃德说，"西福克路是条南北走向的柏油路。"

"劳埃德，我们知道。"

"耐心听我说完。进出西福克路只有两条路，北边是庞兹赛德路，南边是乡村路。乡村路直通普里蒂。到了普里蒂，他可以通过四条路线离开小镇，然后沿着海岸往北或是往南走。很难确定他去了哪儿，所以——"说到这里，劳埃德看向他的妻子。

"所以，轮到我出马了。"英格丽说。

我们知道英格丽的武器库里有多种武器。

她打开笔记本电脑，说："我们这样的小镇的问题之一，就是监控摄像头不多。"

"我们过去觉得这是件好事。"本说。

"如果想找到杀手，这就是很大的麻烦。于是我开车找遍了附近的摄像头。在庞兹赛德路，有两幢房子安装了监控摄像头，但对准的都是自家车道，看不到马路上的情况。然而，在乡村路靠近镇上的地方，我们取得了巨大的收获。这里有一个监控摄像头。"她用铅笔在地图上圈出位置，"这里是西蒙顿饲料店。我和店主聊了聊，他很乐意分享今天早上录到的视频。于是我们可以看到，早上八点十七分，大概是枪手逃跑的时间，有辆车经过，我想应该就是枪手开的车。"

她把笔记本电脑转过来，让我们看到电脑屏幕。我们凑过去，盯着静止画面上的那辆黑色丰田SUV。把比安卡的尸体扔在我家车道上的可能也是这辆车。因为车窗涂了色，我们只能看到司机的深色剪影。

"我无法确定这就是枪手,"英格丽说,"他也可能通过没有摄像头的北线逃离。但考虑到时间范围、车辆类型,以及几天前的晚上有一辆类似的车辆把女尸抛在你家车道上的事实,我认为这家伙大概率就是我们要找的人。"

"这就是我娶她的原因。"劳埃德说着,又回到炉子前准备再盛一些炖肉。

"还没说完呢。"英格丽说。她在笔记本电脑上快速浏览图片,直到找到一张经过增强处理的录像截图,照片上是一辆SUV的后保险杠,马萨诸塞的车牌清晰可见。

"这是从阿拉莫租车行租来的。"英格丽说,"四天前在洛根机场,它被一位持有佛罗里达驾照的司机取走。那个司机的名字叫弗兰克·萨尔迪尼。"她看了我一眼。

"我不认识这个人。"我说。

"我也这么认为。"英格丽拿出一张弗兰克·萨尔迪尼的驾照照片,"根据驾照上的身份信息,他是一名四十二岁的白人男性,身高一米七八,棕色头发,棕色眼睛。我大胆猜测,你应该没见过这张脸。"她说。

"我以前从没见过这个人。"

"这不是件好事,"德克兰说,"意味着我们要对付一个完全陌生的人,而他来到镇上就是为了杀玛吉。"

"更糟的是,弗兰克·萨尔迪尼的驾照和信用卡都是盗用的。"英格丽说,"四十一年前,真正的弗兰克·萨尔迪尼在四个月大的时候就去世了。"

厨房里一片寂静,我感觉心脏不祥地咚咚直跳,血液不停上涌。

"所以他是个死掉的替身。"德克兰轻声说。

英格丽点点头。"恐怕是的。"

这比我想象的还要糟。枪手费了这么多力气做伪装,显然很难对付。我看着桌子周围的老同事,从表情可以看出,他们也同样感到不安。

"玛吉,我们还需要从你这里获得更多信息。"本说,"谁会想让你死?"

我摇了摇头。"我不知道。"

"你一定知道些什么,只是不告诉我们。"

他说得没错,我的确有很多事情从没告诉过任何人。过去的事太过痛苦,我始终逃避,已经很多年不愿回想了。

"那就先从已知的开始吧。这一切似乎都和失踪的黛安娜·沃德有关。"德克兰说。他伸手把盐瓶挪到桌子中央。"第一个阵营想找她,他们派出神秘的比安卡请你帮忙找到黛安娜。"

本把胡椒瓶放在盐瓶旁边。"这是第二个阵营。"

"是的。"德克兰说,"他们派出假冒的弗兰克·萨尔迪尼先生——不管他到底是谁——处理了比安卡,两枪。"他把盐瓶推倒,"然后萨尔迪尼先生还想杀了你。为什么呢?"

他们的视线聚焦在我身上。我盯着被推倒的盐瓶,联想到车道上比安卡的尸体。"他们想除掉我们——我和黛安娜。"

"你知道黛安娜在哪儿吗?"德克兰问道。

"不知道。我十六年前离开了中央情报局,几个月后黛安娜也离开了。在那以后,我们一直没有联系。"

"那么为什么现在会出现这种情况?"本问。

我看着他,说:"这一定是对马耳他发生的事情的报复,是对西拉诺行动的反击。"

他们面面相觑。尽管西拉诺行动的细节和参与者的姓名仍然处于保密状态,但我的朋友们应该都听说过西拉诺,这个据传在英国上流社会潜伏多年的俄罗斯间谍。

"你参与了那次行动?"英格丽问。

"没错,黛安娜也是。"停顿了一下,我接着说,"那次行动造成了……意想不到的后果。"后果如此惨痛,以至于我从来没向任何人提起过那次行动。我不想揭开旧伤疤,但现在别无选择。我看着代表比安卡尸体的盐瓶,知道它险些也代表了我的尸体。今天他们没能杀掉我,肯定会再找机会。"我从局里离开,就是因为马耳他发生的事情。"

"这么多年过去了,还会有反击吗?"英格丽皱着眉头说,"找人冒名顶替,追踪你到这里,需要很多资源。他们一定非常想置你于死地。"

"可能是西拉诺的人,为他被我们抓捕复仇。俄罗斯人就是这种睚眦必报的人。"

"只是可能吗?这么说来,还会有其他人?"

"想要我死的?"我苦涩地笑了笑,"肯定还有很多人。"我环顾四周,"我可能不是这里唯一一个能这么断言的人。"

没有人回应。没有人开口。

德克兰手机上设置的警报响了,我们立刻屏住呼吸。"运动传感器。"他说,低头看了看手机屏幕。

门铃响了。从正门登堂入室,应该不会是杀手。

"你还约了谁?"劳埃德问道。

"没有。"德克兰调出手机上的监控,不由得叹了口气,"别紧张,是那个不达目的不罢休的乔·锡伯杜。她似乎变成我们的一个大麻烦。"他站起身,扯下围裙,扔到椅子上,"我想办法把她支走。"

我们在厨房听德克兰开了门,但他连说话的机会都没有。

"我是来见玛吉·伯德的。"锡伯杜开门见山地说。

"你为什么认为她在这里?"德克兰问。

"因为她不在本·戴蒙德家。而且我看到你的沃尔沃停在街上,而不是车库。你的车库里应该停着她的车。"

"现在不方便,我们正在享用晚餐。"

"我问完马上走。"

锡伯杜一副势不可当的样子,大步走进厨房,皱起眉头看着我、斯洛姆夫妇和本。"你们是认真的吗?"她问,"今天发生了这么多事,你们还有兴致举办晚宴?"

"他们是我的朋友。"我说。

她的注意力集中到桌上的地形图上,她看到了被劳埃德用黄色标记出的那几条路。"这是什么?"

"我们正在研究出入玛吉家的路线,"劳埃德说,"希望能对调查有所帮助。"

锡伯杜叹了口气。"好了,伙计们,我希望你们都离开,我想单独和伯德女士谈谈。"

"不行,"我说,"我希望他们留在这里。我说过了,他们是我的朋友,而且也许能帮到你。"

"我对此深表怀疑。"

"你觉得我们没有这个能力吗?"英格丽用非常擅长的铁一般的目光凝视着锡伯杜。毫无疑问,她是审讯老手。

锡伯杜脸红了。"夫人,我不是这个意思。"

德克兰绅士地拿出一把椅子。"锡伯杜警长,何不坐下一起聊聊?我们之间没有秘密。"

锡伯杜怒视着那把椅子,好像他的行为是在侮辱她。但最终她还是坐了下来，拿出她的小笔记本。我们都很清楚，她是个坚持不懈的人，我们越想把她排除在外，她反而会调查得越仔细。本调查过她的背景，我们知道她是普里蒂本地人，从来没离开过缅因州。她在普里蒂警察局工作了十几年，比我们更了解普里蒂和这里的居民。现在，她正试图把我们纳入她的版图。她也许没有接受过收集情报的训练，但直觉灵敏，知道被我们领先了一步。她也许想知道，五个头发花白的退休老人是如何做到的。

"那么，你想问我什么？"我问道。

锡伯杜打开笔记本。"我们查出了枪手的名字。他叫弗兰克·萨尔迪尼，四十二岁，来自佛罗里达州的奥兰多。伯德女士，你认识这个人吗？"

"不认识。"我说。

她抬起头看了我一眼，扬起眉毛。"你连想都没想。"

"不需要想。"

"还是说，你不想承认你认识他？"

"我为什么会不想承认？"

"我不知道！你告诉我，为什么一个来自奥兰多的家伙会千里迢迢来这儿射杀一个养鸡的老人？"

"也许你得去问弗兰克·萨尔迪尼本人。"

"我们仍在努力寻找他。我们知道他在波士顿的阿拉莫租车行租了一辆黑色丰田SUV，这辆车在今天下午一点被还回去了。饲料店的监控摄像头拍到了车牌号，时间大致与袭击者逃离现场的时间吻合。"她一边说，一边用责备的目光看向英格丽，"你不应该到处打听，获取维恩的监控视频。"

"我是代表图书馆理事会去的。"

"是啊，"乔哼了一声，"当然了。"

我真的相当惊讶，因为她掌握这些细节的速度比我们想象中的小镇警察快得多。我们低估了她，这也许更能反映出我们的问题，而不是她的。她还会给我们带来别的惊喜吗？

"他租的ＳＵＶ装配了固特异的轮胎，"锡伯杜说，"和抛尸到你家车道上的那辆车用的是同一种型号。"她转向我，"伯德女士，你不觉得这是个有趣的巧合吗？"

"你找到这位萨尔迪尼先生了吗？"本问。

"我正在努力。我已经联系了奥兰多警方，但目前没有查到他有逮捕令或犯罪记录。我打电话给他租车时登记的工作单位——一家保险公司，但那里的人说没有这样一个人。"

"因为他早就死了。"英格丽说。

锡伯杜侧过头看她。"什么？"

"真正的弗兰克·萨尔迪尼四个月时死于婴儿猝死综合征，在波士顿租车的那个人只是冒用了他的身份。你根本找不到这个弗兰克·萨尔迪尼，更不用说逮捕他了。"

"你们究竟是怎么了解到这些情况的？"

英格丽打开笔记本电脑，把屏幕转向锡伯杜。"我做了一些小小的调查，搜索了出生记录和死亡记录，并给奥兰多打了几个电话。"

锡伯杜盯着屏幕上那张假的弗兰克·萨尔迪尼的佛罗里达州驾驶证照片。毫无疑问，她现在觉得受到了羞辱，但这本就不是一场公平的比赛。英格丽一生都在研究收集情报的艺术，她还拥有缅因州小镇警察梦寐以求的内部消息来源。

"不管这个人是谁，"本说，"他早已离开这个地区了。"

锡伯杜看了看桌子周围的我们——英格丽优雅地戴着丝巾，劳埃德喜气洋洋，本剃了光头，爱尔兰后裔德克兰长相帅气。最后，她看向我，一个自称养鸡户的女人——这个女人的车道上出现了一具女尸，并且今天早上有人从树林里朝她开枪。

"你们到底是什么人？"锡伯杜脱口而出。

"哦，我们只是些退休人员。"劳埃德说。

"从什么地方退休？"锡伯杜看着英格丽。

"我是一家跨国公司的行政秘书。"英格丽说。

"那你呢？"锡伯杜转向本。

"我是酒店用品的销售，把家具和餐厅设备卖给那些世界上最好的酒店。"

"我是一位历史教授。"德克兰说。

"和那天晚上告诉你的一样，我在一家海关经纪公司工作。"我说。我们都很容易回答对外的掩护身份。我们一直在撒这种谎，这已经成为我们的第二天性。

最后，锡伯杜把目光转向劳埃德。他是我们中唯一没有非官方掩护身份的人，也是唯一一个可以透露真实身份的人。

"我只是一名分析师。"劳埃德满脸笑意地说。

"你是说，精神分析师吗？"锡伯杜问。

劳埃德笑了。"长官，不是。我是在办公桌前为政府收集信息和分析数据的那种分析师。实际上，这个工种非常枯燥。"

"我们的确退休了，"英格丽说，"但我们对推理很狂热。谁会不热爱优秀的侦探小说呢？所以我们成立了这个小小的破案俱乐部。如果你读过足够多关于谋杀的悬疑小说，就会对警察的工作相当了解。"

"别开玩笑了。"锡伯杜看着桌子上的地形图喃喃自语，"你们怎么叫这个，呃，俱乐部？"

我们都沉默了。我想起了那个夜晚，我们站在英格丽家的壁炉旁，一边喝着酒，一边讨论神秘的比安卡。

"马提尼俱乐部。"我说。

我的朋友们微笑着点了点头。

"别打岔了，"德克兰说，"我们需要把注意力集中在这个所谓的弗兰克·萨尔迪尼身上，看看他到底是谁。"

锡伯杜叹了口气。"天哪，事情越来越复杂了。"

"我们可以帮你的忙。"英格丽说，"我们退休了，但多年来积累了不少探案经验。"

"通过读侦探推理小说积累的？那可真有用。"锡伯杜又看向我，"你一定知道些什么。有人想杀你。你知道是谁想要你的命吗？"

我看着代表比安卡尸体的倒下的盐瓶。她只是死亡名单上的一员，这份名单还在不断延长。"我不知道。"我回答道。但我也许知道。

*

德克兰和我把瓶子里的威士忌喝到只剩最后一点儿。今晚我已经喝了足够多的酒，但德克兰说："我们还是把酒喝完吧。"于是他把剩下的酒倒进我们的杯子里。其他人都回家了，只剩我们两个坐在壁炉前。火焰已经熄灭，只剩微光闪烁，但我们很快要上楼睡觉，所以他没有再往里添柴。我们只是看着火苗慢慢熄灭，化为余烬，仿佛不可避免的死亡。

"你还记得我第一次给你倒威士忌时的情形吗？"德克兰问道。

"我以为你想毒死我呢。"

"那瓶酒并不差，虽然只是八年的橡木桶陈酿，但我记得它是单一麦芽酒。"

"那是我第一次尝到那种酒。当时我还不懂品酒，所以没有好好欣赏它。"我抿了一口他刚刚为我倒的酒，叹了口气，细细品味舌尖的焦糖奶油余味，"天哪，我那时真是太稚嫩了，各个方面都是。"

"按本的说法，你是'一张新面孔'，我们的经验比你多得多。"

没错，德克兰的经验比我丰富很多，准确地说，比我多了整整八年。当我们以新人的身份相遇时，他已经三十岁了，拥有欧洲历史博士学位。这个学位证明很宝贵，对德克兰在学术界以非官方掩护身份行动发挥了重要的作用。随着时间的流逝，他曾经乌黑的头发泛起银光，眼睛周围刻满皱纹，但他的样貌更庄严了。这位杰出外交官之子举手投足之间，仍颇具外交官风范。

"你有没有想过，换种活法，你会是什么样子？"德克兰问道。

"你是说，如果我没有加入中情局？"

"是的。"

"也许我会成为一名真正的进出口分析师。事实上，我很爱我的伪装职业。"我看着他，"我猜你真的会成为一名历史学教授。"

"在常青藤覆盖的大学校园里穿着粗花呢大衣教书，每七年休假一次，不也挺好的？"

"还有许多漂亮女生围绕着。"

"我可不觉得这有什么好的，我对老牛吃嫩草不感兴趣。"他若有所思地喝了口威士忌，"如果我们选择了另一条路，你和我也许永远都不可能相遇，我们就不会像现在这样坐在一起了。想想都难过。"

"可我们就在这里。"我对他微笑着,"至少我对此心怀感激。"

我们盯着壁炉,陷入沉默。一根被灰烬覆盖的柴火断成几截,散发出阵阵轻烟。

"在马耳他发生了什么事?"德克兰问道。

"你应该已经基本知道了。西拉诺行动。"

"我只知道他是那时被捕的。多年来,我一直听到传言,说俄罗斯人可能已经潜伏进唐宁街。"

"最初是信号情报部门截获了一名俄罗斯联邦安全局联系人和潜伏间谍的通信。美英两方的情报部门都不知道这个人是谁。是国会议员?还是执政的保守党官员?又或许他在英国国家犯罪调查局工作,级别高到足以阻碍对俄罗斯人洗钱的调查。我们甚至不知道西拉诺是人是鬼,也许他只是臆想出来的人物。"

"这事不是应该让英国人处理吗?我们为什么要出头?"

"因为英国情报机构的行动一再遭到破坏,他们有好几个线人被暗杀。整整八年,这个人一直是个谜。"

"直到西拉诺行动?"

我点点头。"黛安娜·沃德主导那次行动。无论如何,她因为抓住西拉诺受到了嘉奖。"

"你的角色是什么?"

"她把我卷进那次行动,但我只是庞大计划中的一环。"

"玛吉,你不可能只是这样。"

"抓捕他的时候、把他押送到摩洛哥审讯的时候,我都不在场。那是黛安娜的工作。"

"你在其中扮演什么角色?"

我耸耸肩。"我只是指了指路,之后黛安娜就接手了。"

"你最后一次有她的消息是什么时候？"

"离开马耳他以后我就没见过她。她从未联系我，我也没有联系过她。抓到西拉诺的第二天我就辞职了，我们没有理由再联系。"

"能告诉我原因吗？"

"不行。"我的回答比自己预想得更粗鲁，德克兰一时说不出话来。我看着壁炉里的余烬，但能感觉到他在审视我。德克兰是和我认识时间最长的朋友之一，可能也是我最亲密的朋友，但多年来，我们之间慢慢竖起了一道墙，我们把这辈子积累的秘密和伤疤都藏在这道墙背后。

"西拉诺十六年前被捕。"过了半晌他才说，"过了这么久，你觉得真的有人会进行报复吗？"

"我们对俄罗斯人在西方建立起的势力进行了重重一击。我们使他们在伦敦的洗钱系统陷入瘫痪，暴露了英国政府最高层的腐败。莫斯科自然可能报复。"

"可为什么现在才来找你？"

"也许因为他们最近才知道我们是谁。比安卡告诉我，局里最近出现了一次安全漏洞，有人访问了西拉诺行动的文件，我的名字在那份档案里。因为我改过名字，居无定所，所以他们要花一些工夫才能找到我。这些年来，我陆续在墨西哥、哥斯达黎加和亚洲的许多地方居住过。然后我收到了你的邮件，说你搬到缅因州，仿佛找到了世外桃源。"

"我可能说得好过头了。"

"不，你没有。这里的确有家一般的感觉，或者说，直到这一切发生。我很抱歉暴露了这个安全的小天堂，连累到你们。"

"我们会度过这次劫难的。我们一向如此。"

"不一定。这周发生的事打破了我对自己的所有英雄式幻想。"我把剩下的威士忌一饮而尽,站了起来,"太晚了,明早见。德克兰,谢谢你,不只是为了今晚,而是……为你所做的一切。"

"你也会为我这么做的。"

我对他笑了笑。没错,是的,我会的。我从客厅走向楼梯,这时德克兰在我身后喊道:"玛吉,你想在这里住多久就住多久。"

"别太慷慨了,这会给你带来危险。"

"这幢房子很大,对我来说可能太大了,我需要你的陪伴。"他停顿了一下,"很高兴有你陪着。"

我也是。

我转过身,看见他坐在壁炉前,凝视着灰烬,没有看我。我们认识近四十年了,但他总有一种冷酷知识分子的超然气质。尽管向我敞开家门,但我仍能感觉到我们之间的距离。对于我们这种人来说,不信任所造成的距离是自然存在的。

"我会考虑的。"我说。

我回到二楼的卧室,关上门。出于习惯,我还是把门锁上了,尽管我知道这幢房子很安全,只有朋友和乔·锡伯杜知道我住在这里。和我一样,德克兰有最先进的安保系统和武器。今晚早些时候,我看见他从保险箱里取出一盒子弹,装进两个弹匣。尽管表面很冷静,但他一定也很紧张。

手机嗡嗡作响,收到一条新短信,是对我下午发出的加密邮件的回复。

曼谷见面。细节之后再说。

现在我知道接下来该去哪儿了。我必须找到那个被我鄙视的女人，那个在马耳他和我一起执行任务的女人。黛安娜有答案，她一定知道是谁想杀了我们。

但这个晚上，当我闭上眼睛，我又一次想到丹尼。我记得那天早上最后一次收拾行李时他看我的眼神，记得他弯下腰和我吻别时的样子。如果我们按原计划出走，如果我拒绝执行最后一次任务，如果我们没有去马耳他，我们的生活将会多么不同啊。

在马耳他，一切都分崩离析。

第二十四章

马耳他，十六年前。

贝拉·哈德威克继承了母亲的姜黄色头发和无瑕的粉嫩肤色，但没有卡米拉的天鹅颈和高贵姿态。当我早餐时和母女俩隔着桌子面对面，很难不将天鹅般优雅的母亲和丑小鸭女儿进行比较。在这个炎热的夏天，卡米拉租了这个别墅，花园露台被葡萄藤遮蔽，是个凉爽的避暑场所。附近一处石头喷泉溅起水花，令人愉悦的阵阵薄雾飘来，橙子树上的麻雀叽叽喳喳地叫着。在这个极度缺乏植被的小岛上，大部分景观都是石头和混凝土组成的。这个由修道院改建的别墅远离交通繁忙的瓦莱塔，是个绿树成荫的休闲圣地。

"为什么不让我坐飞机送你回伦敦？"卡米拉说，"你父亲这么不信任我吗？"

"爸爸说，他无论如何都得来这里。"贝拉漫不经心地把盘子里的草莓拨到一边。看来她不喜欢吃草莓，因为她一个都没放进嘴里，而是把它们排成一条防线，仿佛她正被围攻。

"他来这儿还有别的原因吗？"卡米拉问。

"他说他要见一个人，所以我们明天才能飞回去。他这次过来不是为了接我，而是为了工作。"贝拉叹了口气，放下叉子，

"回家的路上,我可能还得听他跟我谈怎么做生意,他总喜欢在钱的问题上对我指手画脚。"

卡米拉看着女儿,表情柔和了一些。是的,她很清楚前夫会把什么放在第一位。"那是因为你知道他在说什么。你比我更有数字方面的头脑,亲爱的。"

"好吧,我不想谈钱的事情,现在我只想知道我们今天要干些什么。"她抬头看着我,"很高兴你能来!我想让妈妈见见你。"

"玛吉,贝拉一直在谈论你。"卡米拉的表情很友好,但我感觉到她并没有完全认同我。毕竟,我是她前夫的随行人员,不一定值得信赖。

"玛吉在时尚行业工作。"贝拉说。

"那是以前的事,"我纠正道,"是我之前的工作。"

"现在你为菲利普工作吗?"卡米拉问。

"不,我是和丈夫加拉格尔医生一起过来的。哈德威克先生请我在回去的航班上陪着贝拉。"

"因为他对我说的任何话都不感兴趣。"贝拉轻声说。

"嗯,他就是那样的人。"卡米拉说,"他对每个人都这样。如果知道他是个这样的人,我就……"她停住话头,忍住了想说的话。她看向花园,大理石雕像围绕着一个水蓝色游泳池。她租的别墅远比哈德威克那帮人在瓦莱塔住的五星级酒店更有魅力,哈德威克完全可以过来住,但这对前夫妻宁愿彼此保持距离。

卡米拉问我:"他把那个女人带来了吗?"

"你是说西尔维娅?"我摇摇头,"没有,她留在伦敦。"

"基思和维克托呢?"

"他们一起来了。"

卡米拉皱了皱眉头。"走到哪儿跟到哪儿,像双胞胎兄弟一样。顺便问一下,菲利普和那个女人进展得怎么样了?"

"妈妈,"贝拉有些厌烦地说,"别再说她了好吗?"

"好吧,"卡米拉叹了一口气,"当然可以。我只是想知道这个能维持多久。"

"比上一个长,"贝拉说,"至少西尔维娅在我面前不是个贱人。"

"贝拉。"

"好吧,我只是说实话。上一个——"

"不说这个了,我们必须继续前行。我常常告诉自己,继续前进才是明智的。"

贝拉交叉着双臂,懒散地靠在椅子上。有那么一会儿,我们三个人一言不发,只有花园里的麻雀叽叽喳喳地叫着。一个女仆拿着托盘下来,收走盘子。

等女仆再次离开,我问贝拉:"你爸爸来这儿谈什么生意?"

"我没问,只知道他今晚有个会。"

"和谁?"

她耸了耸肩。"某个人。"

某个人。我瞥了卡米拉一眼,她正在倒咖啡,似乎没有注意我们的对话。

"这意味着我们还有一整天的时间。"贝拉脸上泛起笑容,"我们一起去逛街吧!"

"亲爱的,我不能去。"卡米拉说,"今天下午我和你爸爸约好见面。你们坐出租车去吧。"

贝拉跳了起来。"我去拿钱包!"

贝拉走上台阶进入别墅时,卡米拉和我都保持着沉默。直到女儿走到听不见话音的地方,卡米拉才问我:"当贝拉的朋友,他给你钱了吗?"

"一分钱都没有。"我看着她的眼睛,"我就是贝拉的朋友。"

"为什么?"

"因为我碰巧很喜欢贝拉。"

"因为你喜欢贝拉,菲利普就把你带来这里吗?"

"反正我丈夫要来,我又没来过马耳他。我很乐意跟着一起。"

至少对她来说,这个理由听上去很合理,比仅仅是贝拉的朋友要合理。虽然家里很富有,但贝拉的生活很不幸——父亲嫌弃她,母亲可怜她。难怪她这么需要友情。

"她似乎没有多少朋友。"我说。

"那所学校的氛围很糟,不容易交到朋友。"

"那为什么送她去那儿?"

"菲利普说要'塑造她的个性'。他在寄宿学校吃过很多苦,所以要让贝拉也在寄宿学校吃苦。"

"这不太像爸爸做出来的事。"

"他不是在抚养女儿。他想把贝拉塑造成他的替身,一个可以接替他掌管大权的人。从她刚学会十以内加减法时起,他就开始以此为目标培养她了。对他来说,一切都是生意,可惜我发现得太晚了。"

我看着她往咖啡里加入更多糖,用勺子轻轻敲着茶杯,发出悦耳的叮当声,一只麻雀在橙子树上叫着,仿佛在附和这音乐。

"我可以问一下,你们结婚了多长时间吗?"我问她。

"八年,实际上只有七年半。我们离婚的时候,我想拿到贝拉的监护权,但菲利普不会放弃任何东西,即使是他根本不想要的东西。能让她经常和我见面,我已经很知足了。"她靠近我,轻声说:"如果你真的是她的朋友,请帮忙照顾好她。"

"这是自然。"

"千万要小心。"

我皱起眉头。"小心什么?"

"小心和他交往的那些人,其中一些人让我很害怕。"

"你是说基思和维克托吗?"

"他们算什么?"卡米拉轻蔑地挥了挥手,"不,他们无所谓。我说的是其他人。"

"我不知道你在说谁。"

"和他做生意的人。尽量让贝拉远离他们。如果有什么事情出了错,如果菲利普的某笔交易出了问题,我不想让她受到任何牵连。"

"能说详细一点儿吗?"

"我还是不说了,为了我们的安全。"她盯着我看了一会儿,"真的吗?他真的没付钱给你吗?"

"他要给我钱,但我没收。"

"看来你是第一个拒绝他的人。"

"世界上不是所有东西都能买到的。"

"菲利普的观点与你相反。"她抬起头,贝拉从别墅里出来了。

"玛吉,我准备好了!"贝拉大声说道,"走吧,我们去逛街吧。"

我站了起来。"谢谢你的咖啡。"

"谢谢你能做我女儿的朋友。"她停顿了一下,平静地嘟囔道,"如果你真的是她的朋友。"

*

"很高兴爸爸带你来了,"走在瓦莱塔狭窄的小巷里时,贝拉对我说,"学校里的朋友都不愿意和我来这里玩,还有妈妈……"她耸了耸肩,"算了,她只是我的妈妈。"

"她每年夏天都会来这儿吗?"

"不,去年是科西嘉岛。她只是来避寒。"

"阿根廷并不冷。"

"那里现在是冬天。"

"阿根廷的冬天没有那么冷。"

"对我妈妈来说,就是很冷。我妈妈喜欢热的地方,就像某种奇怪的蜥蜴。我很怕热。"

贝拉在街头小贩的手推车前停下脚步,慢慢地仔细看着那些小饰品。她忘了戴帽子,脸被晒得通红,圆圆的脸颊上汗珠闪闪发光,看起来像个闪亮的粉色沙滩球。

"这个怎么样?"她举起一对锡制镂空耳环问道。

"我觉得在这条街上的其他小贩那里买会更便宜。"

"有完全一样的吗?"

"肯定有。"

"哇,你怎么什么都知道?"

我的确什么都知道。我知道早上加文坐在酒店的大堂里,假装在看报纸。我知道黛安娜在酒店的餐厅,与吃早饭的哈德威克和基思只隔了几张桌子。黛安娜带来的人和哈德威克及其手下同住在一家酒店。对于一项监视行动来说,这里条件相当奢侈,但这一切都是"山姆大叔"提供的便利。

"那就算了。"贝拉把耳环放回手推车上,"其实我并不是很喜欢这对耳环。"她抬头看着刺眼的阳光,"天哪,太热了。"

"你会被晒伤的,你需要戴顶帽子。"

"妈妈一直这么说。"

"你想去酒店吹吹空调吗?还是去你妈妈租的别墅吃午饭?"

贝拉做了个鬼脸。"反正不去妈妈那儿,我讨厌那里的厨师,只会做无聊的沙拉和烤鱼。你知道我现在最想吃什么吗?"

"什么?"

"汉堡和薯条。你住的酒店里应该有,对不对?"

"我还以为你是个素食主义者呢。"

"我试过坚持吃素食,但那太难了,你也知道。"

我笑了。"那么,就选汉堡吧。"

我们沿着鹅卵石街道散步,很快两人都汗流浃背,不停地扇着扇子。作为一次购物之旅,这趟行程非常失败。贝拉只拎着一个购物袋,里面是一条丝巾。我想起她在曼宁庄园的衣柜,里面挂满了价值不菲却不合适的连衣裙。相比起来,这次绝对是进步,贝拉更会精挑细选了。

正是午后慵懒的时刻,午餐时间已过,晚餐为时尚早,当我们到酒店时,餐厅里空无一人。女侍者把我们带到餐厅外的海边露台上,我们在桌旁坐下。贝拉立刻拿起菜单,全神贯注地寻找心爱的汉堡——肉排要七分熟,还要配薯条——没有注意到露台上还有其他人。我发现基思坐在远处的角落里,几乎被完全挡住,这意味着他的雇主一定在附近。我环顾四周,很快在棕榈树盆栽后的座位看见了哈德威克和卡米拉。他们表情严峻,就像两个棋局正陷入焦灼的国际象棋棋手似的面对面坐着。尽管植物盆栽遮挡了他们的身形,但叶子并没有掩盖说话的声音。

"这太危险了!我不想把她牵扯进来。"卡米拉说。

贝拉听到母亲的声音，唉声叹气道："天哪，他们也在这里。"

"假装没看见他们。"

"说得轻巧。我们最好赶紧离开。"

但我不想离开，我想知道他们在说什么。"你已经点好单了。"我对她说，"当他们不存在，好好吃午饭吧。"

哈德威克说话了，他的声音很轻，我只能听到"协议里不是这样的"。

"她生活得很不快乐。"

"她需要稳定的生活环境。"

"在寄宿学校吗？她讨厌那里。"

"要么就此沉沦，要么拾级而上，她必须了解这个世界运作的规则。我就是这么学到的。"

"生活不是训练营！我想带她回家。"卡米拉说。

"这和协议里不一样。"

"我从来没有同意过那份离婚协议，那是你逼我的。"

"要怪就怪你的律师不称职，不是我的问题。"

我看着这对怒目而视的前夫妻，心想难怪西尔维娅会留在伦敦。我无法想象还有什么情况会比情妇和前妻在同一座岛上相互周旋更加动荡不安的了。

贝拉双手抱头，好像头疼得很厉害。"老天，快给我上汉堡吧。"

"假装不认识他们。我像你这么大的时候常做这种事。"

"假装不认识父母？"

"我爸爸。每当他喝醉，跟跟跄跄地走在路上时，我就假装不认识他，直接从他身边走过。"

"你从来没跟我提过他的事情。"

"没什么好说的。"

"你好像不太爱说你自己的事。"

"我是个无趣的人。"

"看吧,你又来了,你总在避免谈论自己。"

看来她注意到了。十几岁的女孩往往很敏锐,我总是忘了这点。该改变话题了。"他们的确相处得很不好,对吗?"我看着她的父母,问道。

"所以我打算永远不结婚。"

"永远别说'永远'。"

"除非我能碰到加拉格尔医生那样的人。"

我笑了。"恐怕他已经名花有主了。"

"我希望我的另一半像加拉格尔医生看你那样看我。"

我一时说不出话来。有时敏锐的孩子往往能直击真相。我隐藏在众多谎言后面,但贝拉认识到了我生命中唯一真实的事情——我和丹尼是相爱的。我想知道她对我有没有别的看法。她知道我在回避她的问题,知道我刻意隐瞒着秘密。如果贝拉知道我最大的秘密,知道我们的友谊完全是虚构的,她一定会狠狠受伤。

食物总算端上来了,贝拉马上吃完了薯条。接着,她用双手捧起汉堡,正要咬下时,她的母亲对哈德威克说:"她体重增加了四公斤,你是怎么管她的?"

贝拉的汉堡停在嘴边。

"她看起来很健康,"哈德威克说,"重几斤有什么关系?"

"你家里有没有人管她?那个女人呢?"

"这和西尔维娅没有关系。"哈德威克说。

"是啊,当然没有关系。她为什么要管这些事?她已经得到了想要的。"卡米拉把椅子往后一推,站起身来,"她也是你的女儿,请你至少对她表现出一点儿关怀。如果这点都做不到,那我会带她走。"卡米拉刚转过身,就看见了隔着几张桌子的我们。

"妈妈。"贝拉怯生生地说。

卡米拉看见了贝拉手里的食物。"只有一个汉堡?贝拉。"

"我很饿。"

"下次试试沙拉。"说完,她满怀敌意地看了哈德威克一眼,"明天早上你就要和爸爸一起走了,现在应该回去收拾行李。"

"我才刚开始吃。"

"让他们帮你打包。我们走吧。"

贝拉看着没吃的汉堡,叹了口气,把它放下。"我已经不饿了。"她的脸上满是挫败,站起身对我说,"谢谢你带我出去逛街。"

"贝拉,明天机场见。"

卡米拉带贝拉离开餐厅的时候,哈德威克定定地坐在桌子边一动不动。这一定激怒了他,即使拥有巨额财富和强大权力,他也无法掌控生命中的女人。他面朝大海坐着,在波光粼粼的海平面映衬下,只是一个黑色的剪影。我看不见他的脸,所以不知道从何时开始,愤怒让他的大脑皮层产生了雷暴。

他的酒杯突然从桌子上掉下来,摔得粉碎。我立刻意识到事情不对劲,但首先认为是他不小心的。接着,他侧身从椅子上摔到地上,刀叉和碗碟随桌布一起被拖下来,瓷器和银器散落一地。这一突发事件引起了在场所有人的注意。大家目瞪口呆,看着哈德威克躺在地上发抖。

基思猛地从椅子上站了起来。他冲过来,跪在哈德威克身边对着手机大喊:"加拉格尔先生,他癫痫发作了!在餐厅露台!"

两个侍者看着挣扎的哈德威克,不知所措。我发现哈德威克的头旁边有碎玻璃，赶紧踢开玻璃碎片，但他已经被割伤了，地板上沾着鲜血。我听到椅子挪动的声音，周围聚集的人越来越多，有人惊恐地喘着粗气。

"都离得远一点儿，给他腾出空间！"基思喊道。

我把椅子移开，把掉在地上的桌布叠起来，放在哈德威克的头下面垫着。他癫痫的剧烈程度让我感到害怕。在骨头断裂或心脏停止跳动之前，这种抽搐还会持续多久？

然后，我听到了丹尼的声音。他一边挤过来一边命令人群往两边散开。很快，他拿着医疗包跪在我身边。

"他在流血。"我说。

"那个可以等等再说。"他打开一个塑料盒，露出里面的喷嘴，"抓稳他的头！"

我用双手抓住哈德威克的头。他的头发上沾满血，我的指尖也沾上了血。我直视着他的眼睛。他的眼睛半睁着，虹膜向后翻，只露出眼白。他的腿撞击着地面，发出"砰砰"的声音。现在结束他的生命是多么容易啊，我想，只要切开他的喉咙或者用枕头捂住他的脸。这将伸张正义，让世界变得更加美好。而我正在帮助丈夫，让这头怪物继续活下去。

丹尼迅速将药瓶的喷嘴插入哈德威克的鼻孔，按下活塞。

"你在干什么？"

"咪达唑仑。这种药还没被正式批准，但以前对他有效。"我那镇定的丈夫用沉稳的声音让我平静下来，"刚才发生了什么？是什么引起了癫痫发作？"

"没什么。他只是坐在那个座位，看着大海。"

丹尼瞥了一眼。"是阳光，在海面的反射。"

"会引发癫痫吗？"

"闪烁的光可能会。"他低头看着哈德威克,癫痫已经渐渐缓解,"好了,我觉得用药足够了。等一会儿,让他慢慢醒来。现在让我看看他的头皮。"

外面传来警笛声。

基思问:"谁叫的救护车?"

"先生,是我。"一位侍者说。

"他不需要什么救护车!他不想叫救护车!"

"我不知道——"

"没关系。"丹尼对侍者露出让人心安的微笑,"他以前发作过癫痫,你不知道也很自然。玛吉,能递给我一些纱布吗?"

我在丹尼的医疗包里翻找无菌布,一个药盒上的标签引起了我的注意。医疗包深处的药盒本身并不起眼,只是个白底黑字的硬纸板盒子,但药品名称引起了我的警觉。

我以前多次查看过他的医疗包,知道他通常会带哪些药、哪些医疗器械。这是我第一次在他的医疗包里看到精氨酸血红素。

"玛吉?"丹尼叫我。

我把纱布递给他,看着他撕开纱布,压在哈德威克的头皮上。纯棉纱布很快被血染红了。

西拉诺在马耳他。

急救员抬着担架赶来。当他们跑到哈德威克身边时,哈德威克已经睁开眼睛,正困惑地看着四周。

"把他搬回房间就行。"丹尼说。

"不用去医院吗?"一个急救员问。

"不需要去医院,把他搬上楼吧。"

所有注意力都集中在哈德威克身上,没有人关注我。没人发现我跟着担架乘电梯上楼,随众人一起在四楼下了电梯。

没人发现我溜进了哈德威克的私人套房。

以前我从来没进过哈德威克的房间，我和丹尼的房间在三楼，没有机会到这层来。黛安娜的人也进不来，哈德威克连客房服务人员都不让进屋，而且基思和维克托总是守在房间里。对我来说，这是个千载难逢的机会。

这个套房有三间卧室，其中两间——可能是基思和维克托的卧室——都关着门。客厅里放着一张沙发和几把椅子，丝绸抱枕是浅黄色的。桌上放着丰盛的水果，吧台摆着威士忌和香槟。墙上有一台大屏幕电视，双开门通向可以看到海景的阳台。

角落里的桌子上放着一台笔记本电脑。

我从敞开的门瞥了一眼哈德威克的卧室。所有人都在忙着把他转移到床上，没有人注意我。

我走到笔记本电脑前，轻敲键盘唤醒主机，登录系统自然要输入密码，但是我看到电脑的 USB 接口上插着一个 U 盘。

我听到担架车轮子的"嘎嘎"声，急救员已经把哈德威克搬到床上，准备离开了。没有时间思考下一步行动，也没有时间评估后果，我的眼中只有仅此一次的机会。

我拔出 U 盘，塞进口袋，走出房间。

我从应急通道的楼梯走到三楼，看到一辆清洁车停在走廊尽头，清洁工正在客房里忙碌。我悄悄走到黛安娜指挥行动的三〇二号房，敲了敲门。

黛安娜打开门，惊讶地看着我。我从她身旁挤进房间。

"你来这儿干什么？你应该在——"

我把 U 盘递给她。"复制内容。现在。"

"这是什么？"

"从哈德威克的笔记本电脑上拔下来的。"

她立刻走到自己的笔记本电脑前，把U盘插入USB接口。虽然哈德威克的笔记本电脑有密码保护，但U盘可能没有设置密码。我看着黛安娜把U盘里的文件一个个复制到自己的笔记本电脑上，心跳不断加速。

"这都是什么文件？"黛安娜皱着眉头问我。

"我不知道。我刚刚把U盘从他的电脑上拔下来。我得在有人意识到U盘不见之前把它插回去。"

"有没有人看见你——"

"西拉诺在这里，在马耳他。"

她转过头，聚精会神地看着我。"什么？你是怎么知道的？"

"丹尼的医疗包里有一盒精氨酸血红素。那一定是他从伦敦带过来的，他以前从没带过这种药。"

文件还在传输，所有文件的文件名都很怪。时间一秒一秒过去，我看了一眼手表，非常焦急。快点儿，快一点儿。传输文件为什么会花这么长时间？我得赶紧回到哈德威克的套房，把U盘插回他的电脑。即便没有人注意到我的行动，但仍然有个问题需要解决——如何才能删除电脑上的"设备未正常弹出"的信息。癫痫症状平息以后，惊魂未定的哈德威克很可能会忽略这一点。强烈癫痫不是会造成短暂失忆吗？或许他会认为错误是自己造成的，我只能指望这个了。

过了一会儿，传输终于完成。

黛安娜拔下U盘递给我。"丹尼说过药是给谁带的吗？"

"没有。他本没有理由携带那种药，据我所知，他这次只是为了照顾哈德威克。"

"我会派个人跟踪他，如果西拉诺在马耳他——"

"丹尼会直接带我们找到他。"

第二十五章

从应急通道回到四楼时,我觉得口袋里好像放了一个嘀嗒作响的定时炸弹。如果哈德威克的手下在我身上找到 U 盘,那它无异于一颗炸弹,将决定我的命运。他们会知道是我拿走的。

这意味着,我会被清理。但在此之前,他们会用尽一切手段从我嘴里问出真相。

沿着走廊走向哈德威克的套房时,我能感受到炸弹的嘀嗒声越来越响。套房的门关着,上了锁。我的心怦怦直跳。我犹豫不决地举起颤抖的手,敲了敲门。

维克托打开门。他对我一直很不友好,现在看我的眼神更是充满了怀疑。还是说这只是我带着罪恶感的想象?

"我想看看哈德威克先生怎么样了。"我说。

"他睡着了。"

"我想找我丈夫说点儿事,我想告诉他——"

"他已经走了。"

"可他刚才还在这儿。"

"他和基思出去见个人,他们晚饭时才会回来。"

"他们去哪儿了?"

"好了,加拉格尔夫人,"他厉声说,"你何不去楼下酒吧喝一杯呢?我还有事要忙。"说完,他关上门。

他和基思出去见个人。

我飞快地从四楼冲到酒店大堂,但没找到丹尼。

我冲到酒店门口,一辆黑色奔驰车正好开过来,但车上也没有丹尼。

我拿出手机,想告诉黛安娜丹尼已经开始行动,需要有人跟着……

这时,我发现了丹尼和基思。他们正在穿过一条拥堵的街道,丹尼带着他的医疗包。

附近没人能跟踪他们,出马的只能是我。

U盘还在我的口袋里,但我没时间考虑何时如何把它送回哈德威克的套房了。我把全部注意力放在沿着街道前行的丹尼和基思身上。丹尼没有停下来打量身后,似乎没有意识到被人跟踪。但基思会在每个转角回头观察环境。我被迫卷入这场危险的游戏。如果被基思发现,他肯定会知道我在跟踪。

当他们沿着海滨步道前行时,我刻意放慢脚步,离他们更远一些。这里没有什么遮挡物,周围也没有可以临时躲避的商店,我只能依靠距离确保自己不被发现。我还能跟上他们,他们一直在我的视线范围里,但身影越来越小。

他们正走向码头。

一艘摩托艇从港口经过,一排帆船的桅杆随着摩托艇带起的波浪舞动着。丹尼和基思走下码头的时候,我不得不停下脚步。码头上完全没有掩体,跟上去很可能被发现。我看着他们登上一艘等待着的小船,感觉很沮丧。

直到小船驶离,我才冲到码头上,目不转睛地盯着船。它没有开远,而是直接驶向停在不远处的几艘豪华游艇。那是一整支专为富人享乐服务的船队,就像一支海军舰队。

"是他们吗?"一个声音说道。

我转过身,看见加文站在我身旁。我的注意力一直集中在基思和丹尼身上,没有注意到赶来帮我的同事。

"他们在那儿。"我指着刚刚靠向游艇的小船说。

加文拿起双筒望远镜。"他们要登船了。"

"那艘游艇叫什么名字?"

"你自己看。"他把望远镜递给我。

我透过望远镜看着游艇船尾,船名逐渐清晰。渴望号。

"我想我们找到西拉诺了。"加文说。

*

我已经完成了来马耳他要做的事情,可以马上收拾行李,跳上飞机,抛开一切。这才是我该做的,因为我在西拉诺行动中承担的任务已经结束了。两小时后,黛安娜会带人冲上亿万富翁艾伦·霍洛威爵士名下的"渴望号"。霍洛威爵士以前和哈德威克进行过一些小交易,从未引起过怀疑。现在,中情局才开始关注霍洛威那并不明朗的出身背景,以及他迅速攀升到英国社会顶层的经历。一旦霍洛威被带走,被送到摩洛哥的拘留所接受审讯,俄罗斯人就会知道他们的人已经暴露了。他们会认为泄密的是哈德威克身边的人。

哈德威克很快会知道,背叛他的人是我。

我应该立刻上飞机,去一个俄罗斯人和哈德威克找不到的地方。对我来说,最安全的做法是就此消失,但这意味着留下丹尼独自面对一切。我不能这样做。

所以,我只能等待。

听到丹尼拿出钥匙卡开门的时候,天已经快黑了。他走进房间,把医疗包放在梳妆台上,始终沉默。我意识到,出事了,有些事情发生了变化。

"你去哪儿了?"我问他。

"给人看病。"

"哈德威克还好吗?"

"不是哈德威克,是别人。"

"你在岛上还有其他病人?"

"她住在游艇上,需要医疗方面的照顾。哈德威克先生让我去看看。"

"游艇上?什么样的游艇?"

"问这个干什么?"

"我只是好奇,我从来没坐过——"

"在你那儿吗,玛吉?"他平静地问道。

"什么?"

"U 盘。"

我一时不知该如何回答他。"你在说什么?"过了一会儿,我终于能发出声音。

"哈德威克先生的电脑上丢了一个 U 盘,里面存储着极度机密的财务信息。基思和维克托正在翻箱倒柜地找。"

"你为什么问我?"

"因为你在那里,在房间里。因为我看见你出现在笔记本电脑旁。"

"你怎么会——"

"卧室里有面镜子。把他从担架抬到床上的时候,我碰巧抬头看了一眼镜子,发现你在客厅里。我看见你在他的电脑旁边,当时我觉得这没什么大不了的。但后来，我听说他们在找 U 盘，意识到也许是你。"他叹了口气，声音里透着极度疲惫，"如果 U 盘在你这儿，请在他们找你之前还回去——在他们起疑之前。"

我的双腿失去力气，身体瘫倒在椅子上。"你告诉他们你看见我了吗？"我轻声问道。

"我什么都没说。现在为时未晚，求你了，我也许能想办法解决。"

我看着丈夫的眼睛。我相信他爱我，他娶我是为了和我共度一生。但如果我错了，他其实听命于哈德威克的话，那我接下来的举动会要了我的命。

我从口袋里拿出 U 盘，放在他的手心。

"谢谢你。"他转身要离开。

"你打算怎么办？"

"我不知道。塞进他的口袋，或是踢到他的床下面。癫痫总会让他糊涂一阵子，也许他会觉得是癫痫后记忆混乱的缘故，U 盘是他本人从电脑上拔下的，只是他忘了。"

"你不会向他告发我吧？"

"不会。"他在门口停下脚步，"但当我回来，我们需要谈一谈。你必须把一切告诉我。"

丹尼离开房间后，我一时间坐在椅子上动弹不得。现在该跑了，趁他还没回来，趁他还没告诉哈德威克是我背叛了他，但我像一个被绑起来等待处决的犯人那样一动也不动。我不在乎有人朝我头上开枪，因为这意味着丹尼背叛了我，那对我来说无异于死亡。

窗外，夜幕已然降临，但我没有开灯。楼下的餐厅响起笑声和音乐声，我不知道丹尼会不会回来。我担心他会因为娶了我而陷入危险。现在，黛安娜正带人对"渴望号"游艇进行突袭，艾伦·霍洛威爵士和他那位得了罕见病的女友都会被拘留。

赶快逃。收拾行李，赶快离开马耳他！我的本能这样呼喊道。但当丹尼走进一片漆黑的房间时，我还坐在椅子上。他关上门，站在黑暗里。

"玛吉，你在吗？"他大声问。

"我在这儿。"我说。

他也许不想面对我，所以没有开灯。"已经处理好了，"他说，"我设法把 U 盘塞进他的口袋，他多半会觉得只是自己记错了。"

"所以现在没事了？一切都过去了？"

"就这一件事情而言。"他只是阴影中的一个轮廓，站在房间的另一头，离我有一段距离，仿佛他害怕靠得更近一些，我会猛地跳起来，亮出爪子扑向他。"我做了很久心理准备，"他说，"不管你要告诉我什么，我都准备好了。"

"你真的准备好了吗？"

"其实并没有。因为我猜测结果不会太好。"

"坐下来吧。"我说，"好吗，亲爱的？"

"那么糟糕吗？"

"恐怕是的。"

他叹了口气，坐在床上。"只要是事实就行。"

*

在黑暗中，我把一切都告诉了他。我揭开自己撒过的所有谎言，告诉他我的真实身份以及我为谁工作，甚至不想让他看到我的脸。随着秘密渐渐被揭露，我感到多年来压在我身上的重担一点点减轻。我告诉他我们为什么需要菲利普·哈德威克的情报，以及哈德威克为什么这么危险。我告诉他我发现了斯蒂芬·莫斯在马厩里被人勒死，告诉他那些为哈德威克工作过但遭遇不幸的人的事，以及哈德威克是如何处理不忠的他们的——用子弹解决、从窗户推出去、活活烧死。

我把西拉诺的事情告诉了他，下午丹尼刚去游艇上见过西拉诺。

"丹尼，他们都是怪物。他们煽动仇恨和武装叛乱。他们从全世界无辜的男人、女人和儿童的鲜血中获利。他们向所有付得起钱的人非法出售集束炸弹、白磷和神经毒气——市场需要什么，他们就卖什么。你是个医生，你在拯救性命。从某种意义上说，我也在救人的命。这就是我做这份工作的原因，我相信自己在维护世界和平。我也相信，有时候，结果可以证明手段是正当的。所以我接近菲利普·哈德威克，和贝拉交朋友，和这个家庭建立联系，窃取 U 盘。我们需要知道他的钱从哪里来，往哪里去，这有助于我们摧毁这台战争机器里的其他怪物。这都是为了世界和平。"

"所以你要利用我。"

"我需要查看盖伦医疗中心的病人档案。"

"你嫁给我就是为了得到那些档案吗？"

"我嫁给你是因为我爱你。"

"我怎么知道这是不是真的？"

"你无法知道。我能做的就是在余生的每一天对你诉说我爱你。"

"余生。"他像读外语一样重复这个词，"你真的觉得，只有死亡才会把我们分开吗？"

"丹尼，我想要这样，所以才向你坦白一切。原本这些事情我应该隐瞒一辈子，但我告诉你，因为我爱你。我信任你，请你一定要信任我。"

他深呼吸。"我不知道。"

我们坐在黑暗中，沉默了片刻。我们之间发生了那么多，有那么多的谎言，这句"我不知道"是我能想到的最好结果。这意味着他有可能原谅我，我们的婚姻有可能持续下去。

但我们必须先熬过今晚。

尽管睡在同一张床上，但我们没有触碰彼此。我们并排躺着，谁都睡不着，时间慢慢流逝，直到外面天空渐亮。

黎明时分，他下床，穿好衣服。听到他拉上手提箱的拉链，我从床上坐起来。

"我也该收拾行李了。"我说。

"不用。"他坐到我身旁，"玛吉，你待在这里，我一个人回伦敦。"

"什么？为什么？"

"我不希望你靠近哈德威克，不然会有危险。"

"你要怎么对他说？怎么对贝拉说？"

"就说你想一个人玩几天。"

"那你呢？"

"我得和他一起飞回去，这是我的职责所在，我不能现在反悔。"

"不，丹尼！我们可以去其他地方，就你和我。我们可以坐飞机，去一个他找不到我们的地方。"

"玛吉，我必须这么做。"

"因为这是你的'职责'?"

"因为我需要和你分开一段时间。"

我凝视着他。在清晨的阳光下,我清楚地看到这几年来丹尼的变化。自多年前在曼谷相遇以来,他的头发越来越白,眼神越来越疲倦。但即便现在他要离开我,我还是深深地爱着他,胜过其他任何人。

"多久?"我轻声问。

"我不知道,我需要时间思考,想想我们以后该怎么过。"

他用了"我们"这个词,这说明我们的关系应该还有希望,不是吗?

他倾身向前,轻轻地吻了吻我的额头。我不认为这是告别之吻,我拒绝这么想。"我保证,我会打电话给你。"他说,"也许今天不行,但等我准备好了,一定会打。"

尽管我想收拾行李和他一起去机场,但他离开房间的时候,我依旧蜷缩在床上。如果我直接登上哈德威克的私人飞机,和他们一起回伦敦的话,丹尼又能怎么办?

但我决定尊重他的愿望。我可以给他时间和空间,让他好好想想。相信我们的爱能战胜一切。

我摸了摸额头上他刚刚亲吻的地方,回味着他的嘴唇贴在我的皮肤上的记忆。他以前吻过我很多次,但这次的吻会一直留在我的脑海中挥之不去。这是我必须紧紧抓住的回忆,因为这是他留给我的最后一吻。

三小时后,菲利普·哈德威克的私人飞机在地中海上空爆炸。

第二十六章 乔

现在。

贝蒂·琼斯房地产公司的办公室位于一栋整洁的白色小楼里，这家公司从乔小时候就开在普里蒂的主街上。她记得以前曾走上同样的门廊台阶，也记得门打开时的铃声，这些细节从未改变。几年前，乔和父亲通过这家房地产公司出售了曾祖父的房子和姑奶奶的农场，购买了乔住的两室一厅和她父亲在霍布斯池塘边的营地。在过去的四十五年里，普里蒂的房地产交易很可能都经了贝蒂·琼斯的手。她拒绝退休，大概连过世时都会紧握多重上市服务手册①。

听到门铃声，坐在办公桌后面的贝蒂抬起头。她七十四岁了，头发染得乌黑，穿着西装外套和白衬衫，眼神里仍然饱含销售员的热切。"乔，你好！"她说，"外面的天气暖和点儿了吗？"

"还没有。"

"都说今年春天会来得很早。"

"人们会做各种各样的猜测。"

"你爸爸的厨房装修得怎么样了？"

---

① 多重上市服务（Multiple Listing Service，MLS），房地产领域的一种合作机制，核心在于房源信息共享。

"你听说了？"

"在五金店听说的。皮特说，你爸爸买了一个最新型号的电磁炉。虽然厨房改造的钱通常可以在卖房子时赚回来，但很多人还是想用液化气。欧文应该考虑到这一点。"

"我爸最近不准备卖房子，即便要卖，我相信你也会很快帮我们准备好各类文件。贝蒂，我是想问你——"

"你哥哥呢？芬恩还在北边上班吗？"

乔做了个深呼吸，强迫自己冷静下来。父亲常常告诉她，不要小瞧谈正事之前的闲聊，必须控制直奔正题的习惯。她从来不是那种会在街上闲逛，和邻居聊天的人。她知道这常常被人认为是不友好的表现，事实上，她和其他人确实没什么话好说。但关于哥哥芬恩，她正好有消息要分享。

"上周他过得很辛苦。今年的冰很薄，有个孩子骑雪地摩托掉进冰洞里了，作为监护服务人员的芬恩钻到冰层底下捞到了尸体。"

贝蒂摇了摇头。"他的工作真可怕。"

"这就是他受训要做的事。"

"替我向他问好。如果想买房子，我有不少好选项可以推荐给他。"

乔沉默了一瞬。闲聊得差不多了，乔心想。"贝蒂，能不能帮我个忙？"

"想换房子吗？嫌你的两室一厅太小了？"

"不，我只是想了解一下镇上出现的新面孔。他们的房子可能是从你这儿买的。"

"也许是。你想问谁？"

"比如玛吉·伯德。"

"哦，没错，她买下了莉莉安的黑莓农场。她付钱很爽快。"

"德克兰·罗斯呢？本·戴蒙德呢？还有英格丽和劳埃德·斯洛姆夫妇。"

贝蒂笑了。"他们的房子都是从我手里买的。"

"你能提供一些他们的情况吗？"

"大约十年前，我把枫树街的一幢房子卖给了戴蒙德夫妇。可惜的是，一年多以后女主人死于中风。之后我把栗树街的一幢房子卖给斯洛姆夫妇。他们是本·戴蒙德的朋友，来这儿看望他的时候喜欢上了这个小镇，所以决定搬来这里。之后，他们的朋友罗斯也来到这里，买下了湖边老船长的房子。那座房子状况很不好，需要翻新，但它保留了所有的原始木质结构。听说他后来修缮得很好。"

"这么说，他们搬来以前就认识了？"

"听说是这样。他们在弗吉尼亚的时候关系很好。"

"能让我看看他们的买房合同吗？"

贝蒂皱起眉头。"等等，乔，这是警方的调查吗？他们犯了什么事吗？"

"没什么，我只是想加深对镇上新来的住户的了解。"

"好吧，他们都是退休后过来安度晚年的，戴蒙德先生都七十多岁了。很难想象他们会惹事。"

"相信我，他们没有惹麻烦。"

贝蒂打量了乔一会儿，显然是在衡量帮客户保密和与锡伯杜家的交情哪个更重要。在这样的小镇上，贝蒂知道哪些人可以信任，哪些人不能。而锡伯杜家在这里住了一个多世纪，没有理由被怀疑。

"我帮你复印一份。"贝蒂说。

＊

晚上，乔从冰箱里拿出一些吃剩的肉，挑了几根已经发软的胡萝卜和一个刚刚发芽的土豆。这个土豆应该还能吃吧？她应该上网查查，或问问退休前教生物的父亲。但父亲今晚在格林维尔看望芬恩，再说了，刚发芽的土豆能有多大毒性呢？她把土豆削皮，切成薄片，放在炉子上慢炖，然后坐到桌子旁，开始看从贝蒂那里复印的房屋买卖合同。

合同中没有太多个人信息。大多数细节都是关于购买的房产本身的：位置、建造时间、占地面积、附属设施。没有买家以前工作的任何信息，但乔了解到，他们以前在弗吉尼亚住得很近：斯洛姆家住在麦克莱恩，本·戴蒙德住在福尔斯彻奇，玛吉·伯德和德克兰·罗斯住在莱斯顿。他们可能正是因为住得近才成为朋友的。他们都用现金买了缅因州的房子，没有申请抵押贷款，这种情况虽然不寻常，但并不奇怪。与他们在弗吉尼亚州的住房相比，缅因州农村的房地产价格低廉，卖一套麦克莱恩的房子得到的现金能在普里蒂买一幢豪宅。

迄今为止，她对这群特殊的退休人员了解不多。他们没有用本名登录过社交媒体，所以乔在网上搜不到这些人。她在谷歌上找到了一些线索。如同德克兰·罗斯所说，他是一位历史教授，名字出现在东欧一所大学的离职教工名单上。其他人的名字在普里蒂的报纸上出现过一次，他们被列为镇图书馆的捐赠者。而在搬到缅因州之前，他们一直是隐形人。

乔又低下头看了看房屋买卖合同。历史教授、酒店用品销售、秘书、海关经纪人和政府分析师，这些人身上有什么共同点？

分析师。乔回忆起劳埃德·斯洛姆描述自己职业时说的话：

"我在办公桌前为政府收集信息和分析数据。实际上,这个工种非常枯燥。"

一个居住在弗吉尼亚州麦克莱恩的政府分析师。

乔猛地把椅子往后推,差点儿压到露西的小爪子。"我真是个白痴。"她对狗说道。她关掉炉子,从挂钩上扯下外套。"走吧,露西,出去兜兜风。"

*

劳埃德·斯洛姆穿着围裙、戴着烤箱手套开了门。乔在玄关就可以闻到烤肉的味道,就连坐在车上的露西都闻到了,饿得发出呜呜声。

"锡伯杜警长,有什么需要帮忙的吗?"劳埃德问道。

"我可以进去吗?"

"当然可以。抱歉,我正在做焗饭,炉子边不能离开人。"劳埃德招手让她进屋,然后飞快走进厨房。乔跟在劳埃德后面,看着他径直走到炉边,搅拌锅里的米饭。可惜她家里没有男人为她做饭。她想起了自己的晚饭——那块可怜巴巴的冷的夹肉面包和可能有毒的发芽土豆,羡慕地看着砧板上新鲜的碎香草和为沙拉准备的嫩生菜。她知道她应该多吃沙拉,但总是忘记冰箱里的生菜,直到它们腐烂成汁液。

"你的朋友们现在在哪儿?"乔问。

"我的朋友?"

"罗斯先生、戴蒙德先生、玛吉·伯德,你们怎么称呼自己来着?马提尼俱乐部?"

"我不是大堂经理,你应该去他们各自家里找人。"

"他们都不在家,像是离开了小镇。你知道他们去哪儿了吗?"

劳埃德只是搅拌着焗饭,表现得镇定自若。"我再说一遍,我不是大堂经理,也没在他们身上装定位器。"

"你至少应该知道你老婆在哪儿吧?"

"英格丽在楼上摆弄电脑。"

"我觉得她很擅长。"

"打探消息吗?没错。"

"分析师先生,你应该也是。如果我猜得没错,你应该是中央情报局的分析师吧。"

劳埃德像是没有听到她说话似的,不停地搅拌着。乔绝对不想因为刑事调查审问这个男人,因为她很可能一无所获。

"嗯?"乔追问道,"我说中了,不是吗?"

"我否认了吗?"

"但你也没承认。这事是保密的吗?能跟我说实话吗?"

"我可以说实话,但我通常选择不说。既然你是一位警察,那么,好,我承认我曾是中央情报局的分析师。在你看来,这份职业可能如同电影里的詹姆斯·邦德那样令人激动,但我只是一天到晚坐在办公桌旁,喝大量咖啡,参加很多会议。"

"那你的妻子呢?那位'秘书'。"

劳埃德停顿了一下。"她是个优秀的秘书。"

"她还有什么身份?"

"你得自己去问英格丽。"

"如果告诉了我真相,她会杀了我吗?"

劳埃德疲惫地叹了口气。"这个笑话并不好笑。"

定时器响了。劳埃德打开烤箱,烤肉的香味扑鼻而来。他从烤箱里拿出烤盘,放在炉灶上。乔目不转睛地看着烤肉油光闪闪的酥脆外皮。天哪，到哪儿才能找个会做饭的丈夫？

"锡伯杜警长，你还有要问的吗？"

"你的那些朋友，那些伙伴，他们也是中情局的人吗？"

"为什么这么问？"

"我认为这和玛吉·伯德的遇袭有关。"

劳埃德又开始搅拌焗饭，不再看她。他拿着木勺在锅里画圈，过了几秒钟，说道："我会和伙伴们讨论的。"

"他们现在在哪儿？"

"我无权透露。"

"看来你知道他们在哪儿。"

"也许吧。"

"但你不肯告诉我。"

劳埃德放下勺子，转身面对乔。他的确穿着围裙，他的身上的确满是猪油星子，他的确年纪大到足以当她的父亲，但那透过眼镜看向她的猫头鹰般的眼神让乔无力面对。"锡伯杜警长，需要你知道的时候我会告诉你的。我的伙伴仍在搜集信息，这需要时间和精力。一旦我们掌握更有用的信息，我们会考虑和你分享。"

"考虑？"

"出于礼貌。我们确实很愿意提供帮助。"尽管劳埃德又笑了起来，但乔知道很难从他这里问到更多了。

我被一群老家伙耍了。乔开车回家时想着。

好吧，也许不是一般的老家伙。仔细想想，他们也没那么老。乔想起爷爷，八十八岁的他还在自己砍柴，乔的父亲六十七岁还能毫不费力地爬山。英格丽和劳埃德才七十多岁，仍处于事业的巅峰。他们的银发里肯定藏着许多不愿与她分享的秘密。

至少现在还不愿分享。

第二十七章 玛吉

曼谷，现在。

我被跟踪了。

穿过王朗市场，偶尔停下浏览摊上的商品时，我感觉跟踪者一直在背后盯着我。在一个卖丝巾的摊位上，我仔细挑选着各种式样、五颜六色的丝巾，每一条都用皱巴巴的玻璃纸包着。卖丝巾的女人已经上年纪了，缺了两颗门牙，皮肤像晒过的皮革一样。但看我挑选商品的时候，她的眼神明亮而警觉。我其实并不想买丝巾，因为家里已经有十几条了，准备在忘记别人生日时当作礼物送出去。但不管怎样，我还是在这里买了一条，选了一条色调沉稳的灰色丝巾。这确实是我喜欢的颜色，因为它很不起眼。我把价格砍到六百泰铢，然后拎上装着战利品的塑料袋离开了。我并不着急，和其他来度假的游客一样，我穿着凉鞋和短裤，在市场里漫步。这些年轻游客看上去都很高，或者是我因为年龄增长变矮、头发变白、关节也僵硬了？当然，和这些皮肤光滑的年轻人比起来，我一点儿都不引人注目。曾经我不得不乔装打扮才能不被注意；而现在，我根本无须费力，因为我真的毫不起眼。

没人注意到我，除了跟着我的两个男人之外。

在离开市场之前，我暂时不想摆脱他们。表现得一无所知比较好，因为跟踪者一旦知道被发现了，游戏规则就会改变，风险系数会随之升高。

走到食品摊位时，我放慢脚步，并不是因为想和跟踪者玩猫鼠游戏，而是因为这里是我和丹尼相遇的地方。过了这么多年，这里还是老样子，餐车里飘出的气味也一如那时。我闻着八角茴香、肉桂、罗勒和香菜的气味，仿佛看到他就站在这里，背着破旧的背包，穿着那件印有翻译得很糟糕的泰文的T恤。还有他的微笑。没有人像丹尼那样对我笑过，这就是我沦陷的原因。我看着我们一起狼吞虎咽吃面条的那张塑料桌，悲伤突然袭来，就像一股强大的浪潮，让我跟跄着后退了几步。

眼前变得模糊，泛起点点金光，市场的喧嚣之声突然淡去，化作一片远处的轰鸣。我不再关注周围的游客，也不在乎是否被人跟踪。即便有人把我拖走，对着我的头开枪，我也完全不在乎。如果我现在死了，丹尼的脸将是我最后的记忆。

我不该来这个市场，不该唤醒旧时阴影。

空气潮湿，气压很低，仿佛一团有毒的云雾，混杂着蒸汽、汗水和各种香料的气味。我离开小吃摊，盲目地沿着一条小巷往前走。走了一会儿，我站在一家商店的橱窗前，看着无头人体模特身上的丝绸服饰。我做了几个深呼吸，强忍住泪水，凝视着橱窗，装作在欣赏展示的衣服。橱窗像面镜子，映照出我的脸，面对现在的自己让我感到很痛苦。如果世界上没有镜子，我们可以假装自己被冻结在那段时光中，面容比实际年龄年轻几十岁，但这面橱窗打碎了这种幻觉。我已经六十岁了，我可以在橱窗里的脸上看到慢慢变老的痕迹，也可以看到离开酒店以后一直跟着我的那两个男人。他们一个站在售卖冰激凌的推车旁，一个假装在看绳结制成的小动物。两个人都没看我,但我知道他们都在关注着我,而我很感激他们的关注。

最后,我和本的视线在橱窗里相遇了,他对我耸了耸肩。他的脸涨得通红,光头在高温下闪闪发光。今天缅因州的最高气温只有零下五度,本、德克兰和我都还没适应曼谷的高温。年轻的时候,我们可以从一个时区飞到另一个时区,下了飞机就去酒吧,准备第二天一早投入战斗。但那已经是过去的事情了,如今本和德克兰的脸上满是疲惫。三个年迈的间谍还想证明自己宝刀未老,没有比这更令人悲伤的事情了。

我摇摇头,示意该回去了。我们被时差和炎热打败,不得不回去休息,但我们从短暂的市场之行中有所收获:除了这两个男人,没有别人跟踪我。在本和德克兰的盯梢下,我回到酒店,准备打个盹。

*

夜幕降临后,我终于摆脱了热带地区的懒散,融入曼谷天鹅绒般的夜晚。我的朋友们站在酒店阳台的栏杆旁。本背对着我,凝视着河流,光头在月光下微微发亮。德克兰则面对着我,神色自如地监视四周。多年的退休生活并没有使他们的本能变迟钝。两人正在进行三百六十度无死角的监视,自然知道我正在靠近,但直到我站在他们身边,他们都没有说话。

过了一会儿,德克兰向我举杯致意。我听到他杯子里冰块碰撞的叮当声,闻到金汤力酒中柠檬的清新气息。"睡得好吗?"他问我。

"睡得很好。天哪,我忘了外面这么热。你们睡着了吗?"

德克兰咕哝道:"玛吉,我们已经老了,打盹是常事。"

"也就是说,"本转过身,对我和德克兰说,"我们必须调整节奏。"

"循序渐进就行。"德克兰喝了一口金汤力酒。冰块的声音和河水拍打河岸的声音像是打开了时空传送门,让我想起以前执行任务的那些夜晚。那时我曾站在这条河边,呼吸着从湄南河缓缓驶来的船只排出的废气。如果传送门能把我带回年轻的身体就好了,回到那个不需要午睡、走再远的路脚踝也不会疼的时候。那时的玛吉头发依然乌黑亮丽。

本靠在栏杆上,驶过的游船的灯光打在他的头皮上,散发出五颜六色的光芒。"嗯,看来我们的渔网还是空的。"

"才第一天而已。"德克兰说,"我们明天可以盯着它们。"

"这也许是在浪费时间。"我说,"也许对方已经放弃了,不再把我作为目标。明天我先去别的地方转转,你们就回家吧,或是去普吉岛晒晒太阳,在海滩重温虚度的青春。"

本嗤之以鼻。"当只有老奶奶才会看我们一眼的时候,感觉可就不一样了。"

"老奶奶的行为也没什么不妥。"

"在了解到真实情况之前,"德克兰说,"我们不会把你一个人留下。"

"这和你们没关系,伙计们。这是我的战斗。"

"那么就是我们的战斗。"

"我们不再是'火枪手'了。回家吧,拜托。"

"天哪,玛吉,"德克兰说,"要怎样才能让你相信我们是来打持久战的?我们一直相互支持。即使以前生活在地球两端,我们也知道可以彼此依靠。"德克兰看着我的眼睛,"现在依然如此。"

"我只是不想让你们受到伤害。"

"那就告诉我们,我们在对付谁。"本说。

我们在黑暗中沉默对峙。我们三个老朋友本应彼此信任,但历经世事,我们都深知事实并非如此。

"要是知道就好了。"我说。

"你已经告诉了我们马耳他的事情,还有关于哈德威克的事。你是不是还隐瞒了什么?"

"我知道的都已经告诉你们了。"

"我们知道黛安娜·沃德失踪了。"本说,"我们知道有人希望你找到她,另一些人不希望你找到她,甚至不惜杀人。"

"目前大致就是这个情况。"

"这意味着什么?他们分别代表什么势力?为什么要找黛安娜?还是说他们其实另有所图?"

"我一点儿头绪都没有。"我转身看着河面,叹了口气,"这就像回到了他妈的美好旧时光一样。"

*

午夜过后,我溜出酒店,绕了个弯前往沙吞码头。这次我独自一人行动,感到既脆弱无助,又自由随性。这么晚了,街上的游客很少,而且大多数都喝醉了。空旷的街道使我更容易发现跟踪者,但我仍然绕了一段路。走到商店的橱窗时,我会仔细观察橱窗里的倒影,确定背后有没有人。我的技能可能生疏了,但至少还在,已经深深烙印在我的大脑里,形成了根深蒂固的条件反射。

没有人跟踪我。

我悄无声息地走到出租长尾船的沙吞码头。今天只有六七艘船在水面上漂着,一艘比一艘破旧。深夜此刻还在揽客的船夫一定很缺生意,当我走近时,所有船夫都满怀希望地抬起头来。我选择了那位看起来最绝望的船夫的船,他形容枯槁,似乎更应该待在疗养院而不是在河上来回载送游客。今晚,他将赚到近两周的收入。

我登上他的船,用泰语问候,他大吃一惊。这是我另一项生疏的技能,但泰语对话能力依然在记忆中某个幽暗的角落。我不想让其他船夫知道我要去哪儿,所以轻声为船夫说明目的地。他点点头,猛地启动二冲程发动机,那个脏兮兮的小机器喷出味道刺激的废气。这艘船可能已经陪伴船夫半个世纪了,我相信他一定了解船上的每一个螺丝和活塞。

我们顺河而上,河水像一条光滑的黑丝带在我们面前延伸。我们经过酒店、购物中心等一幢幢高楼大厦,这是曼谷这座古城现代的一面,它的血液就是这条河和它的支流。我们的目的地是湄南河对岸的吞武里区的那条特定水道。船夫把船驶向一条运河,然后进入一个船闸,我们是这里唯一的船。等待水位下降的时候,我观察着河的两岸,注意到两边的小屋都关着灯。这是夜间行船的优势,跟踪者必须乘船跟踪,在这样的小运河上,跟踪者将无处遁形。

船闸打开,我们通过船闸。

我们来到一个完全不一样的世界。在阴影中漂流时,我看到香蕉树和棕榈树的剪影,它们是郁郁葱葱的森林的一部分,为住在河边小屋里的人们提供食物和庇护所。黑夜中只有我们的引擎声,它轻柔的声响让我们缓缓前行。河道越来越窄,两边的河岸离我们越来越近。船夫不知道我的目的地的确切位置，我适时告诉他该在哪里拐弯、该在何时减速。我已经很多年没有在这条河道上航行了，电子邮件里的指示在伸手不见五指的黑夜中没有任何帮助。我们走对了吗？是不是错过了入口？

但很快，我看到了前方右边码头上亮着一盏灯笼，发出明亮的橙色光芒。我指给船夫看。

他把船开到灯笼照亮的码头，靠岸并系好绳子。我递给他厚厚一沓现金，然后下船爬上木梯。我看不清船夫的表情，但知道他一定为这次的收入感到很高兴，高兴到他会守口如瓶。船离开码头后，我看到他挥手向我告别。

等到船的引擎声消失，我在码头上徘徊，扫视着黑暗，聆听昆虫的鸣叫声和远处不时传来的汽车喇叭声——即便在这里，曼谷城市的声音依然存在。我透过掩映的树林张望，发现了另一盏橙色的灯笼，这是为我指示方向的路标。

我沿着藤蔓覆盖的道路往前走，到达第二盏灯笼时，我看到了一间小屋。它是一幢架在高脚支柱上的漂亮木屋，有着泰国传统的陡峭屋顶。窗户里透出灯光。他正在等我。

踏上台阶前，我再次环顾四周。房子周围都是丛林，不可能知道是否有人潜伏在阴影里，但我已经到这里了，别无选择。我走上台阶，来到一扇精心雕刻的门前。这扇门很大，足以守护巨人的家，但当它缓缓打开，站在门口的泰国女性矮小得像个孩子。我看到她黑发中夹杂的丝丝银发，意识到她并不是孩子，而应该是个和我年纪相仿的老太太。她那高贵的姿态并未被岁月磨损。

"我是玛吉。"我说。

"他在等你。进来吧。"

我走进屋子，她插上门闩，我们默默走过抛光的柚木地板。我低下头，看到她赤裸的脚，意识到穿鞋进来是不礼貌的，但她没有指出这一点。我们经过一对木雕大象、一个满是石斛兰的花瓶，然后她推开一道木板门，用手势示意我进去。

进入隔壁房间，我惊呆了，一下子停住脚步。那个女人退出去，关上门，给我们留出私人空间。我吃惊得一时说不出话来。坐在轮椅上的人看上去一点儿也不像我的那个前同事和老朋友。加文瘦骨嶙峋，脸上几乎没有肌肉，静脉像蓝色的蠕虫在他的太阳穴蜿蜒。看到我沮丧的表情，他无奈地叹了口气。

"懦夫不适合变老。"随着年龄的增长，他的声音变得又尖又细，或者是疾病夺走了它的力量？

"这些年，我们都很难。"我说。

"至少你还站着。玛吉，其实你看上去很不错。"

我无法用真话回答他说："你看上去像被死亡笼罩着。"他显然病了一段时间了，房间角落里有张电动病床，旁边放着制氧机和雾化器。房间的另一个角落显然是他的办公区，放着一台笔记本电脑和几部手机。疾病或许把加文困在这具身体里，但没有切断他与世界的联系。

"我不知道。"我说。

"关于我的不幸遭遇？"

"我只知道你退休后住在曼谷。"

"考虑到我的病情，这是个非常好的决定。这个国家有许多优秀的医生，我在美国负担不起这种医疗水平。而且无论我需要什么特殊的医疗器械或药品，都可以通过黑市买到。"加文朝着泰国女人关上的门点了点头，"她把我照顾得很好，与我妻子唐娜不同。我的腿第一次轻微抽搐的时候，唐娜就立刻拿出了离婚协议书。医生把这种抽搐称为'肌束震颤'，这是我的症状的临床术语。"

"加文，你生了什么病？"

"肌萎缩侧索硬化。我很幸运，这是种退行性疾病。斯蒂芬·霍金与这种疾病战斗了几十年，也许我也行。我的身体可能正在分崩离析，但至少我的大脑还在全速运转。"

我环顾四周。加文在世界各地流浪了一辈子，现在却被禁锢在这四面墙围成的狭小空间中，这是多么讽刺。好在加文似乎已经适应了他的新环境。即使面对可怕的现实，人类也有韧性——

还有药物的帮助。

"收到你的邮件时我很惊讶。"他说，"马耳他那件事过后，没想到你还会联系我。"

"我也没想到。"

"退休生活怎么样？"

"很好，一直……很平静。事实上，我希望我现在正在家里养鸡。"

"天哪，我们都堕落到了这种地步。"

"我不觉得过上新生活是堕落。我喜欢鸡，它们比以前工作上遇到的人友善多了。"

"包括我吗？"

"无论如何，我没有特意针对你，加文。"

"你完全可以那么想。我们并不是个讨人喜欢的群体，对吧？不像鸡，我们甚至不能下蛋。"说到这里，他突然开始咳嗽，胸腔里发出"呼噜呼噜"的声音。

"要叫她进来帮忙吗？"我问道。

他摇摇头。看着他剧烈咳嗽，呼哧呼哧地喘着气，我感到非常痛苦。但他渐渐平息下来，瘫倒在轮椅上，筋疲力尽。"我可能最终会因肺炎而死，但现在还不会。"他抬起头看着我，"玛吉，我对发生的事情感到抱歉。多年来，我一直想对你说声对不起，但没找到机会。越接近死亡，一切就越清楚。我终于明白当初你为什么要和我们切断联系了。我很高兴，事隔多年，你还能过来找我。"

"我别无选择。在缅因州被人追杀之后，我不得不联系你。"

"谁追杀你？"

"我不知道。我只能告诉你，一个自称比安卡的人出现在我家，问我是否知道黛安娜的下落。我觉得她应该是中情局的人。我告诉她帮不上忙，把她赶走了。当天晚上，她的尸体被扔在我家的车道上，上面残留着严刑拷打的痕迹。"

"真是可爱的名片，谁留下的？"

"可能和两天后在养鸡场试图枪击我的是同一伙人。要不是邻居出手相救，现在我不可能在这儿。更让人头疼的是，对方派出的是个死人的替身，身份伪装得很好。"

"天哪，他是我们的人吗？"

"我不知道，所以才联系你。"

"你为什么认为我会知道？"

"在失踪前不久，黛安娜在曼谷被人目击。我只能假设她是因为你来这儿的。"

"只是因为我恰巧住在这里吗？"

"拜托，加文。"我厉声说，"你和我们一起参加了马耳他的行动。"

"还有其他人。把西拉诺从游艇上拽下来动用了不少人。"

"但一开始制订行动方案的只有黛安娜和你我三个人。伦敦的洗钱组织都是地位很高的人,而且黛安娜不相信英国人,所以她说这件事必须只有我们三个知情。"

"我一直对此感到懊悔。"

"对什么?"

"眼睁睁地看她把你拖下水。看到她的行事方式时,我意识到她不可信,但那时已经太晚了。整个行动就像一列失控的火车,她毫不在意谁会被火车碾过。"

他沉默了半晌,低着头,呼吸急促。然后他把轮椅转到笔记本电脑旁边,轻轻碰了碰鼠标唤醒电脑。"既然你想找她,那一定想知道她现在的样子吧。"

"你有她的近照吗?"

"上周视频通话的截图。我不想和她私下见面。"

"为什么?"

"你很恨她,其实我也一样。你从中情局辞职的两个月后,我也辞职了,马耳他的事让一切都乱了套。飞机坠毁后,我无法再在局里待下去了。"

"飞机失事使我失去了丈夫,但对你有什么影响?"

"你丈夫、哈德威克的女儿,这些无辜者的死亡像石头一样压在我身上。抓到西拉诺以后,我们就知道俄罗斯人会报复。知道那件事时,我们应该对无辜者加以保护……"说到这里,他把目光投向别处。

"知道什么?"

他没有回答。

"加文,你们知道了什么事?"

他不太情愿地对上我的目光。"我们抓住艾伦·霍洛威的那天晚上,就在我们登上他的游艇时,他设法向上级发送了最后一条信息。几分钟后，莫斯科的回复被信号情报部门截获。"

"对方的回复是什么？"

"'同志，祖国很感谢你。叛徒会付出代价。'"

"叛徒。"我轻声说。叛徒就是我。

"他们认为哈德威克或他圈子里的某个人背叛了霍洛威，使飞机爆炸就是他们的报复。这也是对其他各国发出的信息，表示任何针对莫斯科的行动都会产生迅速且严重的后果。"

"和贝拉及飞行员一样，丹尼只是受到了牵连。"我突然停下，琢磨着加文刚才提到的信息，"你说，信号情报部门几分钟后截获了上级的回复。"

"没错。"

"我们的团队是什么时候知道的？"

"几天后，我在行动简报会上知道了这件事。那时你已经回到了华盛顿。"

"黛安娜呢？她是什么时候知道的？"

一阵沉默。

"加文？"

他叹了口气："黛安娜在午夜时分得知了莫斯科的回复，在抓住西拉诺后不久。"

"午夜？他们给了俄罗斯人几个小时在哈德威克的飞机上装炸弹。黛安娜知道会有反击，为什么不警告我？为什么不采取行动？"

"她应该警告你，应该想办法让你和加拉格尔医生远离那架飞机，但她不想让哈德威克发现有什么地方不对劲，所以她没有示警就让那架飞机起飞了。她觉得自己完成了使命，她抓住了西拉诺，因此得到了表彰。但知道信号情报部门截获信息的事情后,我对她很反感,并且在那之后不久就辞职了。"

"我一直不知道,你从来没有告诉过我。"

"玛吉,你已经够伤心了,这只会让你更加痛苦。你会知道事情本可以不是这样的,加拉格尔医生本可以不登上那架飞机。"

"但黛安娜不在乎。"我轻声说,"她他妈的根本不在乎。"

"所以她上周向我求助时,我直截了当地拒绝了。她很不高兴。"他点击电脑,一张照片出现在屏幕上,"你自己看看她现在的样子吧。"

我站在加文身后,盯着那张照片。这不是我印象中那个过度冷静自信的金发女郎。眼前的黛安娜·沃德看起来饥肠辘辘,心神不宁,眼窝塌陷,棕色头发乱糟糟的,看起来是她自己剪的。

"她很害怕,你可以从她的表情上看出来。"他说。

"我们认识的黛安娜·沃德一向无所畏惧。"

"事情显然发生了变化。"

我凝视着这个女人的脸,她的野心把我卷入行动,造成丹尼的死亡。我不是圣人,看到她如此憔悴,我不禁感到满足。我想让她受苦,而我是世界上最后一个能拯救她的人。

现在我就在这里。

"黛安娜让我帮她找个地方躲躲,"加文说,"她需要现金和护照。"

"她完全有能力自己得到这些资源,她知道该如何生存下去。"

"被人追杀的时候,她就没有办法了。"

我注意到他的上唇在流汗。"你也害怕。"

"你也应该害怕。几周前,总部就西拉诺行动联系我。他们问我马耳他行动的事、抓获西拉诺时的情况,还有行动的分工安排。"

"这么多年过去了,为什么现在问这些事情?"

"因为中情局又注意到这个行动。最近有人未经授权访问了西拉诺行动的文件,总部想知道是谁、为了什么目的干的。"

"我猜是俄罗斯人。"

"一般都会这么想,莫斯科正在调查他们派出的间谍是如何暴露的。这次安全漏洞使总部重新审视西拉诺行动,也重新审视已故的菲利普·哈德威克。他们发现了一个令人吃惊的事实。他的海外账户——至少是我们已知的那些账户——在过去五年被清空了,数额至少有几亿美元。"

"他们以前没有发现吗?"

"西拉诺被捕、哈德威克身亡以后,案子就结了,档案自然无人问津。一年后,当那些钱开始消失,已没有人会再检查哈德威克的账户。"

"我从没听说过这件事。"

"因为局里不相信你。你和哈德威克的关系太深了,局里认为你可能背叛我们,转而效忠于他。"

"可他已经死了。"

"所有人都是这么想的,以为哈德威克在地中海上空被炸成碎片。我们持续关注事件后续,全方位留意发展动态。这件事自然引起了广泛关注,英国报纸的头版全是飞机失事的消息。在刊登的照片上,卡米拉夫人穿着丧服在女儿的葬礼上哭泣,国会议员和贵族向哈德威克致以最后的敬意。然后,和以往一样,飞机失事很快就成了旧闻,中情局也把注意力放到其他事情上去了。

"直到这次有个身份未知的人访问了西拉诺行动的文件,这一安全漏洞使中情局重新调查哈德威克的死。飞机坠入深海,打捞起来很困难，搜救人员只找到维克托·马特尔和一位飞行员的尸体。但可以肯定，没有人能在那次坠机中存活下来。"

"那么是谁取走了哈德威克账户里的钱？"

"这就是问题所在。要取钱就需要密码，但密码只有哈德威克知道。因此我们不得不思考这种可能性，即他没有登上那架飞机，而且，他仍然活在这世上。"

我突然感到天旋地转，踉踉跄跄地往后退了一步。勉强稳住身体后，我说："如果我们搞错了，如果哈德威克还活着……"我一时无法说下去，甚至无法把注意力集中在加文身上。我仿佛陷入时间旋涡，被带回我试图从记忆中抹去的那一刻——得知飞机失事的那一刻。

"如果他不在飞机上，那丹尼可能——"我不敢说出心中猜测，但加文很清楚我想说什么：丹尼可能还活着。

加文摇了摇头，但我已经感觉到心中有朵狂野而危险的希望之花绽放。我不能让它生长，不能忍受它再次被连根拔起。

"玛吉，"加文轻声说，"我建议你忘掉刚才的谈话，回家去吧，养你的鸡或者操心其他农场事务。别去找黛安娜了，让她自求多福吧。"

"丹尼呢？如果他还——"

"已经十六年了。如果他还活着，你会到现在还没有他的消息吗？"

"但我必须知道真相！"

"玛吉，你已经知道真相了。你很清楚发生了什么，不是吗？"

我盯着加文，想起丹尼在马耳他跟我说再见的那一天，想起得知哈德威克的飞机坠毁、丹尼丧生的那一刻。他的死亡给了我沉重的打击,以至于我对后来发生的事情只有模糊的记忆。我记得为了安全起见,我被送上一架军用飞机回到美国。到达华盛顿的时候是晚上,我悲伤地穿过迷雾,坐上一辆等待着我的汽车。加文说得没错,我很清楚丹尼已经死了。黑暗的虚空吞噬了所有的光明和欢乐,我感觉不到他存在于这个世界上。

如果丹尼活着,他肯定会来找我。我知道,他会找到我的。

"继续你的生活,"加文平静地说,"回家吧。"

"我不能回家,他会去那儿找我的。我们对哈德威克和贝拉做了那样的事情后,他想让我们死,想让我们所有人都死。"这时,我听到持续不断的哔哔声。

"周围的警报被触发了。"加文说。

门打开了,泰国女人悄然走进房间。她轻声对加文说了几句话,加文点点头,对我说:"没什么好担心的,送货员来了。"

"送货?这么晚吗?"

"这不是白天能运送的普通货物。这个送货员看见陌生人会很紧张,所以不介意的话,请你找个地方躲起来,不要让他看见,等他离开再出来。"

"药物吗?"

"黑市上什么东西都有,但如果被人抓住,惩罚是相当严厉的。你不会拒绝给一个将死之人一些止痛药以减轻痛苦吧?这不会花太长时间的。我给他钱,然后就打发他走。"

女人穿过房间,打开墙上的一块嵌板,后面是个壁橱。我走进壁橱,女人合上板子。光线透过头顶的栅格横梁照进来,足以让我看清脚边盒子上的标签,里面是医疗用品。盒子上印着曼谷一家医院的名字,里面的药无疑是从医院偷来的。对于有钱的西方人来说,黑市的确能提供一切。

我隐约听到女人用泰语和送货员说话。她领着他往加文的房间走来，声音越来越近，听起来她一点儿也不惊慌。送货员也用泰语回答她。

嘎吱嘎吱的脚步声进入房间，加文用英语问送货员："怎么不是索姆萨克？"

"索姆萨克今晚来不了，他让我把这个带给你。"

"下次计划有变时，他应该提前告诉我。价格和之前谈好的一样吧？"

"当然。"

"让我验验货。"

我听见一个纸盒的封条被拆开，接着是短暂的停顿。

"你究竟——"加文话没说完，我就听到消音器"咔嗒"一声。

第一发子弹打穿了我藏身之处的板子，差点儿击中我的右臂。第二发子弹的位置更低，掠过我的脚踝。现在，两束光像激光一样从弹孔射进来。

我听到那个女人大喊起来。但她没时间放声尖叫，只能发出惊恐的吱吱声。在第三、第四、第五发子弹射入她的身体之前，这是她唯一能发出的声音。

第二十八章

我一动不动地站着，几乎不敢呼吸，因为我知道，任何吱嘎声、任何窸窣响，都会暴露我的存在。杀手知道墙壁后面有个壁橱吗？知道房子里有第三个人，而且还活着吗？我手无寸铁，无法保护自己。腰间没有瓦尔特手枪就像少了一条腿。来曼谷时我没带它，因为携带武器会暴露我的真实身份。

脚步声越来越近，然后停住了。他看到板子上的裂缝了吗？他注意到子弹射入的不是实心墙，而是一个中空的壁橱吗？如果我透过弹孔窥视，也许能看到他，但我不敢冒着被杀手发现的风险。在心跳声之外，我能听见杀手在房间里转了一圈，敲击加文的笔记本电脑键盘，然后沮丧地叹了口气。显然加文的电脑有密码锁定。

我听到笔记本电脑"啪"的一声合上，然后是电源线滑过地板的簌簌声。杀手的脚步声渐行渐远，房间很快重归沉默。

接下来很长一段时间，周围什么都听不到，但我还是不敢发出声音。我站在被两发子弹打穿的壁橱门板后一动不动。一流的杀手会很有耐心，他也许就在房子的某个地方，等待猎物出现。因为站得太久，我腰酸背痛，小腿抽筋。我慢慢靠近手臂附近的弹孔，向外窥探。

我看见一团鲜血像彗星一样飞溅在对面的墙壁上。墙下的地板上躺着泰国女人的尸体，蜷缩成婴儿的姿势，仿佛在保护重要器官。我看不见加文。

我侧过身，想扩大视线范围，结果撞到壁橱里的一个箱子上。有什么东西掉在我身边的地上，发出巨大的声响。我低头看去，那是个塑料注射器。小小的东西却可能造成致命的危险。我等待着杀手返回的脚步声，等待墙上的板子被打开，暴露我的位置。

但外面只有寂静。

我颤抖着双手，把壁橱门板轻轻打开一条小缝，看到脚边有摊血。当门板完全打开，我看见了血的来源——加文侧身躺在轮椅上，张着嘴，显得非常惊讶。他的笔记本电脑不见了，但房间里的其他物品似乎都还在。

"加文，对不起。"我轻声说。

穿过房间时，我无法避免地踩到了血。我踏过地板，向那个女人的尸体走去。面对信任的人，武器和摄像头毫无防备作用，这正是他们的错误所在。他们自以为清楚来人的身份。我跨过女人的尸体，进入走廊。屋内一片死寂，毫无生气。我经过装着石斛兰的花瓶和木雕大象，走到门口。

我来到房子外的黑夜中，呼吸着潮湿泥土和腐烂植被的气味。灯笼仍然亮着，指引我回到河边。蹑手蹑脚地穿过丛林时，我的脚碰到了一个树根状的物体。

我低头看了一眼，那不是什么树根，而是一条横在林间小径上的腿。在黑暗中，我能勉强辨认出在灌木丛里的是一个男人的尸体。他躺在杂乱的藤蔓之中，就像是森林地面上新长出的一簇植物。这一定是刚刚加文在等的送货员索姆萨克，又一个无辜卷入与他无关的战争中的灵魂。

我跨过尸体,继续前进。我的一生都是这样走过来的,把一具具尸体抛在身后,继续生活。

码头上没有船。如果杀手是从水路过来的,那他一定已经离开了。我不知道这里的三具尸体何时才会被发现并通知警方。把我带到这里的老年船夫会告诉警察,他深夜送过一个慷慨地支付现金的白人女性来这儿吗?我琢磨着警察如何有可能找到我,发现这并不容易。我在离酒店很远的码头租的船,除了能给出厚厚一沓现金外,我和其他白人游客没什么不同。这是我现在具有的超能力之一——很容易被遗忘。

今晚我很需要这种超能力,因为回酒店还需要走很长的路。

*

"玛吉,你真是个白痴。"德克兰说。

当我脱掉沾满泥的脏衣服时,德克兰一直留在我的房间里。我已经老了,不用在男人面前拘谨,而且我累坏了,所以直接在他面前脱下鞋和裤子,扔到地板上那堆满是泥污的衣服上,毫不在意他会看到什么。我和德克兰不是情侣,我也没有当着他的面脱过衣服,但我用不着对他隐藏满是战斗伤疤和晒伤痕迹的身体。我解开衬衫纽扣,他仍然没有离开,而是对我怒目而视。我耸耸肩,把衬衫也扔到散发着污泥恶臭的衣物上。

"我和本找了你好几个小时。"他说。

"你们应该好好睡会儿。"

"为什么不接电话?"

"我把手机关了,不想被人跟踪。"

"我们也许永远都找不到你的尸体,要不是——"

"我回来了，不是吗？"

德克兰打量着我，然后突然转过身，好像这才意识到有个半裸的女人站在他面前。经过几个小时在狭窄的小巷里蜿蜒前行、在运河里涉水而过之后，这个女人已然疲惫不堪。我不敢坐出租车或坐船回酒店，因为司机或船夫可能会记得我的脸，然后告诉警察。我怎么可能知道我的朋友在不停给我打电话，在酒店周围找我？

现在德克兰拒绝离开我的房间，生怕我再次从他们身边溜走。我们是作为一个团队来到曼谷的，但我已经不听指挥了，没有让他和本参与昨晚那场险些酿成大祸的行动。我走进浴室，关上门，脱掉内衣。我打开水龙头，把水温调到烫的程度，想冲掉身上的汗水和泥臭。

"为什么不告诉我们你要出去？"德克兰隔着门喊道。

我不理他，继续淋浴，在汹涌的水流下闭上眼睛，让污垢顺着下水道冲走。

"认识这么多年了，你还是不信任我们吗？"他问。

也许我仍旧不信任他们，也许我只是不知道该如何信任他们。

我关上水龙头，用毛巾裹住身体。当我走出浴室的时候，德克兰仍然站在门外，准备继续和我争论。

"我只能一个人去。"我说。

"你想一个人去死？"

"这是加文的要求，他只愿意和我一个人见面。另外，如果情况变糟，我不想殃及你和本。"

"但我们来这儿就是为了这个。我们可以为你保驾护航。"

我从行李袋中拿出干净衣服。德克兰终于转过身，给了我一些私人空间，让我可以从容地穿上内裤和干净衬衫。"你们不应该加入这场战争。"我一边扣纽扣一边说,"事态越来越复杂,越来越危险。德克兰,和本一起回家吧。"

"回家做什么?"

"坐在炉火边,喝威士忌,享受退休生活。"

他笑了,转身面对我。我还没穿长裤,但他一直盯着我的脸。"你是说缩在轮椅上的那种退休生活吗?"

"你根本不需要轮椅。"

"但那一天终究会到来,我们所有人都有那一天。现在,我仍然能走能跑,保持头脑清醒,我不想在还能动的最后几年旁观你独自战斗。对我们这种人来说,退休就像被钉进棺材里那样难受。现在我终于有了重新参加行动的理由,我已经很多年没有觉得自己这么有用、这么充满活力了。"

"所以你来这儿是为了解闷儿的吗?"

"当然不是!我来这儿是因为你遇上了麻烦,因为你好不容易回到了我的生活中,如果你出了什么事……"

"什么?"

他瞪着我。"哦,该死。"他嘟囔着转身朝门口走去。

"德克兰?"

"看在上帝的分儿上,快穿好衣服,在我们回来之前,千万别离开房间。"

"你们要去哪儿?"

"我和本有工作要做。"他走出我的房间,"砰"的一声关上门。

我看着关上的那扇门,潮湿的皮肤在空调下面感觉凉飕飕的。刚才发生的事是我想象出来的,还是德克兰真的在向我吐露衷肠?我回想着我们认识的这么多年。一开始我们在训练基地接受最严酷的训练,经常和其他新兵成群结队,在夜晚举杯畅饮,我们两个从不单独相处。我们是"四个火枪手"——德克兰、本、英格丽和我。我是四个人中年龄最小的,比德克兰小八岁,对他来说更像是需要绅士以待的小妹妹,我从没感觉到他对我有好感。之后我被派到亚洲,他被派去东欧,多年来我们只有邮件往来,偶尔去同一个城市执行任务时才会见上一面,但只是同事和朋友,从来没产生过浪漫的情愫。

遇到丹尼以后,德克兰渐渐淡出我的世界,被我暂时遗忘。我没有告诉德克兰我结婚了,因为我不知道这是真正的婚姻,还是仅仅是行动的一部分。马耳他事件发生以后,我内心非常痛苦,没有对任何人说起过丹尼的事情。为了从悲伤里走出来,我辞去工作,在世界各地辗转,从一个国家搬到另一个国家,希望能被人彻底遗忘。

直到德克兰给我发来邮件。本和我现在过得很好,英格丽和劳埃德也搬过来了。这座小镇安静且友好,镇上有很多树,空气清新,非常适合退休生活。你会喜欢这里的。也许四个火枪手应该重聚了。

收到这封邮件时,我正拼命寻找一个避风港,一个重建生活的地方,一个能够摆脱那个饱受摧残、伤痕累累的旧玛吉的地方。我一直以为,他的邮件只是一次心血来潮的邀请。

现在我才想到之前忽略的种种细节。他喝鸡尾酒时经常瞥向我,夏天的周末常常邀请我远足,购买家具时会参考我的意见。那么多线索,但我都选择视而不见,因为我没有准备好忘掉丹尼。

也许永远都不会忘记。

第二十九章　黛安娜

罗马。

我快无路可逃了。黛安娜坐在罗马大学附近的酒吧一边喝基安蒂红酒一边想。她坐在角落的一张桌子旁，背对着墙，离后门只有三步远。中情局要抓她入狱，菲利普·哈德威克想让她死，她只能四处奔逃。

哈德威克可能还活着，这是她从未考虑过的一种可能性，却是最近发生的一连串事件的唯一解释。显然，她在马耳他搞砸了，现在必须面对后果。她可以应付来自中情局的威胁，只要赶在局里的人查看之前删掉自己的收支记录就好——但哈德威克是另一回事。他一定能调用她想象不到的资源，足以让他操控的机器继续运转。哈德威克完全有理由让她死，岁月的流逝无法平息他的愤怒。她知道对哈德威克的心理侧写，也知道那些背叛他的人命运如何。她浏览过被害者的尸检照片，看到法医报告上对他们最后时刻的具体描述。黛安娜很清楚，像哈德威克这样的自恋型反社会人格者会因渴望复仇而更加疯狂，坚持不懈地无情追捕在马耳他制造灾难的人。金钱可以买到任何东西，包括访问中情局最高机密文件的权限。如果他拿到了西拉诺行动的档案，就会知道所有参与者的名字。

他找到她只是时间问题。

她把酒杯放在唇边，此时两个男人走进酒吧，站在门口四处打量。他们是来找她的吗？黛安娜把手伸到桌子下面，去拿放在膝盖上的枪。她总是把枪放在触手可及的地方，枪里还有一发子弹。如果她不得不在酒吧里使用它，那将不幸地成为一场众目睽睽之下的公共事件，与在曼谷杀死游客戴夫的情况截然不同，当时她可以把他的尸体扔在黑暗的小巷里。在这里会有不少目击者，警察很快就会加入追捕她的队伍，她不得不更小心躲藏。

黛安娜手指扣着扳机，紧盯着门口的两个年轻人向拥挤的酒吧深处移动。她的心怦怦直跳，比酒吧喇叭播放的音乐节奏还快。时间仿佛慢了下来。她的神经紧绷到了极点，每一个景象、每一声响动都被无限放大。调酒器发出叮当声，桌上汇聚的水珠闪闪发光。人在临死前会感到生命前所未有地鲜活。她从膝上拿起枪，准备越过桌子举枪瞄准。

这时，有两个女人喊道："这儿，恩佐，我们在这儿！"

两个男人转过身，朝那两个女人挥手，然后笑着走向她们所在的位子，和她们拥抱、亲吻。

黛安娜长叹一声，把枪放回膝盖上。

她看着两对情侣喝酒，羡慕他们轻松的笑声和正常的生活。他们可以在这儿喝酒跳舞，然后回家睡个安稳觉，这是她再也不敢想的事情。在未来的岁月里，她必须时刻警惕周围，永远小心翼翼。夜里躺在床上也不敢入眠，她要聆听有没有入侵者的脚步声。毫无疑问，无论何时何地死亡，她的死一定会很惨烈。她还能活多久？一周，一年，还是十几年？

只要哈德威克还活着，他的人就会一直寻找她，而她只能不断逃跑，永远无法摆脱这场噩梦。

除非我先杀了他。

她付了酒钱，离开酒吧。是时候出去猎杀了。

第三十章 乔

普里蒂。

"乔,老了并不意味着不行了。"欧文·锡伯杜在新装的电磁炉上煎培根时说,"你们这些年轻人总觉得自己无所不知、无所不能,但千万别低估我们这些老年人,我们可是积累了一辈子的经验。"

"我从来没低估过老年人。"

她的父亲转过身,从滑落的眼镜上方打量女儿。"你低估了那些间谍[①],不是吗?"

"你知道他们是间谍?"

欧文笑了,转身回到吱吱作响的平底锅前。"我不知道。也许这就是他们被称为'幽灵'的原因吧。"

"这些人搬来这么久,我对他们还一无所知,一切都变化得太快了。"她看着父亲煎好每日必备的五条培根。尽管饮食中含有大量脂肪和胆固醇,但六十七岁的欧文仍然像锡伯杜家的所有男人一样,瘦削而结实。而和锡伯杜家的所有女人一样,乔身高体壮,拥有丰满的臀部和肌肉发达的大腿。她满心希望可以像父

---

① 原文为"spook",既有间谍、密探的意思,也有鬼、幽灵的意思。

亲一样瘦,但瘦子基因遗传给了她幸运的哥哥芬恩,他吃再多比萨和汉堡也不会胖。

"贝蒂·琼斯觉得你不该装电磁炉。"乔说,"她说这会降低房子的出售价格。"

"我不打算卖掉这幢房子。"

"她认为人们更喜欢用液化气。"

"我不在乎贝蒂·琼斯怎么想。"欧文把培根炒蛋放在乔面前,"人们永远不会准备好离开去尝试新事物,所以你妈妈和我才纠缠这么久。"他说这话时面带微笑。自从两年前乔的母亲去世后,欧文就不再开玩笑,现在他的幽默仿佛终于回来了。这是锡伯杜家女人的另一个缺憾:她们都英年早逝,把丈夫留在世上受苦。

"我去世以后,会把这幢房子留给你,电磁炉也会留下。"

乔皱起眉头。"那芬恩呢?"

"我会把霍布斯池塘边的露营地留给你哥哥,贝蒂认为两边的价值差不多,就算扯平了。"

"爸爸,别说这个了,你还能活很多年呢。"

"我看到你们结婚生子就足够了。"他坐到桌边,开始享用两个煎蛋和五条培根,"乔,你打算什么时候结婚?"

"等白马王子搬到普里蒂的时候。"

"也许他已经在这儿了。"

她哼了一声。"那他一定伪装成了青蛙。"乔开始吃炒鸡蛋和炸薯条。每次她和父亲共进早餐,父亲总是做这几样餐点,但今天他在薯条里加了甜椒。她只能把它们挑出来,放到一边。

"不喜欢吗?"欧文问。

"只是,嗯,味道不太一样。"

欧文笑了。"你从来不喜欢变化。四岁的时候,你妈妈买了条新床单,你就发了好一阵儿火。"

"那条旧床单还能用。"

乔的手机响了。她拿起手机,发现是迈克打来的。

"今天你休息,确定要接电话吗?"欧文问。

"迈克没事不会打电话的。"乔接通电话,"嘿,发生什么事了?"

"乔,你最好过来一下。"迈克说。

"怎么了?你现在在哪儿?"

"卢瑟·扬特家,他孙女失踪了。"

*

当乔把车开到扬特家的车道上时,普里蒂警察局的两辆警车都已经在那里了。迈克把接班的警察也叫来了,四个警察站在院子里,试图让卢瑟·扬特平静下来。乔从车里下来时,迈克脸上露出如释重负的表情,因为乔可以接手处理扬特的事情了。扬特一边哭一边大喊大叫:"你们他妈赶紧做点儿什么!"迈克从其他警察身边走开,把乔拉到一边。

"他最后一次见到孙女是今天早上七点左右,当时他孙女正离开家去谷仓照顾小动物。看她迟迟没有回来,他去谷仓找,却发现——"

"你们都在这儿浪费时间!"扬特喊道。紧接着他注意到了乔。"你!你是新上任的警长对吗?你们他妈的计划好寻找我的考利的行动方案了吗?"

乔走近他,伸出双手,掌心向下,像是试图安抚一只危险的动物。"先生，我们得先搞清楚发生了什么事。她会不会只是迷路了——"

"不，不是，事情不是那样的。他们把她带走了！"

"你怎么知道她是被人带走的？"

"乔，"迈克轻声说，"你应该先看看谷仓。"

"扬特先生，恕我失陪。"说完，她跟着迈克朝谷仓走去。还没走到谷仓，她就发现情况有点儿不对劲。牛在谷仓前的院子里乱跑，牵牛绳拖在地上。尽管这头牛大可以从扬特家逃走，但它一直待在院子里，警惕地看着陌生人。昨天晚上天气晴朗而寒冷，地面结了一层光滑如镜的冰，所以房子和谷仓之间没有留下脚印，无法辨别最近有谁走过这条路。谷仓的门大开着，乔听到了鸡叫声和羊叫声——不是吃饱喝足的满足声音，而是受到惊吓后的惨叫声。

"到里面看看。"迈克说。

迈克不祥的语调让乔有些犹豫不决。她走进谷仓，看见鸡拍打着翅膀，自由地在稻草上乱跑。在角落的羊圈里，十几只羊围成一圈，摆出防御的姿态，眼神狂野，情绪非常激动。

乔看着围栏边的墙，马上明白了它们如此害怕的原因。

被宰杀的山羊躺在地上，身下是灰色和白色的羊毛，睁开的眼睛死死地盯着她。它的喉咙被割开，动脉血溅在松木板上。乔慢慢向山羊尸体走去，靴子在干草上沙沙作响。她的喉咙很干，但她没有把注意力放在死山羊身上。山羊尸体上方的墙上钉着一张纸，纸上用黑体写着一句话。

马耳他

以命换命

"这是什么意思?"迈克轻声问。

乔吞了口口水。"我不知道。"

"'以命换命'。"迈克看着乔,"是要用什么东西交换人质的意思吗?"

"也许是报复,"乔说,"对卢瑟·扬特的报复。'你夺走我的,现在我要夺走你的'。"

外面传来一阵骚动。乔听到车门关上的声音,然后她手下的警察大喊道:"闲杂人等不要来这里!这里是犯罪现场!"

乔走出谷仓,看见劳埃德和英格丽站在房子旁边,正和警察争吵。

"这是怎么回事?"乔大步朝斯洛姆夫妇走去。

"这些人突然出现,"一名警察说,"坚持要和你谈谈。"

"我们从警方无线电里听到这里发生了一起疑似绑架案,是吗?"英格丽问。

"你们为什么来这儿?"乔问道。

"我们可以帮忙,这之间可能有关联。"

"和什么的关联?"迈克问。

"锡伯杜警长知道我在说什么。"

所有人都看向乔。

"我只想要我的考利回来!"卢瑟说,"无论用什么方法都可以。如果他们行,就让他们上!"

乔的视线越过田野,望向毗邻的黑莓农场。一切都是从那里开始的。先是黑莓农场的车道上出现一具尸体,然后是对玛吉·伯德的枪击,现在玛吉的十四岁邻居又失踪了。乔可以确定,考利的失踪是这个案子的一部分。斯洛姆夫妇凭借他们的人脉和独特的技能,或许能帮她厘清头绪。

"跟我来。"她说。

乔领着斯洛姆夫妇走进谷仓,受惊的羊群仍然缩在角落,鸡群大呼小叫地奔跑。一时间,英格丽和劳埃德都没有说话,只是默默地看着钉在血迹斑斑的墙上的纸条。

"这话很直接。"英格丽说。

"俄罗斯对外情报局会这么干吗?"劳埃德问。

"不,我认为这不是俄罗斯人留下的信息。"

"俄罗斯对外情报局是什么?"乔问道。斯洛姆夫妇没有理会她。

"这是行动的号召,"英格丽说,"我是这样理解的。"

"他们想用谁的命做交换?"劳埃德问道。

"我可以做些猜测,不过玛吉应该知道答案。"

"你们两个能告诉我这到底是怎么回事吗?"乔忍不住问。

"之后再说。"英格丽从口袋里拿出手机,"我得先打个电话。"

第三十一章 玛吉

曼谷。

快日落时,德克兰给我的房间打了个电话,让我到楼下的露台和他们会和。到露台后,我看见他和本坐在河边的一张桌子旁,已经在喝金汤力酒了。即使到了晚上依然很热,所以我也点了一杯金汤力。服务员端上酒,并给男士们续杯,我们一言不发地坐着,只有杯子里的冰块在叮咚作响。德克兰再次戴上他那冷酷且高深莫测的面具。和一眼可以看透的丹尼不同,德克兰很会隐藏自己的感情。一直以来,我都以为他的生活中有女人,毕竟怎么可能没有呢?但谨慎是他的本能之一,他从来没有向我透露过这一面。

即便是现在,他的戒备心也很强,我仿佛透过一层又一层磨砂玻璃看向德克兰,他的形象被折射和扭曲。本当然意识到了我们之间的紧张气氛,不断从桌上的盘子里拿坚果吃,假装对我和德克兰的对峙一无所知。直到服务员走远,本才开口说话。

"所以传闻是真的,毕竟你还活着。"

"简直九死一生。"

"你知道我们花了好几个小时找你吗?玛吉,把我们晾在一边,不接电话,真不够意思。"

"对不起。"

"我们以为得把你的尸体从河里捞上来,德克兰都慌了。"

我看着德克兰,他看上去并不惊慌,只是盯着另一个方向。

"你们这一整天都做了什么?"我问他们。

"我们早上租了条船,游览了运河。"本说,"我们碰巧看到至少十几个警察涌入加文的房子,管家今早发现了尸体。因为加文以前是无官方身份的情报人员,所以中情局一直在密切关注谋杀案的调查进展,因为这起谋杀很可能和他以前的情报工作有关。根据他在局里的线人提供的信息,官方没有发出对和你相似的嫌疑人的警报,所以我们认为他们不知道你当时在那幢房子里。"

这意味着,那位船夫还没有和警察谈过。要么他还没听说谋杀案的事,要么是我昨天的那沓现金让他闭嘴了。"警察知道了什么?"我问道。

"凶手拿走了加文的笔记本电脑,因此没有监控录像,也就没有视频证据。警方认为这起谋杀与黑市上的药物买卖有关。他们在房子外面找到了一个非法药物供货商的尸体,还在加文的房间里找到了许多非法药物。"

"那都是他自备的药品,他已经病入膏肓了。"

"但有关黑市交易的猜测可以让警方暂时注意不到你。得罪黑市老大,就会有来自春武里府[①]的杀手来找你。只要一万美元,就能干掉你的竞争对手。如果警察相信这种说法,那你就安然无恙了。"

我叹了口气。"嗯,无论如何,这算是条好消息。"

[①]春武里府,位于泰国东部。

"凶手有没有可能是跟踪你过去的？"

"不可能。我采取了必要的防范措施，确定没人跟踪我。和加文交谈时，我发现他很紧张。"

"为什么？"德克兰问。

我看着他，但仍然能感觉到我们之间的距离。他回到了自我保护模式，我无法触及他，伤害不了他。"黛安娜·沃德最近联系他，向他求助。黛安娜说有人想杀她，想让他帮忙找个安全的地方躲起来，但被他拒绝了。"

"真是不留情面。"

"黛安娜和同事之间的关系很糟糕。如果你和她一起工作过，你就会明白了。"

"谁想杀她？"本问道。

"也许和想让我死的是同一个人——菲利普·哈德威克。"

本和德克兰不约而同地看向我。一艘游船隆隆驶过，音乐声震耳欲聋，甲板上挤满了跳舞的人。我们陷入沉默。我拿起酒杯，但冰块已经融化了，金汤力酒味道很淡。我觉得自己好像也在融化，大脑因为炎热和疲惫而变得迟钝。

"哈德威克还活着吗？"本问，"他不在飞机上？"

"这意味着这一切都是为了复仇。如果哈德威克拿到了西拉诺行动的文件，他就会知道行动的每个细节以及谁参与其中。所以加文被杀，黛安娜逃亡。黛安娜很偏执，她甚至连中情局都不相信。"

"你或许也不应该相信，"德克兰轻声说。他终于看向我了，真的在看着我。"玛吉，你不能回家，至少现在不能。"

也许永远不能了。

我想到黑莓农场，突然非常想家。这是一种躯体化的痛苦，就像饥饿一样真实。我想念从厨房窗户望出去的田野，想念家里水管的噪声和窗框上的霜，还有我的靴子在雪地里嘎吱作响的声音。我还想念我的鸡群。

"我得想想下一步该做什么。"我说。

"你只有一个选择：完全隐身，躲起来。我和本设法找到他，消除威胁。"德克兰说。

"如果我们做不到呢？"我看着本，"你真的觉得我们三个老间谍能对付哈德威克这种人吗？如果他在中情局有线人——"

"你需要完全消失，"本说，"在这点上我和德克兰想法一致。"

"我已经和新加坡的一个老朋友取得了联系。"德克兰说，"他是我的生死之交，我可以完全信任他。他有一个安全屋，你去那里住上一阵子，谁都找不到你。"

"我原本以为黑莓农场就谁都找不到，是我的安全屋。"我望向湄南河对岸，郁郁葱葱的植被像铺开的绿色地毯，这与我心爱的缅因州的田野和林地完全不同，"我花了好多年才找到一个家一样的地方。我终于扎了根，不想被人连根拔起。"

"玛吉，这只是暂时的。"

"是吗？还是说我永远回不了家了？"我看着德克兰。

他没有回答，他的沉默代表答案。和多年前马耳他事件发生后一样，我又一次东躲西藏，无家可归。

另一艘船从我们身旁经过，船的发动机声很吵，所以我一开始没听见背包里响起手机铃声。这部一次性手机的号码只有几个人知道，其中两个正坐在我对面。这个号码是为紧急情况准备的。本和德克兰都注意到了手机铃声，我拿出手机，看着屏幕上来电人的名字。

是英格丽。

*

没有家庭关系、没有孩子、没有丈夫或情人，好处就是这会让你无懈可击。你爱的每个人都会成为你的弱点，当你不在乎任何人的时候，你就无可畏惧了，因为世界上没有什么能像摧毁我那样摧毁你。这是我从丹尼那里得到的教训。多年来我一直不谈感情，习惯了不受情感约束的生活。

但感情总在不经意间慢慢靠近。当你的邻居向你挥手，当你走进他家的厨房，当他的孙女向你微笑，你甚至可能没有注意到血液中释放出的微量催产素所带来的轻微颤动。无数个早晨，我们一起喝着卢瑟煮的散发出焦味的咖啡，或者和考利一起煮枫糖浆。在暴风雪的日子，他们帮忙把我的卡车从雪堆里拖出来。在夏日午后，考利和我一起追赶不听话的山羊。这些点点滴滴的回忆像一根根纽带，慢慢将我们紧密相连。如今，我已经被困住了，我不能离开卢瑟和考利。

考利只有十四岁。

我想起了贝拉。她早就死了，遗体和丹尼一起躺在地中海的某个地方。我原本可以救她，可以警告她小心她父亲，帮她摆脱她父亲的那个危险世界。但我没有，因为她对行动有用，贝拉的死是因为我的不作为。

我不能让这种事发生在考利身上。

把衣服塞进行李袋时，我回忆起我十四岁时的样子。那时我已经独立了，在餐厅打工以支付父亲堆在厨房灶台上的账单。十四岁时，我已经是个成年人了，但考利还不是。她还是个孩子。

马耳他，以命换命。钉在谷仓里的死山羊上方墙上的纸条所传递的信息再清楚不过了。这是传达给我的信息。对方之所以绑架考利，就是要我服从他们的命令。这是他们的老方法，他们知道，只有当我相信他们会遵守约定时，我才会合作。

"你不能回去。"德克兰说。

"考利需要我，我必须回去。"我叠好另一件T恤，塞进行李袋。

"我和本会回去处理这件事，你得离这一切远点儿。"

"无所事事地等在电话旁？"

"你去新加坡躲一躲。我们会尽一切努力找到那个女孩。你是他们真正的目标，不能参与其中。"

我的手机响了，英格丽发来短信。过去九个小时，我一直在等这条信息。看完短信，我一句话也没说，转身走到窗前。曼谷的太阳刚刚升起，但在缅因州的家里，这是一个漫长冬夜的晚上七点。卢瑟·扬特一定急疯了，他会想着孙女是否又冷又饿，还是已经死了。我非常想和他一起在普里蒂寻找考利，但德克兰是对的，我不能回家。我还有工作要做，得去其他地方。只有这样，那个女孩才能活下去。

我转身面对德克兰。"好吧。"我说，"我这就去新加坡。"

"很好。"德克兰长叹了一口气，以为他说服了我，"本在楼下的出租车里等你。晚上十点一刻有一班飞往新加坡的飞机，我们会送你上飞机。"

乘出租车去机场的路上，我们三个谁都没有说话。本坐在副驾驶，我和德克兰坐在后座。我们没有看对方，也没有像可能是最后一次见面的老朋友那样说些道别的话。我已经接受了现实，这可能是我们在一起的最后时刻。他和本会回到缅因州寻找考利，而我将前往另一个目的地，一个可能使我丧命的目的地。

我已经接受了这个交易。以命换命。

这些年来,我一直把德克兰视为朋友和一个忠实的好同事。直到现在,在我们生命的最后一程,我才意识到在岁月的流逝中我错过了多少线索。这是我这辈子的又一个遗憾——我从来没有给过德克兰机会。

到机场后,本和德克兰陪我到新加坡航空公司的柜台,看着我拿假护照买了一张前往新加坡的机票,然后领了登机牌。

"我的朋友会去接你,到了就给他打电话。"德克兰把我送到安检门口,"玛吉,和他在一起很安全。"

"帮我找到考利,好吗?"

"我们会的。"他说,"重新行动起来的感觉真好。"

我们没有亲吻,没有拥抱。我转身离开,径直加入安检的队伍。出关后,我回头看了一眼,两人都不见了,他们已经前往另一个航站楼飞往波士顿。等了几分钟,确定他们真的离开后,我离开安检区,回到售票大厅。因为我不打算去新加坡。

我又一次拿出护照和钱包,买了张单程机票。

前往米兰。

第三十二章

意大利，科莫湖。

别墅坐落在科莫湖北边的一个山坡上，赭色墙壁在午后的阳光下像金子一样闪闪发光。别墅周围是精心打理的花园，仿佛由树木和篱笆组成的仙境，草坪一直延伸到湖边。透过双筒望远镜，我能看见别墅敞开的大门，车道上停着六辆车，其中两辆是大型送货卡车。工人们正从其中一辆卡车上卸下桌椅，搬到花园里。这时，一辆餐饮车开进门，紧接着，一箱箱食品和葡萄酒被抬进房子。从椅子的数量来看，今晚的宾客至少有一百人。

我观察着进出别墅大门的道路。别墅周围没有保安，没人会阻止一个不请自来的女人在院子里闲逛并混入晚宴，看来这幢别墅的主人贾科莫·拉齐奥先生不担心会被暗杀。拉齐奥先生依靠制造女士高档内衣发家，这项业务不需要保镖，不过，这么豪华的别墅确实应该配备一两名保安。

多亏英格丽发来短信告诉我，西尔维娅·莫雷蒂目前住在这里。英格丽可以追踪到世界上所有人，她用了不到一天的时间，就发现菲利普·哈德威克的前情人现在正和一个比她大二十二岁的男人同床共枕。西尔维娅已经四十多岁了，仍然很迷人，但情人的保质期是有限的。时钟一直在嘀嗒作响。

从这幢湖边别墅来看,她很有手腕。她已经从失去菲利普·哈德威克的悲伤中恢复过来,并在贾科莫·拉齐奥这里站稳了脚跟。失去富豪情人以后,再找个同样富有的就好了。

最后几张餐桌卸下,工人们"砰"的一声关掉卡车的车厢门。这时,又一辆送货卡车开进门,送来一瓶瓶华丽的插花。

我放下望远镜,仰望万里无云的天空。尽管是二月底,今天却很暖和,不过科莫湖的夜晚可能会降温。但再怎么说,我也不能像伐木工人那样穿着法兰绒衬衫出现在优雅的晚宴上。

我发动租来的车。是时候去买条裙子了。

*

晚上九点,通往贾科莫·拉齐奥别墅的狭窄道路上停满了车。我把车停在路的尽头,步行上山,经过一辆辆法拉利、玛莎拉蒂和奔驰轿车,走到别墅的锻铁大门前。大门敞开着,只有两位穿着制服的侍者。当我走近时,他们微笑地朝我点了点头。我没有看到警卫,也没有看到任何武器,只有这两位黑发的迷人帅哥在我穿过大门时用意大利语喊道"晚上好"。女士内衣行业比我待的行业要友善得多。

走在车道上,高跟鞋在我脚下摇摇晃晃。我已经很长时间没穿过高跟鞋了。从停车的地方跋涉上山,我觉得脚上已经起了水泡。我想念农用靴子、牛仔裤和法兰绒衬衫,但今晚,这件晚礼服就是我的战服。沿着石头小路走向欢声笑语的人群时,绿色的丝绸在我腿旁沙沙作响。我早就不是妙龄女郎了,但臀部依然苗条,手臂依然紧实健美,我仍然知道该如何穿裙子。

那条小路把我带到别墅后面的露台。今晚,露台上挂着的纸灯笼在湖边的微风中摇曳着,发出温暖的光芒。我从一位侍者那里拿了杯香槟,沿着露台边缘走,打量着一张张脸。这群人和我以往监视的人完全不一样,他们更年轻、更时髦,也更有吸引力。这里没有满头白发的外交官、银行家和政治家,只有头发乌黑的男士和漂亮得足以上台走秀的女士。没有人关注我,他们没有理由注意到我。我只是一个默默无闻、擦肩而过的路人,没有任何特别之处。

我缓缓走过现场乐队,他们正演奏着如今被当作音乐的电子噪声。然后我自顾自地拿起小吃托盘,里面有诱人的熏鱼、意式烤面包、奶酪和帕尔马火腿。我的意大利语已经生疏了,但还是可以听懂大多数闲聊。

"你住在哪家酒店?"

"听说保罗搬出去了,她快崩溃了。"

"节食真难熬,我得拿杯红酒。"

最终,我看到了我要找的人,她被一群客人包围着。西尔维娅的头发剪短了,但仍然乌黑发亮。她的身材还是很迷人,身上的红色针织连衣裙十分贴身,紧紧包裹着她身体的每一寸曲线,没有一丝缝隙,任何凸起或赘肉都无处遁形。看来要么是岁月对她格外眷顾,要么她努力保持着健美的身材。

在她注意到我之前,我转身离开了。

别墅的滑动玻璃门敞开着,让侍者可以在厨房和露台之间自由走动。我从开着的门进入别墅。

室内装潢简洁而优雅,以白色为主色调,只有几处别出心裁的色彩点缀,将人们的注意力聚焦到一件焦橙色的玻璃雕塑和一幅蓝绿色与金色搭配的画作上。我的高跟鞋踩在白色大理石地板上,发出响亮的咔嗒声。我脱下鞋子,终于可以光着脚走路了。

我沿着走廊往前走，几秒钟后就穿过大厅，离开了其他客人的视野。如果有人撞见我，我会解释说我是个膀胱不好的老太太，急着找厕所。走廊两边的门都没锁，我依次往里看，发现了一间浴室（当然是白色大理石的）、一间客房和一间储物室。这幢别墅似乎没有秘密空间。

到达走廊的尽头，我终于找到了主卧。我溜进去关上门。主卧同样以白色大理石为主，有些人可能会称之为精致，但我觉得它冷酷无情。这是西尔维娅追求的审美，还是那位内衣大王的风格呢？

床头柜上的一副海蓝色眼镜告诉我，西尔维娅睡在床的另一边。我绕过床，打开那一侧的床头柜抽屉。抽屉里除了护照以外，还有一些常用的女性用品，包括护手霜、睡眠面膜和卫生巾。

我把手伸进抽屉深处，摸到了一本旧通讯录。纸页已经弯曲，其中一些条目褪色到无法辨认的地步。尽管现在大多数人都把别人的联系方式储存到手机里，但很多人不愿丢掉手写的通讯录。我翻到首字母是"H"的地方，找到了我知道会出现在那里的姓氏——哈德威克。通讯录里有菲利普和他女儿贝拉的电话号码，但都是旧的，是西尔维娅还是他的情妇时使用的。我没有找到新的联系方式，没有更新的电话号码或地址。这是一本冻结在时间里的通讯录。

我把通讯录放回床头柜，正要关上抽屉，突然听到卧室的门"嘎吱"一声打开。

没有时间冲进壁橱，甚至没有时间关上抽屉。我立刻躺倒在地，脸贴着冰冷的大理石。脚步声已经走进房间。我通过床底的缝隙往外偷看，看见一双男鞋在来回踱步。他正用意大利语对电话飞快地说着什么,声音很激动。似乎有件事出错了,他想知道谁该为此负责。

鞋子移动到床前,他一屁股坐在床上,床垫发出一声叹息。我看到他穿着一双棕色皮鞋,应该非常贵,其中一只鞋底不停地敲打着地板。他专注于打电话,没有注意到房间里有什么不对劲。我抬头看了眼,发现西尔维娅的床头柜抽屉还开着。床底的空间太窄了,我挤不进去,如果他转过身关抽屉,肯定会发现我。

卧室的门又开了,这次走进来的是一双高跟鞋。显然是西尔维娅。

别看床头柜,别朝这边看。

西尔维娅问贾科莫为什么离开聚会。即便在床的另一边,我也能感觉到他们之间的紧张气氛。

贾科莫用意大利语对她喊道:"马上过去!"

"这是你的宴会。"她反驳道。

"工厂里出了问题。"

"这些人是你的朋友,不是我的。"

"好吧,好吧。"他从床上站起来,"我这就过去。"

我看着他们的鞋离开房间,卧室门"砰"的一声关上了。

我从地上爬起来,心跳加速。我立刻关上床头柜抽屉。然后光脚走到卧室门后,把耳朵贴在门上。除了远处乐队的演奏之外,我没有听到任何声音。我把门打开一条缝,向走廊看去。

走廊里没有人。

回到外面的露台时,我的脉搏已经稳定下来了。我穿上鞋子,拿起一杯香槟,挤进人群,回到那些拥有完美肌肤和定制西装的俊男美女之中。即便在这里,在天堂般的科莫湖畔,西尔维娅和爱人的生活也并不完美，至少他们在卧室的谈话听起来如此。这时，满头银发的贾科莫正和五六个客人聚在一起聊天，但西尔维娅不见了踪影。我四处张望，终于发现了她。她正独自一人走下台阶，向湖边走去。

我跟在她后面。

从石阶下到一块修剪齐整的草坪，草坪延伸到湖边。西尔维娅正站在潺潺的湖水边。她背对着我，湖面的银光映衬着她的身影。她凝视着科莫湖对岸，犹如一名误落彼岸的女子，满心渴望到达那遥不可及的对岸。

她没有听到我靠近的声音，直到我和她打招呼才转过身。"你是谁？我认识你吗？"

"你不记得我了吗？"过了这么多年，她不认识我也不足为奇。我只是她生命里的一个小角色，一个无足轻重的人，她几乎不会注意到我的存在。

"对不起，我不记得了。"她说。

"我的丈夫是菲利普的医生丹尼·加拉格尔，丹尼也在那架飞机上，我们都在那次空难中失去了至亲。至少，以前我是这么认为的。"

她摇了摇头。"我不明白。你为什么在这里？事隔多年，你怎么会到我家——"

"菲利普·哈德威克还活着，不是吗？"

她沉默了。和西尔维娅并肩站在黑暗的科莫湖畔，我看不出她脸上是什么表情，只能看见她在水中的倒影一动不动。

"他早就死了。"她轻声说。

"你知道他在哪儿吗？"

"这不可能，他已经死了。"

"他想让外界这样认为。"

"飞机上有炸弹,七个人全都死了。"

"但海里只有两具尸体。我们不知道还有谁在飞机上,谁又在最后一刻下了飞机。"

她仿佛怕冷似的抱紧自己。即便天很黑,我也能感觉到她在颤抖。"如果他还活着,我会知道的,我能感觉到的。再说了,他为什么不给我打电话?为什么要让我以为他死了?"

"让所有人都相信他已经死了,他才能活下来。西尔维娅,他很可能以不同的名字、不同的身份活着。"

"不,不,这不是真的!他不会让我受这种苦!"

我从她的声音里听到了真实的痛苦。我这时才意识到,西尔维娅不是在演戏,她真的不知道哈德威克还活着。

"你爱他。"我惊讶地说。

她看着湖水,轻声说:"当然。"

"他爱你吗?"

"我想……"她垂下头,"我相信他爱我。我曾经相信许多事情。"

"他从没联系过你吗?飞机失事后,你就再也没有他的消息了吗?"

"没有。"

"你知道他现在在哪儿吗?"

"在海底。当时我是这么相信的,现在我依然相信。"她看着我,"为什么问我这些问题?你到底是谁?"

有那么一瞬间,我们只是互相凝视着。这两个女人的生命因为都受到了伤害而交织在一起,从此永远沉浸在悲痛中。

"你只需要知道,我是丹尼·加拉格尔的妻子。"我说。

我转过身，走上石阶回到露台，穿过一群穿着漂亮衣服的俊男靓女。我此行的收获并不多，西尔维娅真的不知道哈德威克在哪里，她真的相信他已经死了。

我不知道下一步该做什么。

大多数逃亡者都会情不自禁地回到熟悉的地方，但哈德威克很聪明，不会在老地方现身。这些年来，他唯一能隐藏自己的方式就是不按常理行事。然而，哈德威克不得不动用他的多个离岸账户，也许他的确需要资金，也许他又开始促成新的交易。中央情报局不可能察觉不到这些账户的资金流动。他不该犯这个错误，这是他还活着的线索。

我考虑着下一步行动。我不能回家，也许永远都回不去了。此刻的我漂泊不定，就像丹尼去世后的那几年一样，从一个地方搬到另一个地方，不断寻找落脚点，抛弃过去的玛吉，成为全新的人，不为以往的事情所困扰。如果我拒绝了马耳他的最后一项任务就好了，如果我和丹尼一起逃离就好了，那样的话，我们现在一定在一起，即使已白发苍苍，满脸皱纹。我想象着我们住在一个温暖的地方，也许是南美洲的某个村庄，周围有鸡群、羊群和赤脚奔跑的孩子们。

但是，现在走出别墅大门的只有我一个人。我把音乐、笑声和一个个"如果……就好了"抛在身后，往山坡下走。高跟鞋磨得脚很疼，我想脱掉高跟鞋，赤脚走在碎石路上。我想要痛苦，我需要痛苦，作为对我的罪孽的忏悔。转过弯，我在一辆黑色法拉利后面找到租来的车，从钱包里拿出钥匙打开锁。

就在这时，我听到碎石路发出"咔嗒咔嗒"的声音。有人跟在我后面。

我转过身，看见黛安娜正拿枪指着我的胸口。

"你好,玛吉。你出现在这里真是太令人惊讶了。"
"黛安娜,把枪放下,我们是同一战线的。"
"我们?"她朝我的车点了点头,"快上车,你来开车。"

第三十三章

没想到黛安娜·沃德会藏身在教堂里。在黛安娜的指引下，我沿着崎岖的山路把车开到一座破旧的石头教堂。在车灯的照耀下，我看到用木板封着的窗户和外墙上野蛮生长的藤蔓。我关掉引擎，周围陷入一片漆黑。这附近没有房子，没有灯光，没有目击者。

黛安娜没有从前门进入，而是带我从侧门进去。很明显，她已经在这里躲了很长时间，熟悉这里的布局。她点燃煤油灯以后，我发现这里已经许久没有用来礼拜了。长椅破旧不堪，摆放散乱。没被木板封住的彩色玻璃窗已经破碎，蜘蛛网像丝绸床帘一样从房梁垂下。圣坛边放着张小桌子，桌上有个背包和一块吃剩的三明治，还有一瓶空了大半的葡萄酒。这是一个很方便的避难所，长期被弃置不用而且十分隐蔽，但又离别墅不远，便于监视西尔维娅和进出别墅的客人。当然，这也是黛安娜出现在科莫湖的原因——和我一样，她知道哈德威克还活着，并且认为西尔维娅知道他在哪里。

石头教堂里很冷。黛安娜穿着黑色牛仔裤和羊毛外套，而我只穿了丝绸晚礼服和薄外套。在闪烁的灯光下，我抱紧自己抵御寒冷，看向黛安娜。她没有放下枪，枪口就像第三只眼，带着指责的意味瞪着我。

"你为什么来科莫?"她问道。

"原因和你一样。我觉得西尔维娅能告诉我哈德威克在哪儿。"

"谁派你来的?"

"从某种角度上说,是你。"

"别开玩笑。"

"中情局的人来缅因州找我。她说你失踪了,可能需要帮助。"

"你是来帮我的?"她歇斯底里的笑声在巨大的石头教堂里回响,"玛吉来救我了!"

"我才不在乎你会怎么样,但加文死了。几天前的晚上,他在曼谷被人暗杀。事情发生的时候我刚好在场。接下来他们要对付的可能就是我和你了。"

她的手丝毫没动,枪口仍然对准我的胸膛。"加文告诉了你为什么会发生这种事吗?"

"哈德威克还活着,"我说,"这是为马耳他的事的复仇。"

她似乎并不对这一发现感到惊讶。"你确定这是事实吗?他还活着吗?"

"中情局是这么认为的。"

"他们有什么证据?"

"他账户上的钱不见了,金额很大。访问那些账户需要密码,而密码只有他自己知道。"

最后,她放下了枪。她头发蓬乱,脸颊凹陷,我在她脸上看到了睡眠不足和过度恐惧引起的偏执。她开始在煤油灯旁走来走去,似乎陷入了焦虑不安,并不在意我就站在那里。而我只是庆幸不再有人用枪指着我了。

"我们必须联手，干掉哈德威克。"她说。

"你还指望我像在马耳他时那样信任你吗？"我苦笑了一声。

"我们一起抓住了西拉诺，不是吗？"

"你害死了我丈夫。"

她停下脚步看向我，但很快把视线移开了。"那太不幸了，要是我们能阻止他登机就好了。"我从她转身前的目光里看到了一闪而过的愧疚。

"你本可以阻止他。"

"没人知道飞机上会——"

"加文告诉了我真相。事故发生的几个小时前你就知道俄罗斯人会报复，但你根本没想到警告我。你就那么让飞机起飞了，而丹尼也在飞机上。"

"信息中没提到报复的形式。"

"已经足够明显了，我们应该采取行动。"

"我当时无法确定。"

"不对，是你根本不在乎！"我痛苦地尖叫着，声音回荡在教堂里，这是我压抑了多年的尖叫。当最后一声回声消失，我们凝视着彼此，谁都没有说话。

一阵隆隆声打破了教堂里的寂静，是汽车逐渐靠近的声音。

黛安娜惊恐地扬起下巴。"该死，他们跟着你到这儿来了。"她吹灭煤油灯，抓起背包。透过破碎的窗户照进教堂的唯一光亮，是来自几千米外村庄的微弱光芒。

"给我把枪。"蹲在黑暗中，我低声对她说。

"闭嘴。"

"如果他们是来杀我们的，你会需要我帮忙抵挡他们。给我一把枪。"

她思考了几秒钟权衡利弊，意识到我说得对。她确实需要我。我听到她在背包里摸索了一会儿，从里面拿出一把九毫米口径的手枪递给我。不是我惯用的瓦尔特，但可以凑合。

有人敲了几下门，但门锁着。也许只是个教堂管理员吧？天哪，但愿只是个无害的老头儿来查看是谁在教堂里捣乱。但我很快听到了消音器的声音和木头的炸裂声，接着，门被三脚踢开。两个人影走进教堂，不，是三个。

黛安娜没有犹豫，接连开了四枪。我听到一声惨叫，然后马上有人开枪回击。一发子弹擦过我的脸，打碎了桌上的酒瓶。

黛安娜又开了两枪，然后往更黑的地方撤退，留下我单独面对入侵者。当然，这就是她的行事方式。她知道教堂的布局，知道每一个藏身之处，我能做的就是跟在黛安娜后面，希望她能带我找到一个进可攻退可守的地方。高跟鞋的声音太响了，所以我踢掉鞋。黑暗中，我只能跟着黛安娜模糊的身影往后退。

子弹在墙上反弹，碎石刺痛了我的脸颊。对手正在前进，我听到有人撞到了长椅，于是朝声音发出的方向开了三枪，然后赶紧追上黛安娜。

黛安娜选择了唯一的退路，走上通向钟楼的旋转楼梯。我踏上台阶，被一根松动的钉子扎到脚底。我忍着疼痛，一瘸一拐地往楼梯上走。旋转楼梯窄而弯曲，在楼梯上无法瞄准下方，只能寄希望于登上钟楼后守株待兔。我走上最后一级台阶，进入钟楼。黛安娜蹲在一旁，村落发出的光线刚好照亮她紧张的脸和手里的枪。

我一句话也没说，蹲在她身旁。我们一起等待着面对敌人。我现在别无选择，只能和这个我所鄙视的女人并肩作战。

楼梯上传来脚步声，我的心怦怦直跳。一个影子慢慢出现在眼前。

我和黛安娜都开了枪,子弹打在石头上。尽管必须背水一战,但我们占有优势。在这里,我们可以阻挡他们。

可我的子弹很快用完了。

一发子弹从我身边呼啸而过。我向侧面扑去,肩膀重重地撞在老旧的地板上。我翻滚着回到蹲伏的姿势,疯狂地在塔内寻找另一条逃生路线,但离开钟楼的唯一方法就是跳下去,那将是致命的。

看来故事就要这么结束了。我赤着脚,和这个毁了我一生的女人被困在一起。十六年前,她的决定让我们两个都走上了通往这个结局的道路。

我把打空的枪扔了。我不相信有来生,也不相信英勇地死去就能在英灵殿获得一席之地。我只知道无谓的挣扎只会延长痛苦,我选择接受而不是为此恐慌。但黛安娜不想死。她移到我身边,惊慌地低声问:"搞什么鬼?你的枪——"

"没子弹了。黛安娜,都结束了。"

"不,没有,没有结束。"

她像眼镜蛇一样扑向我,用胳膊锁住我的喉咙。我失去平衡,倒在她的胸口。我成了她的盾牌,一团抵挡子弹的血肉之躯。直到最后,黛安娜还是只想着自己。但这已经无关紧要了,她很快也会耗尽子弹。

一个男人的身影出现了,然后是第二个。黛安娜拖着我往后退,一直退到钟楼的栏杆前。

"做笔交易!"她用意大利语说道。

杀手们什么都没说,也没有放下枪。

"我有钱,"黛安娜说,"我可以给你们两千万美元!都给你们,但你们必须放我走!"

她怎么会有两千万美元?

即便站在死亡边缘,我还是在不停地思考。我摆弄着线索碎片,感觉它们正逐渐拼凑成真相。我想到哈德威克离岸账户里消失的巨额美元,被一个知道密码的人取走了。我想到哈德威克的记忆力正在逐渐衰退,很难记住数字、人名和日期。刹那间,一切都汇聚在一起。他把密码存储在哪儿?他必须触手可及,比如笔记本或手机上。

或是 U 盘。就像我在马耳他的酒店里交给黛安娜的那个一样。

这下拼图完整了。

黛安娜知道密码,但她不能在哈德威克活着的时候使用。如果钱从账户里消失,哈德威克肯定会注意到,所以黛安娜需要哈德威克离开这个世界。她想要他死,最简单的办法就是借俄罗斯人的手进行报复。所以她让飞机起飞,让他飞向死亡。她才不在乎谁会和哈德威克一起死。

楼梯上传来更多脚步声。有人以平稳、不慌不忙的步伐登上钟楼,是刽子手要来行刑了。

"两千万美元!"黛安娜又说了一遍。她迫切地想要达成交易,放松了对我的控制,我趁机摆脱,爬到她够不到的地方。失去了我的掩护,黛安娜彻底暴露在枪口之下。

"你们一辈子都没见过这么多钱。"黛安娜说,"你们可以抓走她,杀了她。只要放我走,我就把——"

话音未落,消音器的声音让她僵住了。她的头猛地往后仰,身体在钟楼栏杆边缘摇晃。她似乎强撑着维持住了平衡,脊背弯过铁栏杆。然后,地心引力占了上风,她向后倾斜,越过栏杆,坠入阴影之中。

我没有看到她落地，但听见了巨大的冲击声。黛安娜的血肉之躯砸在钟楼下的混凝土上。

第三十四章

从钟楼楼梯井的阴影中,慢慢出现了一个人影。我本以为会看到菲利普·哈德威克,没想到是一个女人。男人们闪到两旁,让她通过。她走到栏杆旁,低头看着楼下的停车场。尽管已经十六年过去了,但我还是能认出她那丰满的臀部和健壮的肩膀。月光下,我看到她的姜黄色头发在微风中飘动。

"花的又不是她的钱。"她转过身看着我,手里拿着刚刚射杀黛安娜的那把枪,现在枪口正对准我,"我的问题终于得到了解答,原来是她。"

"贝拉,"我低声问,"这怎么可能?"

"如果不是妈妈,我不会活到现在。"

"你不在飞机上。"

"听说艾伦·霍洛威的游艇被突袭后,她怎么也不让我去机场。妈妈知道爸爸和俄罗斯人的交易,也知道俄罗斯人会做什么。飞机坠毁以后,她认为俄罗斯人也会找上我,以儆效尤,让其他人知道叛徒的家人会有什么下场,所以她用私人飞机把我带回了阿根廷的家。"

"我不知道你还活着。那之后有一场葬礼,你妈妈也出席了。"

"必须举办葬礼。这是游戏的一部分,她知道游戏规则。"

"我一直不知道你和她在一起。"

"她到死都保守着这个秘密。"她的声音有些颤抖，枪口不自觉地往下倾斜。

"天哪，贝拉，这太遗憾了。"我轻声说，"她爱你，她只想给你最好的。"

"不像你。"她突然抬起枪，又一次指着我的胸口，"拿到那份文件后，我终于知道了你的真面目，"她的声音尖锐如刀割，"还有你的所作所为。"

"我真的是你的朋友。"

"朋友？"她的笑声响亮而苦涩，"你利用了我，还让我去送死。"

"我原本也在那架飞机上！我会和你们一起坠落。"

"但你没有上飞机，不是吗？"

"我丈夫在！我深爱的人在飞机上。如果我知道会发生什么事，你认为我会让他登机吗？"

她沉默了很长时间，终于轻声说："不。"她转向栏杆，看着楼下的停车场，"天哪，我真是太蠢了。"

"你当时才十五岁，不知道你父亲到底是什么样的人。"

"我说的不是我爸爸，我说的是你，你的身份。一直以来，我都不知道你究竟为谁卖命。接着我发现有人盗取了爸爸账户上的钱，但只有我知道密码。'王国的钥匙'，他一直这么称呼那段密码。他让我记下它，因为他的记忆力出现了问题。然而有人转移了那些钱，我不知道是谁干的，直到我想办法看到了西拉诺行动的档案。"

"你是怎么办到的？"

她耸了耸肩。"玛吉，世界上没有钱买不到的东西。忠诚在金钱面前都不值一提,即便在铜墙铁壁的中情局,也总有人愿意出售机密。"她转身面对我,"除了你以外,和那次行动有关的人都死了。你有什么遗言要说吗?"

"怎么会这样?贝拉,你是怎么走到这一步的?"

"这是必要的。爸爸告诉过我一些人的名字,也教会我如何利用别人来达成目的。"

"你不是这样的人。我认识贝拉,我很高兴成为她的朋友。不管你信不信,我真的很乐于和她交朋友。"

"好吧,那就跟新的贝拉打个招呼吧。毕竟,我是爸爸的女儿。"

我不相信。站在我眼前的不是菲利普·哈德威克,而是从前那个天真的十五岁女孩。这时,我想到了另一个无辜的女孩,她的生命还等着我去拯救。

"当这一切结束,你解决掉我以后,你会放了考利吗?"

"那个女孩?"

"她才十四岁。"

"你真的在乎她的死活吗?"

"'以命换命'。如果我死了,考利就能活下来。这不是你的要求吗?我来这儿就是为了做这笔交易,用我的生命换她的。"

她凝视了我一会儿。我想起她曾经的样子——孤独、自卑、找不到自己的立足之地。现在,她似乎活出了自己。父亲的死使她痛苦,但也让她自信起来,变成复仇心切的美狄亚[①]。在她看来,必须一命偿一命。我有什么资格让她打消那种念头呢?我是西拉诺行动的成员之一,那次行动害死了她的父亲并夺去了

[①] 美狄亚(Medea),希腊神话中的人物,帮助爱人伊阿宋取得金羊毛。之后面对伊阿宋的背叛,她展开疯狂复仇,极具悲剧色彩。

六条生命，我丈夫也是其中之一。西拉诺行动同样毁了贝拉的生活，我曾经认识的那个女孩已经不见了，我应该为此承担部分责任。我一直在努力摆脱内疚，但无法逃脱。我会把这份内疚带到坟墓里。

我站直了，做好准备。"贝拉，我对这一切感到抱歉。我知道现在说这个根本没用，但我真的很抱歉。"

她用枪指着我的头。

我看着她的眼睛，等待枪响的那一刻。丹尼，我来了，我马上就来找你了。几秒钟过去了，但我仍然站着，仍然看着她。我想让她看到真正的我，那个从未想过伤害她的朋友，那个和她一样经历了深刻而毁灭性打击的朋友。

她转身对男人们说："你们先下去。"

他们犹豫了一下，退回楼梯井的阴影中。

贝拉慢慢放下枪，走到栏杆边俯瞰黛安娜的尸体。"她想杀了你。"

"她从来都不是我的朋友。"

一分一秒过去。她没有看我，我完全可以利用这个机会抢走她的枪，但我做不到。我不忍心再次背叛她。

"以命换命。"她轻声说，然后转身看着我，"你帮我找到了黛安娜·沃德，就算交易完成。"

"贝拉……"

"玛吉，再见，愿我们永不再见。"她转身下了楼梯。我听着她下楼时脚步声的回声。

我的腿突然颤抖起来。我倒在地板上，蜷缩着发抖，不是因为寒冷，而是今晚发生的一切让我感到震惊。死亡离我如此之近，我仿佛能听到死神在我耳边呼吸。我很惊讶自己能幸存下来。从这一刻起,我的每一次呼吸都是赏赐,不是理所应当的,而是我不配拥有的。寒意渗入我单薄的衣服,我的骨头在坚硬的地板上隐隐作痛,但这些不适反而意味着我还活着。

我挣扎着站起来,把头伸出栏杆往下看。贝拉带人走出教堂,经过黛安娜的尸体,朝远处的车走去。

"考利怎么办?"我喊道。

贝拉停下脚步,抬起头来,但没有回答我的问题。

"你答应的,以命换命!"我说,"你必须让那个女孩活着。"

贝拉坐进汽车后座,车马上开走了。

我摇摇晃晃地走下钟楼楼梯。我不知道我的鞋在哪儿,也不知道放着车钥匙的钱包在哪儿。我不想光脚走那么长的路去临近的村庄。

但我已经经历了更可怕的事情。

教堂的门开着,我一瘸一拐地走向洒满月光的门口。我的鞋和钱包就在门边,放在我一眼可以看到的地方。这是贝拉对我最后的怜悯。我拿起钱包,立刻发现钱包变重了。我把手伸进去,发现里面多了一部手机。我内心希望,这是贝拉为了和我保持联系留下的。

我走到停车场,面对黛安娜的尸体,尸体面部朝上躺在砾石上,石头被她的血染成黑色。她额头上的弹孔会告诉警方,这不是跳楼自杀。

在警方找到她之前,我应该逃得远远的。

我上了租来的车离开,把黛安娜的尸体独自留下。我又一次抛下了死者。

到达米兰的时候，天才蒙蒙亮。我没有去酒店办理入住，而是直接前往马尔彭萨机场，换好衣服，在机场的咖啡厅坐了四个小时，准备乘上在伦敦转机的飞机飞往波士顿。肾上腺素已经消退，我的四肢因疲惫而使不上力。年轻的时候，我可以连续工作四十八个小时不睡觉，然而我已经不年轻了。我点了好几杯浓缩咖啡，努力保持清醒，反复查看钱包里的手机，等待不知何时会来的消息。

但什么都没收到。

我很想知道黛安娜的尸体是否已经被找到，当地警方会怎么处理。黑帮报复杀人？暴力抢劫引起的谋杀？还是善妒的情人下的手？警察一定会调查这些常见的杀人动机，但很可能永远查不到真正的死因。我同情那些缺乏想象力、只能理解事物表面的警察。

以命换命。我已经履行了承诺，现在，轮到贝拉完成交易了。

我喝完浓缩咖啡，站了起来。飞机马上就要起飞，该回家救考利了。

*

从洛根机场出发，向北开四个小时到达普里蒂。晚上十一点，我终于进入小镇。正在这时，我的手机响了，收到了一直在等的短信。不知为何，她知道我离家很近了。意识到被跟踪，我感到非常不安。贝拉一直追踪着我，从米兰到伦敦，再到波士顿，直到我一路向北开车返回缅因州。这的确令人不安，但并不可怕。如果想杀我,她在科莫湖畔就动手了。

我瞥了一眼手机,疲惫顿时烟消云散。我已经将近四十八小时没睡了,但屏幕上的文字让我疲惫不堪的身体再次兴奋起来。

我踩下油门。

十五分钟后,我站在康纳路一幢废弃的房子前。我以前开车经过这里好几次,但房子外面长满了杂草和荆棘,我从未正眼瞧过这幢建筑。我打开手电筒,灯光照在剥落的油漆和腐烂的门廊上,这里显然已经很久没有人住了。但车道的积雪上有新的轮胎印。

我闻到空气中的烟火味,有人生了火。

我走上台阶,门框摇摇欲坠。我的心跳不断加速,但不是因为担心自己遇到危险,而是害怕会在屋内发现什么。门没锁,一推就开了,铰链吱吱作响,屋里漆黑一片。

"考利?"我喊道。

我走进屋子。虽然外面的气温是零下,但屋子里很暖和,甚至可以说是舒适。我用手电筒在客厅扫了一圈,客厅里空荡荡的,没有任何家具,只有松木地板和从天花板上垂下的蜘蛛网。我把光照在砖砌的壁炉上,看到一些还没清扫的灰烬。我穿过房间,摸了摸壁炉的砖,触感冰冷。

然而屋子里是温暖的,热量从哪儿来的呢?

我从客厅走进厨房,地板嘎吱作响。手电筒的光束穿过破旧的松木灶台、打开的橱柜和一个脏兮兮的陶瓷水槽。接着,我发现了一个木柴炉,走近能感受到它散发出的热量。我看到里面正烧着柴火,显然有人一直在往里面添柴,保持房子的温度。

"考利?"

一声呜咽从附近传来,声音很微弱,我差点儿没听到。我转过身，把手电筒的灯光打在食品储藏室的门上。门虚掩着。

开门之前，我就知道她在里面，而且很安全。我用手电筒照进去，看到她被绑在一把椅子上，嘴上贴着胶带。

几秒钟后，我解开了她身上的绳子，撕掉她嘴上的胶带。她立刻像章鱼一样扑向我，紧紧搂住我的脖子。她尿湿了裤子，身上一股汗味、尿味和烟味，但她还好好地活着，还很有生命力地颤抖着。

"你来了！"她哭喊道，"我就知道你会来，我就知道！"

"我当然会来。亲爱的，我在这儿。"我把她紧紧抱在怀里。当她在我怀里抽泣时，我也哭了起来。我已经很久没有哭过了，但一哭就停不下来。我为考利哭泣，为所有因我而受苦的人哭泣——为多库和他的家人，为加文、贝拉和丹尼。

尤其是为了丹尼。

"我要见爷爷。"考利说，"我想回家。"

"很快就会回家了，"我扶着她的腰，让她站直，"但还得再等等。"

第三十五章　乔

乔一把推开楼梯间的门，大步走入二层病区，径直前往护士台。"考利·扬特在哪儿？"她问值班护士。

"她在二〇一病房，但我得先和医生说一下。嘿，你不能直接进去！等一下！"

但乔已经沿着走廊往二〇一病房奔去。她飞快地敲了两下门，然后推开门，但在门口停住了脚步。

女孩在病床上睡得很香。

病房里只亮着一盏床头灯。在昏暗的灯光中，乔看到卢瑟·扬特正弓着背坐在床边的椅子上。他穿着一件法兰绒睡衣，一头凌乱的白发。和乔一样，他一定从床上爬起来就匆匆赶过来了。他现在已经完全清醒，正瞪着乔。

"现在不行，她需要休息。"卢瑟说，"别吵醒她。"

"她是在哪儿被找到的？怎么来的医院？"

"之后再说吧。你现在只需要知道，她一切都好，没有受到伤害。"

"没有受到谁的伤害？"

"去问玛吉吧，她知道一切。"

"她在哪儿？"

"她刚走，你也许能追上她。"

我这就去追她。

乔顺着楼梯跑到医院大厅,冲出医院跑到停车场,看到玛吉在几排车之外,正准备上她的皮卡。

"玛吉!"乔大声喊道,"玛吉·伯德!"

玛吉转过身来,叹了口气,在冰冷的空气中呼出一股哈气。"拜托了,现在不行。"

"就现在。你一知道她在哪儿就应该给我打电话。"

"我打电话给你了,不然你怎么会来医院。"

"营救这个女孩是我们的工作。"

"然后你们就会鸣着警笛出现。我当时不知道屋里是什么情况,行动必须安静。"

"你让我们失去了抓捕犯人的机会。"

玛吉摇摇头说:"相信我,绑架考利的人早就跑了,你们根本没机会抓人。"

"你能告诉我绑架者是谁吗?"

"如果我知道是谁,一定会告诉你。"

两人在寂静的寒夜中面对面站着,呼出的白气旋转着交织在一起。她们也许生活在同一个镇上,呼吸着同样的空气,但她们之间总是存在一道鸿沟。因为玛吉是外来者,一个从缅因州普里蒂以外的地方过来退休养老的外乡人。将来有一天她们可能会成为朋友,甚至相互信任,但现在,她们作为对手对峙着,而乔仍在努力了解比赛规则。

"这次绑架是怎么回事?"乔说,"你得告诉我。"

"我现在得上床睡觉。"玛吉打开皮卡的车门,坐进驾驶席,"乔,明天来找我吧,我会把能说的都告诉你。"说完,她发动引擎开走了。

"什么是'能说的'?"乔对着开远的皮卡喊道。

当然,她没有得到回答。在玛吉·伯德身上,她永远得不到答案。

乔独自站在停车场,看着皮卡的尾灯消失在黑暗中。一片雪花飘落,接着又是一片,像受伤的蝴蝶一样从空中坠落。现在是凌晨两点,她很冷,只想赶快回家躺到床上,但这场雪很快会盖住考利·扬特被囚禁的房子附近的轮胎印。随着时间的流逝,绑架案的关键证据将逐渐被大雪掩埋。她要处理犯罪现场,呼叫鉴识小组,还有很多问题——太多问题——需要解答。家里的床虽然很诱人,但必须等一等,因为普里蒂的安全还指望着她呢。她可能并不聪明,但知道完成自己的工作能让镇上的人安心生活下去。于是,她叹了口气,钻进车里,做一直以来做的事情。

乔·锡伯杜开始工作了。

第三十六章　贝拉

她站在窗前，望着窗外的花园。雨又下起来了，在苏格兰这个偏远的角落，淅淅沥沥的冷雨很常见，但她可以看到春天会提早到来的迹象。现在才二月，水仙已经长出了嫩芽。到了三月，花园就会被一簇簇花朵淹没。地球的变化很快。欧洲和亚洲的大河正在干涸成涓涓细流，南美洲的雨林正在燃烧，太平洋的珊瑚环礁正在不断上升的海平面下消失。到处都在酝酿着新的动荡，这意味着有钱可赚。有了钱就可以操纵异国选举，煽动新旧仇恨，点燃革命烈火。

贝拉小时候不喜欢花园，但现在自己打理着一个花园。她意识到，花园是更大的世界的缩影，在那里，生存从来都不是理所当然的，竞争对手总是潜伏在暗处，等待机会超越并取代你。她从父亲那里学到了一条基本原则：总有人想取代你的位置，所以必须不惜一切占据优势。

即便这意味着绑架一个十四岁的女孩。

她知道母亲不会同意这种策略，但卡米拉已经不在了。六年前，她死于脑瘤——一种再富有都无法治愈的绝症。现在，贝拉孤苦无依，再也不会被母亲仁慈的建议绑住手脚，她会尽她所能占据竞争中的优势地位。在生存的问题上，她已经有了最好的老师。她利用父亲奠定的基础，建立起属于自己的人脉关系网。

她听到有人敲门,转过身,看见助手走到她身边。"怎么样了?"她问道。

"女孩已经出院,和爷爷一起回家了。"

"我们的人呢?"

"已经在回来的飞机上了。"

"把钱打到他们的账户上。"

"我这就去办。"

助手离开房间。她转过身,回到窗前看向花园。雨下得更大了,夹着雪花,啪嗒啪嗒打在砖路上。她想知道玛吉住的地方是否下着雪。她在地图上查了一下普里蒂镇,发现缅因州紧挨着加拿大。隐居在冰天雪地的北方,真是奇怪。她想象着暴风雪、厚厚的积雪和刺骨的寒风,冬天的生活会很艰难。

玛吉根本不该活着。她应该死在科莫湖,贝拉本打算一枪把她打死。但在钟楼看着她的眼睛,那一刻贝拉无法扣动扳机。她意识到,玛吉也是受害者,她的生活也在地中海上空的爆炸中分崩离析了。菲利普·哈德威克会毫不犹豫地扣动扳机,但贝拉选择了松开手。

也许她比自己想象的更像母亲。

玛吉,这次我饶了你。如果再见面,我可不保证还会这么客气。

尽管已经意识到彼此的存在,但她们可能不会再见面了。玛吉生活在缅因州海岸边一个偏僻的小镇,贝拉则像父亲那样生活在充满阴影的匿名世界,她们会保持警惕的距离。十五岁的时候,她也许看上去笨手笨脚,但事实并非如此。她倾听、观察、学习并领会了菲利普对她的教导,知道如何才能生存下去。这些经验对她追回黛安娜·沃德盗取的钱、扩大势力范围、巩固自己的力量都大有帮助。

让玛吉活着是个错误吗？她不知道。她的父亲如果还活着，肯定会因为她放了玛吉而斥责她。将来，她也许会为那一刻的软弱和多愁善感而后悔。如果这是个错误，也随时可以弥补。

玛吉，我知道你住在哪儿。我随时可能改变主意。

第三十七章 玛吉

我们五个围坐在我家的餐桌旁,生活似乎回归了正常。下午五点,英格丽和劳埃德率先不请自来出现在我家门口,劳埃德手里拿着一个装着热腾腾的穆萨卡①的烤盘。十分钟后,本带着他的波斯羊肉饭来了。最后,德克兰带来了青豆和杏仁片。在遭遇不幸时,比如刚刚失去配偶或摔断腿,朋友们总会为你带来大量美食。瞧,我这四位最亲密的朋友来了,虽意料之外,我却十分欢迎。看来老友真的重聚了,我们聊着食谱和八卦,似乎从来没有分离过。科莫湖和曼谷的遭遇现在对我来说就像一场噩梦一样遥远。

但有些事确实发生了,黛安娜已经被确定死亡。德克兰得到的消息称,科莫警方在一座废弃的教堂里发现了一具美国女性的尸体,头部有个弹孔。他们判断她可能是无意中误入当地黑帮巢穴而惨遭杀害。警方通常会坚持这种理论,因为挖掘出真相需要付出太多努力。

"现在我们有个新的问题需要解决。"本说。

"什么?"英格丽问。

"我们该拿贝拉·哈德威克怎么办?"

---

①穆萨卡,希腊经典美食,以茄子、肉类和白酱汁层层叠加烤制而成,口感丰富,奶香浓郁。

所有人都看向我，因为我是真正了解贝拉的人——或者说，我了解那个在被失去亲人的悲痛磨砺成拿枪指着我脑袋的女人之前的贝拉。她本可以在钟楼上杀了我，她完全有理由让我死。但她饶了我一命，选择了离开。我相信，在一层层伤疤下面，她的内心深处依然隐藏着我曾经了解并喜欢的那个十五岁的女孩。

"贝拉不再是我们的麻烦了。"我说。

"她是菲利普·哈德威克的继承人。"英格丽说。

"可她不是菲利普·哈德威克。"

"那她是什么人？"

我不知道答案。我只知道，她本可以杀了我，但她没有。她父亲不会这么仁慈。

"这与我们无关，"我说，"毕竟我们已经退休了。"

"玛吉说得对。"德克兰说，"我们已经把贝拉的事告诉了中情局，让他们去处理吧。"

"如果他们求助，我们可以帮忙。"英格丽说。

这就是我们必须面对的课题——在这个认为我们已经无足轻重、无关紧要的世界里，找到自己的位置。新世代只看未来，很少思考过去或学习经验，不在乎我们有什么可以教给他们。

我拿出五个玻璃杯和一瓶刚打开的三十年朗摩威士忌，这是英格丽从苏格兰利斯给我找来的好酒。这瓶酒意味着我们的谈话即将进入正题。我先把酒递给德克兰，他整个晚上都没怎么说话。他仍在避开我的目光，因为还在为我瞒着他去意大利而感到受伤，尽管他理解我那么做的原因。在我心中，这是属于我一个人的战斗，我不希望他在斗争中受到伤害。

但后果就是，德克兰需要过段时间才会原谅我，重建我们之间的信任。把这件事也加到我和德克兰之间需要解决的问题清单上吧。

劳埃德举杯,用意大利语敬酒:"干杯!愿我们健康长寿!"

"干杯!"我们都喝了一口酒。

我家的警报器响了起来。

"还有人要来吗?"本问道。

我从桌子旁站起身。"你们应该知道来的会是谁。"

我打开门,她正站在门口准备敲门。乔·锡伯杜看上去已经好几天没睡觉了,马尾辫散开,一缕缕金发散落在脸旁,眼睛四周都是黑眼圈。看得出她很疲惫。

"伯德女士,"她说,"我要问你些问题。"

"当然可以,快进来吧。"

她跟着我进入餐厅,环视桌子周围的客人。"看到马提尼俱乐部又一次聚会,我怎么丝毫不感到吃惊?"

德克兰绅士地拉出一把椅子。"锡伯杜警长,请坐,一起聊聊吧。"

"要来杯威士忌吗?"劳埃德提议道。

"我还在上班。"她说。

"你下过班吗?"我问她。

"伯德女士,我们能到另一个房间谈吗?"

"他们都是我的朋友,我想让他们一起听听。"

锡伯杜警长叹了口气。她太累了,今晚没有力气和我争论,她也知道自己不会说服我。她倒在德克兰为她摆好的椅子上,在餐厅的灯光下,她看上去很憔悴,比实际年龄三十二岁还要老。尽管认识她的时间很短,但我很欣赏她的顽强和不屈不挠的工作态度。她不是短跑运动员,而像马拉松运动员一样,一步一步前进,始终专注于自己的目标。她没有我们聪明,办案经验和能力也比不过我们，但耗得过我们。如果与她为敌，她会成为心腹大患。至少目前我们还没有站在对立面，我想我们都清楚这一点。

"州警察调查了你收到的那条关于女孩绑架地点的短信，"她说，"他们追踪不到是谁发给你的。"

"我早就告诉过你，他们追踪不到。"我说。

"你知道是谁发的短信吗？"

"我想应该是绑匪吧。"

"他们为什么突然告诉你考利的位置？有人付赎金了吗？"

"我不知道。"

她环顾桌子四周。"这里有人知道吗？"

"我们怎么会知道呢？"劳埃德天真地说。

"你们这些人就不会直截了当地回答问题吗？"

"你看起来需要点儿这个。"德克兰用近乎魔术的手法递给她一杯威士忌。

锡伯杜低头看着那杯焦糖色的诱惑。我们坐在一旁，想知道她是否会屈服。"不管了。"她嘟囔了一句，然后喝了一大口，立刻咳嗽起来。很明显，乔不太会享用威士忌，但稍加引导，她应该能马上学会。

"考利怎么样了？"德克兰问她。

锡伯杜咂了咂嘴。"她很好，没有受到伤害。"

"她还记得些什么？"

"她一直被蒙住眼睛，因此不知道绑匪的长相，但她听到了他们的对话，知道是一男一女。他们给她吃的，帮她取暖，从来没有威胁过她。警方不知道他们为什么这么做。"说完，她看向我，"你也许知道？"

我当然知道。他们原本就不会伤害考利，她只是贝拉逼我出现的一种手段。但这些信息对警方用处不大，因为绑匪早就逃出了乔·锡伯杜的控制范围，幕后黑手更是如此。在缅因州的安静角落工作的小镇警察，怎么可能对付得了菲利普·哈德威克家族的人呢？这就是我和我的朋友们选择住在这里的原因。在一生的大部分时间里，我们都在秘密战线为国家效力，和哈德威克这样的怪物作战。现在我们想过平静的生活，也该过平静的生活了。

"对不起，我真的没什么可说的了。"我说。

"是啊，我早料到你会这么说。"

她的警用无线电噼里啪啦地响了起来，我们听到调度员的声音："全体警员注意，10-30-1，10-30-1，位置是伯奇路二四二……"

锡伯杜没有跟我们道别，二话不说就朝门口冲去。几秒钟后，我们听到她的车呼啸着驶离我家的车道。

"10-30-1，"英格丽说，"是他们的无线电代码，表示有正在发生的犯罪。也许我们应该尽公民的义务帮帮忙，你们觉得呢？"

我们把酒杯倒满，思考着英格丽的问题。正在发生犯罪——哪个村庄、哪个城镇能永远不发生犯罪呢？我们已经充分了解到，即使是普里蒂这样的小镇也会受到世界级恶性事件的影响。如果核弹落在华盛顿，大风会把放射性尘埃直接吹到我们安全的小角落。如果欧洲国家瓦解或者东亚爆发战争，破坏的涟漪终将波及缅因州的普里蒂。我们不能幸免。没有人能。

"无论如何，我相信乔·锡伯杜警长能应对。"我说，"如果需要帮助，她知道去哪儿找我们。"

后记

《间谍海岸》的灵感来自多年前我在缅因州小镇发现的一个奇特的小秘密。我们刚搬到这里不久，我的医生丈夫开了一家诊所。当他询问新病人的既往职业时，对话有时会这样展开——

医生："你以前是做什么工作的？"

病人："我以前在政府部门工作。"

医生："具体是做什么的呢？"

病人："我不能说。"

这种情况发生了三四次之后，我丈夫意识到住在这里的退休人员有些奇怪。一位当地的房地产经纪人最终透露了秘密："哦，他们都是中情局的。"我们发现，在我们居住的这条短短的街道上，就有两位退休间谍做邻居。为什么会有这么多间谍聚集在这个只有五千人口的小镇呢？是因为他们觉得，在这片远离任何核目标的北部森林地区可以安全地隐姓埋名生活吗？是因为我们的小镇（据那位房地产经纪人所说）在一本面向退休间谍的杂志上被特别介绍过吗？还是因为缅因州过去经常被用作安全屋的地点呢？

这些都是我听过的猜测，但我从未得到直接的答案，因为真正知道答案的人不能或者不愿谈论此事。

由于他们的年龄和满头银发，我们可能不会多看这些退休人员一眼。他们只是我们的邻居，在当地咖啡厅里擦肩而过，在杂货店的过道里和我们一样推着购物车，在邮局向我们道早安。他们如此融入我们的生活，以至于我们从未停下来想想他们曾经是谁，或者他们会保守什么秘密直到入土为安。

那些有着神秘过往的、不起眼的退休人员，具有极大的吸引力，值得深入探索，《间谍海岸》就是这样诞生的。我想写的间谍不像詹姆斯·邦德那样锋芒毕露，而更像我的邻居，平静地过着普普通通的退休生活……直到旧日仇敌找上门来纠缠，迫使他们不得不重新启用本以为再也用不到的技能。

致谢

赋予新角色生命总是令人畏惧的，我非常感谢所有帮助我把玛吉·伯德和马提尼俱乐部介绍给世界的人。从《间谍海岸》还只是一个一闪而过的想法时开始，梅格·鲁利、丽贝卡·谢勒和简·罗特罗森文学代理公司的优秀团队就一直陪伴在我身边。在我长达数十年的写作生涯中，无论起起落落，罗特罗森团队都一直鼓励我，提供建议和情绪价值，偶尔还会请我喝杯马提尼。他们从来没有阻止我追求哪怕是最离奇的写作想法。正是这种展翅翱翔的自由，让我在多年以后的今天，仍然快乐地写作着。

我的美国编辑格蕾丝·多伊尔以她明智而细腻的指导帮助我深化了故事情节，我非常感谢她、艾莉森·卡利南、梅根·比提以及托马斯与默瑟出版社的整个团队对《间谍海岸》的支持。同时，我也要感谢出色的英国编辑莎拉·亚当斯，以及艾莉森·巴罗、拉里·芬利、珍·波特、理查德·奥格尔和环球出版社总是充满热情的团队。

说到家里人，我要特别感谢丹娜·斯特劳特，她让我领略到了品尝优质威士忌的乐趣；感谢早餐俱乐部的各位女士一直以来的支持；感谢我的儿子亚当提供的有关枪支的专业知识，感谢我的儿子乔希用相机创造的魔法。当然，我还要一如既往地感谢我的丈夫雅各布，他与我同甘共苦，一直不离不弃。三十三年前，我们一起勇敢地跨入未知领域,搬到缅因州来。能够称这个地方为家,我们是多么幸运啊。

THE SPY COAST by TESS GERRITSEN
Copyright © 2023 BY TESS GERRITSEN
This edition arranged with JANE ROTROSEN AGENCY LLC
through BIG APPLE AGENCY, LABUAN, MALAYSIA.
Simplified Chinese edition copyright:
2025 New Star Press Co., Ltd.
All rights reserved.
著作版权合同登记号：01-2024-5764

图书在版编目（CIP）数据

间谍海岸 /（美）苔丝·格里森著；陈杰译.
北京：新星出版社，2025.6. — ISBN 978-7-5133-6000-5

Ⅰ. I712.45

中国国家版本馆 CIP 数据核字第 2025MT7926 号

午夜文库
谢刚 主持

间谍海岸

［美］苔丝·格里森 著；陈杰 译

责任编辑	郭澄澄	责任校对	刘 义
责任印制	李珊珊	装帧设计	hanagin

出 版 人　马汝军
出版发行　新星出版社
　　　　　（北京市西城区车公庄大街丙3号楼8001　100044）
网　　址　www.newstarpress.com
法律顾问　北京市岳成律师事务所
印　　刷　三河市兴达印务有限公司
开　　本　910mm×1230mm　1/32
印　　张　10.75
字　　数　169千字
版　　次　2025年6月第1版　2025年6月第1次印刷
书　　号　ISBN 978-7-5133-6000-5
定　　价　65.00元

版权专有，侵权必究。如有印装错误，请与出版社联系。
总机：010-88310888　传真：010-65270449　销售中心：010-88310811